나는 마음 놓고 죽었다

나는 마음 놓고 죽었다

임선경 장편소설

muʃintree
뮤진트리

차례

1. 이사   009

2. 연이 엄마   030

3. 연이 할머니   042

4. 정순   049

5. 희숙이   079

6. 마당   091

7. 목욕탕   101

8. 입학식   113

9. 희철이   131

10. 보따리   144

11. 근점이   165

12. 친목계   177

13. 기석   192

14. 소영이   205

15. 일수놀이   214

16. 방학   226

17. 장마   249

18. 찬이 할머니   260

19. 문방구   271

20. 마론인형   279

21. 도둑   285

22. 부엌   311

23. 변소   318

24. 오후반   323

25. 연이 엄마들   340

▪ 작가의 말   354

부모님께

1. 이사

- 1978년 겨울 -

트럭이 심하게 덜컹거렸다. 흙길이 아니라 포장도로인데도 시멘트 바른 곳이 여기저기 깨지고 내려앉아 차가 앞뒤로 꿀렁이고 옆으로 흔들렸다. 골목에서 벌겋게 튼 손으로 자치기를 하며 놀던 아이들이 트럭이 오자 길 양옆에 바짝 붙어서 길을 내주었다. 그래도 트럭은 괜한 경적을 울리며 천천히 지나갔다. 대문간에 앉아 해바라기를 하던 노인네들이 트럭에 실린 비키니 옷장이며 솥단지, 이불보따리를 꼼꼼히 살펴봤다. 새해 늦겨울, 볕이 따뜻한 날이었다. 얼음이 녹아서 질척해진 곳에 깨진 연탄재가 섞여

9

지저분했다. 우리가 탄 트럭은 크게 원을 그리며 언덕을 돌아 꼭대기 쪽으로 올라가고 있었다. 동네로 들어서는 길 초입에는 요즘 한창 인기 있는 연립주택도 몇 채 보였는데 위로 올라갈수록 집들은 점점 작고 낡아 보였다. 그래서 트럭이 위로 올라갈수록 조마조마한 마음이 들었다.

— 동네가 괜찮네.

— 아까 저 아래가 더 좋았지만 이쯤도 괜찮네 뭐.

— 이제 여기쯤 서지 않을까?

— … 더 올라가도 집이 있기는 있나?

트럭이 크게 흔들리며 갑자기 멈춰 섰다. 굵은 고무 밧줄로 동여매 놓은 짐들이 다 덜커덕거렸다. 이제 다 왔나 싶었는데 트럭이 멈춰 선 이유는 갑자기 튀어나온 개 때문이었다. 운전사가 창문으로 머리를 내밀고 이미 도망쳐버린 개에게 욕을 한바탕 해댔다. 섰다가 다시 출발하려는 트럭은 쉽게 시동이 걸리지 않고 털털거렸다. 푸르륵 떨다가 멈추고 다시 푸르륵 떨다가 멈추기를 몇 차례 반복하더니 겨우 시동이 걸렸다. 휘발유 냄새가 진하게 났다.

트럭 앞자리에 앉은 아이가 걱정되었다. 차를 많이 타

보지 않아서 아마도 멀미를 할 터였다. 트럭 짐칸의 이불 보따리 위에 웅크리고 앉아 있던 나는 앞쪽으로 기어가 운전석 뒤에 난 작은 유리창으로 안을 들여다보았다. 아이는 남자 무릎 위에 앉아 있었다. 남자가 아이의 배를 꼭 끌어안고 있었는데 내 짐작대로 아이는 낯빛이 하얘진 채 입을 꼭 다물고 있었다. 멀미를 하는 것이 틀림없었다. 그렇게 배를 꽉 누르지 말라고 잔소리를 하고 싶었다. 옆자리에는 여자가 앉아 있었다. 흔들리는 차 안에서 여자도 불만스런 표정을 짓고 있었다.

"아유, 길이 왜 이래? 그릇 다 깨지겠네."

그릇을 다 깨고야 말겠다는 듯 트럭이 다시 크게 요동쳤다.

"아이고 엄마야!"

여자가 소리쳤지만 남자는 여자의 말에는 대꾸도 하지 않고 아이에게 다정하게 말했다.

"연아, 오는 길 잘 봤지? 우리 아까 그 가겟방에서 위로 쭉 더 올라왔어. 길이 꼬불거리기는 한데 그냥 길만 따라 계속 올라오면 되는 거야."

아이는 그러니까 연이는 입을 꼭 다물고 있었다. 지금 길을 잘 보고 말고 할 겨를이 없었다. 차에서 얼른 내리고

만 싶었을 것이다. 그런 연이 마음을 트럭 운전사가 알아 주었다. 운전사가 창문 밖으로 목을 빼 앞을 내다보더니 트럭을 세웠다.

"집이 어디요? 더이상은 못 가는데."

여자가 화들짝 놀라며 말했다.

"어머! 요 앞에서 오른쪽으로 쭉 더 올라가야 되는데. 조기 있는 조 파란 대문이에요."

"그럼 여기서 내려야 돼요."

"여기서 내리면 어떡해요? 짐이 이렇게 많은데?"

"아, 눈이 있으면 길을 좀 보슈. 저 길로 이 차가 올라가겠나. 재주 있으면 아줌마가 차를 답삭 들어서 옮겨놓든가."

그 파란 대문 집 앞길은 경사도 급했지만 길이 너무 좁아서 트럭이 들어갈 수 없어 보였다.

여자가 입을 삐죽거렸다. 운전사에게 섭섭했다기보다는 운전사가 퉁을 주어도 못 들은 척하는 남자한테 더 서운했을 것이다. 내가 겪어봐서 아는데 남자는 다정하고 착한 사람이지만 솔직히 눈치가 좀 없는 편이다. 남자의 이름은 기석으로, 아이 아버지다.

트럭 운전사는 길 한쪽으로 차를 대더니 문을 쾅 닫으며 차에서 내렸다.

연이는 기석이 안아서 내려주기도 전에 서둘러 트럭에서 내려 발이 땅에 닿자마자 골목 끝으로 뛰어갔다. 아니나다를까 연이는 어느 집 담벼락에 대고 왈칵 토하고 말았다. 기석은 그런 연이를 멀거니 바라보고만 있었다. 얼른 뛰어가서 아이를 돌봐야 하는 것이 아닌가 싶어 또 불끈했지만, 트럭 운전사가 짐을 묶었던 고무 밧줄을 텅텅 소리를 내며 풀고 있었으므로 이쪽 일도 급하긴 했다.

짐칸에서 짐을 내리기 시작했다. 트럭 운전사는 짐칸 위에서, 기석은 밑에서 짐을 주고받았다. 여자가 가벼운 짐을 집어 들면서 습관처럼 한 손을 허리에 얹었다. 아직 배가 나오지도 않았는데 벌써 저러는 것이었다. 여자는 임신 중이었다. 동네 사람들이 트럭 주변으로 다가왔다.

"이사 오는 거유?"

"네, 저기 파란 대문 집이요."

"응. 희숙이네 집에 이사 들어오는구먼."

희숙이네 집. 희숙이가 이 집 사는 아이인가? 혹시 연이 또래인가?

동네 사람들이 짐 나르는 것을 도와주었다. 이삿짐에서 제일 큰 장롱만 먼저 해결하면 무거운 짐은 별로 없었다.

나머지는 이불 짐, 그릇 짐, 옷 짐 정도였다. 그런데 연이 네는 냉장고랑 테레비도 있었다. 그것도 아직 포장도 풀지 않은 새것이었다. 동네 여자들은 아무 거리낌 없이 이것저 것 들춰보며 짐 구경을 했다

"신혼인가?"

"아니라던데? 학교갈 애도 하나 있다드만."

"아이구, 냉장고가 크네. 투도아 짜린가?"

"테레비도 새거네. 희철이는 좋겠다."

희철이는 또 누군가. 희숙이와 희철이. 나는 이름을 기 억해두었다. 연이와 같은 집에 사는 아이들일 터였다.

집 안으로 들어갔다. 파란색으로 칠해진 철대문은 아랫 부분 한 군데의 칠이 벗겨져 이제 막 녹이 스는 참이었다. 드나드는 사람들 중 누군가(아마도 희철이) 대문을 열 때 손보다는 발을 사용한 듯싶었다. 딱 발로 뻥 찰 만한 위 치의 페인트가 벗겨져 있었다. 야트막한 담장이 있고, 담 장가에는 작은 단풍나무가 한 그루 심어져 있었다. 나는 조금 설레었다. 연이가 새집으로 이사 간다는 것은 알고 있었지만 직접 와보기는 처음이었다.

좁은 마당에 살림살이들이 잔뜩 부려져 있었다. 눈으로 냉장고를 찾아보았다. 하지만 포장도 뜯지 않은 새 냉장고

는 귀하게 대접해 가장 먼저 집 안으로 모셔 들어간 모양이었다. 나는 냉장고를 한 번도 써본 적이 없었다. 내가 결혼할 때만 해도 냉장고를 혼수로 가져오는 사람이 거의 없었다. 아주 부잣집에만 금성 냉장고가 있었다. 아침에 한 음식이 점심이면 쉬어버리는 여름철에는 냉장고 있는 집은 얼마나 좋을까 부러워한 적은 있었다. 냉장고는 여자가 사온 것이었다. 결혼하면서 냉장고를 턱 하니 가져오는 여자에게 질투도 났지만 그 안에 우리 연이가 먹을 김치며 나물이며 수박을 시원하게 넣어놓고, 또 아이스크림도 가끔 들어 있을 생각을 하니 내가 아주 좋아 죽겠다.

이삿짐은 안쪽의 네 짝 유리문 안으로 옮겨지고 있었다. 여기저기 짐을 부려놓아 정신이 없는 중에도 마루가 제법 널찍해 보였다. 마루에서 부엌으로 통하는 문이 있어 들여다보니 부엌 바닥도 흙이 아닌 시멘트 마감으로 되어 있었다. 놀란 것은 부엌 안에 수도가 있다는 사실이었다. 짤막한 빨간 호스가 달려 있는 수도꼭지와 물이 내려가는 수챗구멍이 있었다. 부엌에 수도가 있으면 살림 사는 건 그리 어렵지 않을 것이다. 여기서 설거지를 하고 아이도 씻길 수 있을 터였다. 연탄 아궁이에 큰 솥을 걸어놓고 뜨거운 물도 얼마든지 쓸 수 있겠다.

마루에서 인상이 사나워 보이는 낯선 여자가 혼잣말인지 누구 들으라고 하는 것인지 잔소리를 하고 있었다. 식구도 많지 않은데 웬 이불이 이렇게 많으냐느니, 전자제품이 많아서 전기세가 많이 나오겠다느니 하는 소리였다. 여자는 파마도 하지 않은 긴 머리를 뒤로 틀어 올리고 있었다.

트럭에서 기석의 옆자리에 앉아 있던 여자, 그러니까 냉장고 주인인 그 여자 이름은 정순이다. 정순이 짐을 옮기는 사람들에게 냉장고 놓을 장소를 가르쳐주고 있었다. 냉장고를 부엌에 놓지 않고 마루에 놓는 모양이었다. 인상 사나운 여자는 마루가 찍힌다느니 거기 문턱 긁히지 않게 조심하라느니 연신 잔소리를 해댔다. 마루에는 이미 무수한 흠집이 나 있었고, 문턱도 절대 새것이 아니었는데 무엇을 조심하라는 것인지 알 수가 없었다. 유세 떠는 것을 보니 그 인상 사나운 여자가 집주인인가?

"좀 살살 놔요. 바닥 까지니까."

이런 말은 집주인이 아니면 할 수 없는 말이었다.

– 집을 산 것은 아니고 세들어 왔나?

나는 거치적거리지 않게 한쪽 구석에 비켜서서 생각했

다. 기석이 갑자기 시골집에 내려와 집 자랑을 하며 연이를 데려간다고 했을 때는 연이를 데려가는 일만 생각하느라, 그 집을 산 것인지 전세인지 사글세인지 따져볼 생각도 하지 못했다. 인상 사나운 저 집주인 여자가 희숙이와 희철이의 엄마인 모양이었다. 그러면 그 아이들은 어디 사는 걸까? 마루에서 둘러보니 방은 안방과 건넌방 두 칸인 줄 알았는데, 자세히 보니 건넌방의 맞은편에도 여닫이문이 하나 더 있는 것이 보였다. 낡은 초록색 소파 하나가 그 문을 가로막고 있었다. 초록색 소파는 트럭에 싣고 온 짐에는 없던 물건이었으니 원래부터 거기 있던 것이었다. 소파는 엉덩이 닿는 부분이 푹 꺼지고 가죽이 다 해져서 안에 있는 누런 스펀지가 여기저기 빠져나와 있었다. 이 소파는 앉는 용도로 쓰는 것이기보다는 그저 문을 막아놓는 용도인 것 같았다. 그렇다면 저 문 너머가 주인 여자네 방인가?

주인 여자가 걸레를 들고 종종걸음치는 정순을 불러 세웠다.

"탄불은 안 꺼뜨리고 가져왔지?"

"탄불이요?"

"이사 올 땐 먼저 집에서 쓰던 연탄불을 꺼뜨리지 않고 잘 가져와야 되는데. 그래야 집안이 불 일어나듯 잘 일어나는 거야. 탄불 안 가져왔어?"

"탄불을 차에 어떻게 실어요?"

"아니, 그럼 오늘 당장 어떻게 잘 거야? 애도 있다면서 냉골에서 그냥 잘 거야?"

"연탄이야 금방 배달시킬 거지만….."

오늘밤 당장 방을 어떻게 덥힐 것인지는 미처 생각하지 못한 듯했다. 그렇지만 지금도 방이 냉골인 것 같지는 않았다. 바닥에 미지근하게 온기가 있었다. 정순이 아랫목 쪽을 발로 문질러봤다. 주인 여자가 흡족한 미소를 지었다.

"오늘 이사 들어온다길래 내가 불 넣어놨어. 불구멍만 좀 열어놓으면 금세 뜨끈뜨끈해질 거야"

"아… 네."

주인 여자가 정순을 빤히 쳐다봤다. 정순은 '내가 이렇게까지 큰 선심을 썼는데 대답이 고작 그거야?'라고 나무라는 듯한 기색을 눈치채고는 얼른 고맙다는 인사를 했다.

"고맙긴 뭘. 연탄 넉 장 들어갔으니 그렇게 알아."

주인 여자가 획 돌아서 가자 정순은 나지막하게 체! 하고 혀를 찼다.

나는 다시 밖으로 나왔다. 짐 나르는 것을 도울 마음이 전혀 없는 동네 여자 둘이 뒷짐을 진 채 마당가에 서 있었다.

"일수쟁이 여편네, 저 집주인 유세하는 것 좀 봐."

"유세할 만하지. 이 집 지을 때 목수일은 희숙이 아부지가 다 한 거 아니야? 지금은 정신 못 차리고 있어도 저 밑에 연립주택 들어올 때 그 일도 희숙이 아부지가 다 했잖아."

"근데 집이 넘어간 거는 아닌가?"

"그거는 아니고 아무래도 돈이 쪼들리니까 전세금 많이 받고 안채를 내준 거지. 자기네는 문간방으로 이사 가고. 그래도 희숙이네가 주인은 주인이야."

"여편네 지독하긴 해. 이 판국에도 집은 안 파네."

"지독한 거 이제 알았어? 파마 값 아낀다고 저 머리 쪽 진 것 좀 봐. 무슨 정경부인도 아니고."

여자들은 남의 흉을 보면서도 소곤소곤 말하지 않았다. 어쩌면 흉이 아니었는지도 모른다. 어찌 됐든 일수쟁이 여편네가 이 집 주인이라는 얘기니까. 자기 집이 있다는 것만한 자랑거리가 없었다.

나는 정경부인도 아니면서 쪽진 머리에 유세를 떠는 일수쟁이 여편네의 문간방 쪽으로 가보았다. 집을 지은 뒤 나중에 달아낸 것이 분명한 엉성한 창고 같은 것이 있어 들여다보니 그곳이 부엌이었다. 연탄 아궁이가 있고 솥단지며 찬장도 보였다. 아하, 여기는 수도가 없었다. 그 창고인지 부엌인지에는 따로 문도 없이 드나드는 입구만 뻥 뚫려 있었다. 안채 부엌은 깔끔한데 이 문간방 부엌은 벽에 시커먼 검댕이가 묻어 있었고 바닥도 거뭇거뭇 지저분했다. 그럴 수밖에 없는 것이 한쪽에 연탄이 쌓여 있었다. 부엌에 연탄을 쌓아놓으면 연탄 갈기는 편하지만 부엌 꼴이 이렇게 될 수밖에 없다. 여기가 연이네 부엌이 아니어서 다행이었다. 일수쟁이 여편네가 집주인이고 연이네가 세를 사는 것은 나와는 아무 상관 없는 일이었고, 내게는 연이가 겨울에 따뜻한 부엌에서 따뜻한 물을 쓸 수 있는 일이 훨씬 중요했다. 여름에는 냉장고에 있는 시원한 수박을 먹고, 겨울에는 더운 물로 세수할 수 있으면 된 거지. 나는 만족스런 마음으로 돌아섰다.

부엌 옆으로 댓돌이 놓여 있고 문간방으로 통하는 여닫이 나무 문이 보였다. 마루 쪽 문은 초록색 소파로 막아놓고 밖으로 난 이 문을 사용하는 모양이었다.

대문 맞은편 마당 끄트머리에 있는 저것이 변소인가? 문틈으로 들여다보니 시멘트 바닥에 네모난 구멍이 뚫려 있는 것이 보였다. 냄새가 올라왔지만 겨울이라 냄새도 얼었는지 그리 지독하진 않았다. 신문지를 잘라 묶은 것이

벽에 매달려 있었다. 나는 바닥 구멍의 크기를 가늠해보았다. 이 정도면 연이가 쓰기에 너무 크지는 않겠지. 자칫 발을 헛디뎌 빠지기라도 하면 큰일이 아닌가.

연이가 살던 시골의 변소는 수수깡인지 대나무인지를 엮어 만들어서 허술하고 심지어 전깃불도 없었다. 그러거나 말거나 별 상관이 없었던 것은 연이가 한 번도 변소를 쓴 적이 없었기 때문이다. 시골은 밭이나 마당, 나무 밑이나 덤불 뒤가 다 변소였다. 오줌은 땅속으로 금세 스며들어 표시도 나지 않았고, 똥을 눈 것도 삽으로 뚝 떠서 뒤집어엎으면 그만이었다. 밤이면 연이 할머니가 방에 요강을 들여놓았는데, 겨울에는 낮에도 방에서 요강을 썼다.

정순은 연이에게 요강을 쓰게 해줄까? 한 번도 변소를 써보지 않은 아이에게 이제부터는 꼭 변소를 써야 한다고 다그치는 것은 아닐까? 무슨 일인지 연이는 수월하게 똥을 누지 못해 한 번씩 진을 쏙 빼곤 하는데 정순은 그것을 알고나 있는지.

그런 생각을 하다 나는 우뚝 멈춰 섰다.

– 연이… 연이는? 연이는 어디 있지?

아까부터 연이를 보지 못했다. 트럭에서 내리자마자 담벼락에 토하고 나서 파란 대문 집으로 같이 들어오기는 했나?

가슴이 덜컥 내려앉았다. 짐을 내려 옮기고, 동네 사람들이 오는 부산스러운 통에 연이를 살피지 못했던 것이다. 냉장고를 어디에 놓는지 보고 부엌에 설치된 수도를 구경하면서 좋아하는 동안 연이를 잊고 있었다. 멀미를 해서 토하는 바람에 속이 좋지 않을 텐데. 아이를 깜빡하다니. 머리카락이 쭈뼛 섰다. 이 낯선 동네에. 길에 차도 다니는데. 여기는 연이가 살던 시골이랑은 많이 달랐다. 십 리 길을 걸어나가도 들에서 일하는 사람들이 "저기 양달뜸 미호 할머니네 손녀가 가네" 할 리도 없었다.

나는 놀란 가슴을 누르며 기석을 찾았다. 기석은 마당에 삼단짜리 찬장을 막 내려놓은 참이었다. 내가 기석에게 뭐라 말하기도 전에 기석이 놀란 표정으로 주변을 두리번거렸다. 기석도 이제 막 연이 생각이 난 모양이었다.

"연아? 연아!"

기석은 마루로 뛰어올라갔다. 정순이 행주로 새 냉장고를 정성스레 닦고 있었다. 아이보다 저까짓 냉장고를 더 애지중지하고 있었다.

"연이는?"

"연이?"

기석은 더 묻지 않고 뛰쳐나갔다. 정순은 냉장고나 닦게 두고 나도 급하게 따라 나갔다.

파란 대문 집은 좁은 오르막 초입에 있었다. 그 오르막을 다 올라가면 거기서부터는 야산이었다. 기석이 연이를 부르며 골목 위로 뛰어올라가기에 나는 골목 밑으로 내려갔다. 아까 연이가 토했던 집 담벼락에는 작은 토사물 더미가 그대로 남아 있었다. 차를 타고 올 때는 풍경을 보느라 몰랐는데 길을 따라 내려가다 보니 골목이 꽤 구불구불했다. 사람 한 명 간신히 드나들 수 있는 샛길도 곳곳에 있었다. 동네가 익숙해지면 숨바꼭질하기에 딱 좋겠지만 막 이사 온 연이에게는 집 잃어버리기 딱 좋은 곳이었다.

나는 이 골목 저 골목을 정신없이 돌아다니며 연이를 찾다가 작은 공터에서 우리가 타고 온 트럭을 발견했다. 트럭은 파란 대문 집에 짐을 다 부려놓고 이 공터로 내려온 모양이었다. 트럭 운전사가 짐을 묶었던 굵은 고무 밧줄을 감아 빈 트럭위에 던져 넣고 있었다. 그리고 그 옆에 연이가 있었다.

연이는 트럭 운전사가 고무 밧줄 정리를 다 하고 트럭에 기댄 채 담배를 한 대 다 피울 때까지 오도카니 서서 트럭 운전사가 하는 양을 바라보고만 있었다. 연이는 낯선 동네에서 유일하게 아는 사람인 저 트럭 운전사를 졸졸 따라다니고 있었던 것일까? 낯선 아줌마와 함께 나타난 아빠보다도 저 트럭 운전사를 더 믿고 있던 것일까?

운전사가 담배를 비벼 끄고 트럭에 올라타려다 말고 연이를 쳐다봤다.

"너 이사 온 집 애 아니냐?"

연이는 트럭 운전사를 말끄러미 바라봤다.

"맞아요. 아까 전에 이 차 타고 왔어요."

연이가 손가락으로 트럭을 가리켰다.

"그래. 근데 여기서 뭐 하는 거냐?"

"아무것도 안 해요. 그냥 서 있는 거예요. 근데 아저씨는 이제 어디 가요? 집에 가요?"

트럭 운전사가 한숨을 뱉었다.

"집에 간다. 해도 안 기울어 집에 가면 안 되는데, 일이 없어 집에 간다."

"아저씨도 차 타면 멀미해요?"

"운전사가 멀미하면 먹고 살지 못하지. 굶어 죽지."

"멀미하면 굶어 죽어요? 자꾸 토하니까 그런 거예요?"

"너는 멀미해도 안 굶어 죽으니까 걱정하지 마라. 애들은 멀미해도 된다."

운전사는 트럭에 훌쩍 올라탔다. 그러고도 곧바로 문을 닫지 못하고 연이를 쳐다봤다.

"너 집 찾아갈 줄 알지? 이 위로 쭉 올라가서 파란 대문 집."

"알아요."

운전사가 문을 당겨 닫으려다가 다시 열었다.

"집에 안 가냐?"

"갈 거예요."

"거기 서 있지 마라."

"왜요?"

"차 옆에 바짝 서 있으면 치어 죽으니까. 멀미는 해도 안 죽지만 차에 치이면 죽거든."

연이가 얼른 뒤로 한 발짝 물러섰다. 저쪽에서 연이 이름을 크게 부르는 소리가 들렸다. 기석이 뛰어오는 걸 보고 트럭 운전사는 안심하고 떠났다.

기석이 헉헉대며 뛰어왔다. 원래 마른 남자인데 그동안 살이 더 빠졌다. 혼자 살면서 제대로 밥도 못 먹었을 것이다. 이제 이사도 하고 여자도 생기고 냉장고도 생겼으니 김치와 나물 반찬으로 제대로 밥을 먹을 수 있을까? 때로는 수박이나 아이스크림도 먹을 수 있을까? 저 남자가 먹을 음식이 들어갈 냉장고를 지금 그 여자가 닦고 있다.

기석이 연이를 꾸짖었다.

"바쁜 날은 빨빨거리고 다니지 좀 마라. 힘든데 너까지 보태야겠니?"

"나 혼자 집 찾아갈 수 있는데."

연이가 시무룩한 표정을 짓자 기석은 무릎을 구부리고 앉아 연이와 눈을 맞추었다.

"여기는 시골이랑 달라. 여기서는 네 맘대로 밖에 나가고 그럼 안 돼. 길이 복잡해서 집을 잃어버릴 수 있고, 나쁜 사람이 잡아갈 수도 있어. 그럼 엄마랑 아빠도 영영 못 보는 거야. 그래도 돼?"

그럼 안 되지. 어린아이는 그러면 안 된다. 아이에게 엄마 아빠를 못 보는 일이 제일 슬프고 무서운 일이라는 것을 안다면 기석은 어째서 연이를 엄마 아빠도 없는 시골에 2년이나 버려둔 것일까?

* * *

큰 짐 나르는 것을 도와주던 동네 사람들은 금세 다 돌아갔다. 남아서 짐 푸는 일을 도와주는 사람은 집주인 여자뿐이었다(정경부인도 아니면서 쪽진 머리를 한 일수쟁이 여편네 말이다). 마당의 짐은 안으로 다 들어갔지만 집 안은 좀체 정리가 끝나지 않았다. 신문지로 하나하나 싼 그릇도 풀어서 찬장에 넣어야 하고, 잔뜩 구겨진 옷도 펴서 걸어야 하고, 또 여기저기 쓸고 닦아야 했다.

대문 밖으로 나가면 절대 안 된다는 엄포를 들은 연이는 마당 귀퉁이에 있는 수돗가에서 소꿉놀이를 했다. 겨울인데도 용케 찾은 잡풀이랑 푸른 잎사귀를 콩콩 찧었다. 모래와 자잘한 돌멩이들, 말라빠진 낙엽들을 모아 상을 차렸다. 붉은 벽돌이 있으면 조금 갈아서 위에 솔솔 뿌리면 먹음직스러울 텐데 벽돌이 없어 아쉬웠다. 연이는 다 차려진 상을 감상하듯이 바라보고 있었다. 그때 퉁명스런 목소리가 들렸다.

"야! 너 누구야?"

연이가 고개를 들었다. 열두셋쯤 되어 보이는 남자아이 하나가 서 있었다. 눈이 가늘고 얼굴이 까무잡잡했다. 윗옷이 너무 작아서 가느다란 팔목이 그대로 드러나 보였고, 손등은 터서 갈라지고 손톱에는 때가 끼어 있었다.

"너 누구냐고? 남의 집에서 뭐하냐?"

연이는 눈을 깜빡거렸다.

"여기 우리 집인데?"

"웃기시네! 야, 여긴 우리 집이야."

"우리 여기로 이사 왔는데? 우리 아빠가 여기 우리 집이
랬는데?"

이사라는 말에 남자아이가 힐끔 안채를 돌아봤다. 안채
는 현관문과 창문이 다 활짝 열려 있었고 여전히 수선스러
웠다. 남자아이는 무언가 단단히 마음에 안 드는 것 같았
다. 이 아이가 문간방 아들이라면 당연히 그럴 것이다. 문
간방 부엌에는 수도꼭지가 없으니까.

남자아이는 연이가 차려놓은 밥상을 노려봤다. 일껏 차
려놓은 소꿉놀이 밥상을 걷어차버리지나 않을까? 그럼 내
가 가만두지 않겠다고 잔뜩 벼르고 있었는데 안채에서 주
인여자가 나왔다.

"희철아!"

희철이라고 불린 남자아이는 불만스런 표정으로 제 엄
마를 힐끗 쳐다보더니 대답도 없이 문간방으로 들어가버
렸다. 문이 쾅 닫혔다. 주인 여자도 아들을 따라 들어가려
다 연이가 차려놓은 소꿉놀이 밥상을 봤다. 바라만 보아도
귀여워서 절로 입이 벌어질 밥상을 보고 여자의 입꼬리가

밑으로 처졌다.

"하지 마라. 마당에 풀물 든다."

이런 일수쟁이 여편네 같으니. 아들이랑 엄마랑 심술맞
은 게 똑같았다.

"그만하고 얼른 들어가. 니 엄마가 너 찾더라."

여자가 돌아서는데 연이가 또렷하게 대답했다.

"우리 엄마 아니에요."

주인 여자가 연이를 뚱하게 쳐다봤다.

"우리 엄마 아니에요. 우리 엄마는 죽었어요."

주인 여자의 얼굴에 어라? 하는 표정이 피어올랐다.

"나 다섯 살 때 죽었어요."

연이는 천천히 일어서서 손을 탈탈 털었다.

오래 쪼그리고 앉아 있었는데 다리가 저리지는 않을까?
저녁때가 다 되었는데 배고프지는 않을까? 낮에 멀미해서
토했는데 속은 괜찮은 것일까?

– 연아, 내 딸. 내 새끼. 얼른 손 씻고 들어가 이제 밥 먹
으렴.

2. 연이 엄마

나는 죽었다. 내가 죽었다는 것을 나도 알고 있다. 연이가 다섯 살 때, 그러니까 2년 전, 햇수로는 3년 전이다.

나는 어릴 때부터 몸이 허약했다. 시어머니인 양달뜸 미호댁이 보기에는 '사람 구실 못 하게 생긴 허청거리는 몸뚱아리에 조실부모해 배워 먹은 것이 없는데다 똥구멍이 찢어지게 가난한 집안의 아무짝에도 쓸모없는 계집'인 나였으므로 남편과의 결혼은 쉽지 않았다. 시집올 때 냉장고는커녕 제대로 된 목화솜 이불 한 채 가져올 수 없었다.

나는 기석을 고등학생 때 만났다. 내가 고등학생일 때가 아니라 기석이 고등학생일 때였다. 나는 기석보다 두 살 아래였고 고등학교는 다니지 못했다. 기석은 우리 집에서 하숙하는 학생 중 한 명이었다. 사실 우리 집이 아니라 당숙네 집이었다. 나는 어린 나이에 부모를 모두 잃었다. 내가 중학교 2학년이던 해 아버지는 강에서 잡은 물고기를 날로 먹은 뒤 병을 얻어 사흘 만에 돌아가셨다. 아버지가 돌아가신 뒤 나를 중학교 졸업장이라도 받게 해주려고 닥치는 대로 일을 하던 엄마마저도 곧 세상을 떠났다. 하나 있던 오빠도 기댈 수 있는 언덕이 되어 주지 못했다. 오빠는 한창 중동 붐이 일때 중동으로 떠났는데, 도착했다는 편지가 한 번 오고는 소식이 끊어졌다. 오빠는 내 결혼식에도 오지 않았다. 중동에 있는 오빠의 회사 주소로 편지를 보내보았지만 누가 받았는지 편지는 반송되지도 않았고, 오빠는 답장도 하지 않은 채 감감무소식이었다.

내 또래들은 진학할 형편이 되지 않으면 공장에 취업을 했다. 큰 회사의 여공이 되면 회사 기숙사에서 지낼 수 있고, 회사 식당에서 밥을 먹을 수 있다고 했다. 그렇지만 나는 부모가 없고, 신원보증인가 뭔가를 해줄 사람도 없었기 때문에 여공이 되지도 못했다. 당숙은 "그냥 우리 집 가서 살자. 부엌일이나 슬슬 도우며 살다가 나이 차면 시집가면 되지"라고 말하며 나를 자기 집으로 데려갔다.

나는 그 집에서 부엌일을 도왔지만 말처럼 '슬슬' 도울 수 없었다. 당숙모가 하숙을 쳤기 때문이다. 기다란 복도를 따라 방이 줄지어 있는 기역 자 일본 가옥에 중학생부터 공무원까지, 많을 때는 열 명도 넘는 하숙생이 있었다. 큰 방은 학생들 셋이나 넷이 쓰고 작은 방은 둘씩, 대문에서 가장 가까운 맨 끝의 작은 방은 공무원이 혼자 썼다. 공무원이 지방으로 발령을 받아 나가고 난 뒤에는 학교 교사가 들어왔다가 나가는 등 그 끝 방은 주인이 자주 바뀌었다. 끝 방이 빌 때는 내가 그 방을 썼지만 하숙생이 들어오면 나는 방을 비워야 했다. 독방 하숙비는 비쌌고, 독방을 쓰는 어른 하숙생은 조용하고 손이 덜 가서 당숙모가 좋아했기 때문이다. 내 방이 따로 없어서 겨울에는 당숙 부부와 함께 잤고, 여름에는 마루 귀퉁이에서 쪽잠을 잤다. 홑청 하나만 덮고 마루에서 자는 일은 자동차가 다니는 네거리에서 자는 일만큼이나 민망하고 불안했다. 나는 자는 모습을 누구에게라도 들킬까 봐 새벽빛이 밝아오는 기색만나도 벌떡 일어나서 이불을 걷곤 했다. 여름이면 모든 방의 문이 활짝 열려 있어 내 방 네 방이랄 것이 없긴 했다. 남학생들은 밤더위를 이기지 못하고 물을 뿌린 마당에 거적을 깔고 누워 잠을 청하기도 했다.

당숙과 끝 방 하숙생만 따로 밥상을 받았고, 나머지는

모두 모여 함께 밥을 먹었다. 안방과 끝 방에는 작은 개다리소반에 밥과 국, 반찬을 차려 내갔다. 나머지는 대청에서 큰 두리반 밥상 하나와 사각 호마이카 밥상에 둘러앉아 먹었다. 호마이카 상은 새것이었지만 자개 무늬가 있는 두리반상은 오래되어서 다리 하나가 부실했다. 높이가 맞지 않아서 흔들흔들했는데, 밥을 먹다 누군가 손으로 상을 짚기라도 하면 국이 출렁 쏟아졌다. 하숙생들은 '야아~' 하며 손으로 상을 짚은 누군가를 탓했지 부실한 밥상을 쓰는 하숙집 주인을 탓하지는 않았다. 다들 착했다. 공부 많이 시키는 좋은 학교에 다니는 학생들이었고, 부모와 떨어져 낯선 어른이 해주는 밥을 먹는 처지라 그런지 고분고분했다. 그중에서도 기석은 참 착했다.

어느 날 아침, 내가 반찬 그릇들을 내려놓는데 누군가 또 상을 짚었다. 상이 흔들리며 국그릇이 출렁하면서 쏟아져 국물이 내 허벅지로 튀었다. 나와 기석이 동시에 벌떡 일어섰다. 나는 허벅지가 뜨거워 놀라 일어선 것이었지만 맞은편의 기석은 왜 벌떡 일어섰는지 모르겠다. 그날 저녁 상을 차리다 보니 상이 흔들리지 않았다. 상을 고친 것은 아니었고 누가 상다리 밑에 접은 종이를 받쳐놓았다. 밥상을 치울 때 보니 기석이 다리 밑에 받쳐놓은 종이를 다시 호주머니 속에 집어넣는 것이 보였다. 기석은 밥 먹을 때마다 잊지 않고 다 쓴 공책을 찢어서 네모반듯하게 접은 종이를 가지고 나와 상다리를 받쳤다가 다시 가지고 들어갔다. 밥때마다 먼저 나와서 벽에 세워놓은 상 두 개를 가져다 펼치는 사람도 기석이었다. 양은 쟁반에 뜨거운 스텐 밥그릇을 잔뜩 얹어 들고 가면 기석은 손가락을 데어가며 밥그릇을 상에 내려놓았다. 주로 이린 중학생들이 밥상 차리는 일을 돕고 고등학생들은 '똑바로 하라'며 괜한 잔소리를 할 뿐이었지만 기석은 그러지 않았다. 반찬 그릇을 내려놓을 때 슬쩍 가슴팍에 눈길을 주거나 끝 방에 밥상을 내갈 때 마당을 가로지르는 내 종아리를 뜨끈해지도록 쳐다보는 눈들 중에 기석의 것은 없었다.

몇 년 뒤 하숙집을 떠나 군대에 간 기석이 내게 편지를 보내오자 나는 어리둥절할 수밖에 없었다. 말 한 번 길게 섞어보지 않았는데 편지라니. 그래도 나는 정성껏 답장을 써서 보냈다. 국민학교 다닐 때 얼굴도 모르는 군인 아저씨에게 단체로 위문편지를 썼던 것보다는 쉬웠다. 기석은 꾸준히 편지를 보내왔고 나도 꾸준히 답장을 보내다 우리는 정이 들었다. 얼굴도 모르는 군인 아저씨랑 펜팔을 하다가도 정분이 나기 일쑤인데 우리는 서로 얼굴도 아는 처지이니 정이 드는 게 당연했는지도 모른다. 시외버스를 갈 아타가며 하루 종일 걸려 면회도 한 번 다녀왔다. 먼 길이어서 나는 하룻밤 자고 돌아왔다. 그날 기석은 내게 '사랑한다'고 말했다.

기석은 제대를 하고 취직을 한 뒤에도 나를 변함없이 사랑했다. 나와의 '연애'는 별로 뜨겁지 않았는데 나와의 '결혼'을 위한 투쟁은 뜨거웠다. 나를 데리고 시골집에 갔을 때 기석이 자기 부모님에게 하는 말과 행동을 보며 나는 깜짝 놀라고 또 어리둥절했다. '저 정도로 나를 좋아해? 나는 몰랐네' 싶었다.

결혼해서 살림하며 남편과 의좋게 살았다. 딸을 낳았다. 남편이 딸아이 이름을 '연'이라고 지었다. 홍연. 나는 외자 이름인 것이 얼마나 좋았는지 모른다. 나와 전생의 연이 닿아 어렵게 내 딸로 태어난 아이. 연이는 병원에서 낳았다. 다른 여자들은 대부분 집에서 산파를 불러 아이를 낳았지만 남편은 몸이 약한 내가 걱정되었는지 산통하는 나를 병원으로 데리고 갔다. 내가 힘이 없어 아이를 밀어내지 못해서 하마터면 큰일날 뻔했다. 나이 많은 간호사가 내 배 위에 올라타 두 손으로 아이를 죽죽 밀어 내렸다. 겨우 아이는 낳았는데 또 하혈이 멈추지 않아 병원에 많은 돈을 지불해야 했다. 제대로 된 수저 한 벌도 못 들고 들어온 계집이 아들도 아니고 딸을 낳은 주제에 병원에 돈을 써가며 언제까지 뻗쳐 누워 있을 거냐고 닦달하는 시어머니 때문에 제대로 몸을 추스르지도 못하고 퇴원을 했다. 그래서 그때 기석은 고생을 많이 했다. 직장을 다니면서 갓난아이를 돌보고 영 회복이 안 되는 나를 돌보고 또 잔뜩 부아가 난 어머니 심사도 돌봐야 했으니까. 시어머니는 내게 집안 말아먹을 년, 남편 잡아먹을 년이라고 욕을 하면서도 미역국을 끓여주고, 아이 기저귀를 빨아주며 삼칠일을 채운 뒤 시골로 내려가셨다.

나는 자주 아팠다. 어린아이보다도 내가 더 자주 아팠다. 연이는 콧물 나고 기침 나는 감기에 가끔 설사병이 걸리기는 했어도 크게 아프지 않고 잘 자랐다. 나는 자주 이부자리를 깔고 누워 있어야 했다. 내가 아랫목에 누워 있으면 연이는 윗목에서 놀았다. 천 쪼가리를 가지고 놀이며 방바닥 닦는 시늉을 하며 놀았고, 쨍쨍 소리가 나는 스텐 밥그릇을 가지고 놀았다. 잠투정이 좀 있어서 졸리면 칭얼거리기는 했다. 도무지 업어줄 수가 없을 때는 누운 채 내 배 위에 아이를 엎어놓고 등을 토닥여주었다. 그러면 연이는 엄지손가락을 빨다가 잠이 들었다. 한번 앓아누우면 밥

때가 되어도 아이에게 밥을 챙겨주지 못했다. 몸도 아프지만 연이가 배고플 생각을 하면 가슴이 미어져 베고 누운 색동 베개에 눈물이 뚝뚝 떨어졌다. 그런 날이면 남편은 아침에 커다란 보름달 빵을 사놓고 직장에 나갔다. 계란 듬뿍, 크림 듬뿍, 아이들에게 영양 만점이라고 선전하는 빵이었다. 빵이 너무 커서 연이는 한 번에 다 먹지 못하고 낮에 절반 먹고 저녁때쯤 나머지 절반을 먹었다. 나는 연이가 보름달 빵을 먹는 모습을 볼 때도 있고 보지 못할 때도 있었다. 연이는 어디 갔는지 보이지 않고 빵 봉지도 비어 있으면 나는 연이가 빵을 먹고 나갔는지 걱정하느라 가슴이 해졌다. 나는 나를 좀 들여다봐달라고 부탁받은 안집 아주머니가 그 빵을 집어먹은 것은 아닌지, 그 아주머니의 개구쟁이 쌍둥이가 연이 것을 빼앗아먹은 것은 아닌지 의심스러워서 입이 뾰족해지곤 했다.

내가 누운 방에 삶은 고구마나 부침개 같은 것을 밀어 넣어주고 가던 동네 사람, 남편이 직장에 갔다가도 점심때쯤 돌아오곤 하던 날들, 병원에 입원하러 갔다가 무슨 일인지 그냥 돌아왔던 일들이 생각난다.

그리고 그 즈음 나는 죽었다. 죽기 전의 날들이 잘 기억나지 않는다. 정신이 들었다 나갔다 깜빡깜빡하며 대부분

자고 있었을 것이다. 자고 있는 동안에는 연이가 밥을 먹었는지 어쨌는지 걱정할 수도 없었다. 그러다 어느 날 나는 죽었다. 죽을 때 나는 혼자였다. 대낮이었는데 연이는 놀러 나갔는지 보이지 않았고 남편도 없었다. 그때 남편이 직장에 다니고 있었는지, 병들어 가망이 없는 나를 돌보느라 회사를 쉬고 있었는지 나는 알 수가 없다. 아무튼 그때 나는 혼자 누워 있었다. 그러다 불현듯 눈을 떴다. 내내 감고 있던 눈을 힘겹게 떠보니 절반 남은 보름달 빵이 비닐봉지 안에 들어 있는 것이 보였다. 옆에 물 주전자도 있었다. 우리 연이는 이제 놀다 들어오면 저 보름달 빵을 먹으면 된다. 물도 있으니 먹다가 목 막힐 일도 없을 것이다. 나는 마음을 놓았다. 그래서 죽을 때 편안히 눈을 감을 수 있었다.

* * *

그러면 모든 것이 끝난 것이 아니냐고, 그런데 어째서 다시 돌아와 이런 이야기를 하고 있느냐고 묻는 사람도 있을 것이다. 글쎄, 나도 잘 모르겠다. 죽은 다른 모든 사람이 어디로 가서 어떻게 지내는지 나는 알지 못한다. 나는 내가 죽었다는 것을 알지만 그냥 그뿐이다. 죽고 난 뒤 아무도 나를 데리러 오지 않았고, 무엇을 가르쳐주는 사람도 없었다. 그래서 옳다구나 하고 그냥 여기 있는 것이다. 나는 내 딸 연이를 혼자 둘 수가 없었다. 연이를 낳은 뒤 잘 먹이고 따뜻하게 입히고 편안히 재웠으면 너무 이르긴 해도 그래도 떠날 수 있었을지도 모른다. 연이가 갓난아이였을 때 내가 젖이라도 배부르게 먹였더라면 그나마 괜찮았을지도 모른다. 나는 그걸 다 하지 못했다. 연이에게 엄마라서 이건 해줬다고 내세울 만한 게 하나도 없었다. 나는 살아 있는 동안에도 대부분의 날들을 연이 곁에서 바라보고만 있었다. 밥도 해주지 못하고 연이가 보름달 빵을 뜯어먹는 모습을 물끄러미 바라만 보았다. 놀아주지도 못하고 혼자서 노는 모습을 기신기신 바라만 보았다. 그러니까 지금과 별반 다르지 않았다.

이유가 뭐가 되었든 간에 어쨌든 너는 '귀신'이지 않느냐고 말할지도 모르겠다. 그렇게 불린다고 해도 어쩔 수 없지만 나는 솔직히 말해 '귀신 같지'는 않다. 허연 소복을 입고 긴 머리를 산발한 채 피를 철철 흘리는 모습이냐 하면 그렇지는 않다는 것이다. 나는 꽃무늬가 있는 미색 쉐타를 입고 있다. 꽃이 너무 작아서 점점이 찍은 물방울 무니라고 생각하기 쉽지만 자세히 보면 꽃이다. 노란 꽃잎에 녹색 줄기까지 달려 있다. 올이 풀린 곳도 없고 보풀이 좀 있긴 해도 보기 흉할 정도는 아니다. 아랫도리는 허리가 고무줄로 된 쑥색 후레아 치마를 입고 있다. 편하고 길이도 적당해서 자주 입던 옷이다. 옷을 오래 입으면 엉덩이 부분이 반들반들 닳는데 고무줄 치마는 요리조리 돌려가며 입으면 그럴 염려가 없어서 좋았다. 발에는 덧버선을 신었고 신발은 신지 않았다. 멀리 외출할 만큼 차려입은 건 아니지만 그래도 나쁘지 않은 차림이라고 생각한다. 내가 하고 싶은 말은 나는 그냥 멀쩡한 모습이라는 것이다. 옷도 평범하게 입었고 어깨까지 내려오는 머리카락은 고무줄로 묶었으며 입가에 흐르는 피도 없다.

게다가 나는 그 어떤 나쁜 짓도 하지 않는다. 한밤중에 으스스한 목소리로 곡소리를 내거나 컴컴한 곳에서 갑자기 나타나 간 떨어지게 하거나 누구에게 들러붙어 병에 걸리게 하는, 귀신이 할 법한 어떤 일도 하지 않는다. 더 솔직히 말하면 나쁜 일이든 좋은 일이든 아무것도 할 수 있는 일이 없다. 뭘 어떻게 해야 하는지도 모른다. 나를 보여주고 싶어도 어떻게 해야 하는지 모르겠고, 소리를 내도 아무도 듣지 못하며 무언가 만지거나 움직이고 싶어도 마음대로 되지를 않는다. 그래서 나는 그냥 조용히 여기 있을 뿐이다. 원하는 것은 아무것도 없다.

3. 연이 할머니

내가 죽고 나서 장사를 치르자마자 연이는 할머니인 양달뜸 미호댁네로 보내졌다. 홀아비가 된 기석이 아이까지 기르며 돈을 벌러 다닐 수는 없었기 때문이다.

기석은 양달뜸 미호댁네 막내아들이다. 미호댁네는 8남매를 두었는데, 자식들이 모두 시집 장가가고 두 양주만 시골에서 살았다. 기석의 시골집에는 많지는 않아도 땅이 있고 돌봐야 할 가축과 작물이 있었다.

미호댁은 연이 할머니 택호다. 연이 할머니는 큰 산 너머 미호라는 곳에서 이곳으로 시집을 왔다고 했다. 그래서 미호댁으로 불렸는데, 동네 아이들은 미호 할멈이라고 불렀고 젊은 사람들은 미호 아짐이라고 불렀다. 미호댁을 미호댁이라고 부르는 사람은 비슷한 또래의 늙은이들이었다. 미호댁 말고도 동네 할머니들은 벌말댁, 볏골댁 등으로 불렸다. 그 남편들은 아내의 택호에 따라 '벌말 아재', '볏골 아재'로 불렸다. 연이 할아버지도 당연히 '미호 아재', '미호 어른'으로 불렸다. 도시에서 자란 나는 어른을 그런 식으로 부르는 것을 들어본 적이 없어서 재미있었다. 그렇다면 나는 무엇으로 불릴까? 태어난 동네와 자란 동네, 지금 살고 있는 동네가 다 다른데. 시집을 오면서 그런 기대도 하고 걱정도 했지만 나를 부르는 이름은 그냥 '미호댁네 새애기'였다. 연이를 낳자 곧 연이 어멈으로 불렸다.

시골은 한창 새마을 운동 중이었다. 경운기가 다닐 수 있게 마을 길을 넓고 반듯하게 닦고, 종자 개량을 하라고 뻔질나게 공무원들이 드나들었다. 심으라는 볍씨를 심지 않았다고 일껏 가꿔놓은 모판을 둘러엎는 일도 있었다. 초가지붕도 모두 양철이나 기와로 바꾸라고 했다. 기와를 굽는 와공이 동네에 아예 들어와 살았고 돈이 없으면 빚을 내라고, 나라에서 하라는 일을 안 하는 게 그게 바로 빨갱이라고 사람들을 윽박질렀다. 늙은이들은 귀가 잘 안 들리는 척하며 버텼지만 공무원뿐만 아니라 동네 이장, 새마을 지도자, 사에이치 구락부 청년들이 번갈아가며 찾아와서

으르대다 돌아갔다. 미호댁네 디근 자 집 중 안채와 사랑채는 기와지붕이었지만 행랑채는 초가지붕이었다. 면에서 나온 사람이 그 행랑채 지붕을 개량하든지 아니면 아예 허물든지 양단간에 결정을 내리라고 몇 번이나 말했지만, 미호 어른은 듣는 둥 마는 둥했다.

"여기서 살면 얼마나 더 산다고 지붕 개량은… 아나 개뿔이다."

공무원이 가고 나면 미호 어른은 그렇게 혼잣말을 했다.

미호댁네 집은 양달뜸의 제일 끝에 자리하고 있었다. 양달뜸은 삼면이 산으로 둘러싸여 오목하고 앞으로는 내가 흐르는 곳이었는데, 마을 자체가 남향이라 볕이 잘 들었다. 그곳에 한 30여 호가 모여 살았다. 산이라고 할 것도 없는 언덕을 돌아가면 그쪽은 서향이라 해가 있는 동안에만 햇볕이 잠깐 들어서 응달뜸이라고 불렸다. 미호댁네는 양달뜸이 거의 끝나는 곳 언덕 아래 있었다. 그러니 초가지붕이라고 해도 크게 거슬리는 곳은 아니었다. 마을 한가운데에 미호댁네가 있었다면 끝까지 초가지붕을 이고 있기는 힘들었을 것이다. 조용히 엎드려 살아가는 사람들에게 눈에 띈다는 것은 좋은 일이 아니었다. 특히 순사나 면서기 등 관청의 눈에 띈다는 것은 살면서 애로사항이 아주 많아지는 일이었다.

　미호댁네는 부자는 아니었어도 물려받은 땅뙈기가 조금 있어서 밥을 굶지는 않았다. 물론 자식들을 공부시키고 시집 장가 보내는 동안 땅은 조금씩 줄어들어서 이제는 밭 조금이랑 논 몇 마지기만 남아 있었다. 농사가 크지 않아도 할 일은 많았다. 벼농사는 못자리를 내는 일부터 혼자서 할 수 없는 일이라 동네 사람들의 손을 빌렸다. 벼농사보다 밭농사가 더 많았다. 밭에는 감자, 고구마, 콩, 수수, 옥수수, 고추, 오이, 호박, 열무, 무, 배추 등을 심었다. 머위나 비름, 쑥, 망초는 씨를 뿌려 얻는 것은 아니고 제철이 되어 돋아나면 뜯어다 먹으면 되었다. 너무 크게 자라는 게 문제였으므로 거저 뜯어다 먹으면서도 그런 풀들은 고맙지도 않고 성가시기만 했다.

　시골은 살림이 웬만한 집도 삼시 세끼를 다 챙겨 먹지는 못했다. 농사를 크게 짓고 땅이 많아도 점심까지 밥을 해서 먹는 집은 없었다. 여름이면 옥수수나 감자를 삶아 때우고, 겨울이면 고구마를 쪄서 먹거나 무를 깎아먹었다. 새벽에 일어나 일을 하다 배가 고프면 오전 참에 늦은 아침을 먹고 해거름에 두 번째 끼니를 먹고 어두워지자마자 바로 잠자리에 드는 것이 시골에 사는 보통사람의 하루였다. 쌀이 있다고 해도 하루에 밥을 세 번이나 먹는 일은 눈치 보이고 욕먹는 일이었다.

그러니 연이가 시골에 가서 하루에 두 끼만 먹는다고 해도 크게 가여울 것도 없는 일이었다. 기석이 연이를 시골로 보낼 때 당연히 나도 따라갔다. 연이 물건이라고 해야 옷가지 몇 벌인데 속옷까지 몽땅 싸도 보퉁이 하나면 충분했다.

시골 가기 전날 기석은 연이에게 백화점에서 비싼 인형을 사다주었다. 눕히면 눈을 감고 일으켜 세우면 눈을 반짝 뜨는 인형이었는데, 웬만큼 사는 집 아이들은 다 가지고 있을 정도로 인기 있는 인형이었다. 목과 양팔, 다리가 각각 빠지는 고무 인형이라 고개를 돌릴 수도 있고 팔을 쳐들거나 다리를 뻗고 바닥에 앉을 수도 있었다. 풍성한 갈색 머리카락은 곱슬곱슬하게 어깨까지 내려왔고, 옷도 예뻤다. 빨간 비로드 원피스인데 목둘레에 하얀 레이스가 둘러져 있었다. 연이는 눕히면 저절로 눈을 감는 것이 신기했던지 노상 인형을 재우며 놀았다. 볼 때마다 인형을 토닥거리며 자장자장 하고 있으니 미호댁은 그 인형을 자장이라고 불렀고 연이도 따라 그렇게 불렀다. 종이인형만 가지고 놀던 연이는 이 인형에게 홀딱 반했다. 엄마를 잃은 슬픔(그런 것이 진짜로 있었는지는 모르겠지만)을 자장이로 조금은 달랬을 것이다.

마누라가 죽어도 울지 않던 기석은 시골에 딸내미를 떼놓고 돌아설 때도 울지 않았다. 아이도 울며불며 바짓가랑이를 잡고 늘어지지도 않았다. 기석은 아이에게 온다 간다 말도 하지 않고 착하게 잘 있으면 언제까지 데리러 오겠다는 약속도 하지 않고 미호댁에게 어색한 눈짓만 하고는 돌아갔다.

연이는 어릴 때부터 손타는 아이가 아니었다. 엄마 아빠가 잠시만 안 보여도 울고불고 끌탕을 치는 아이들이 수두룩했지만 연이는 그러지 않았다. 혼자서도 잘 놀고 낯도 가리지 않았다.

'아무짝에도 쓸모없는 계집의 아무짝에도 쓸모없는 딸년'인 연이는 처지에 어울리게 아무짝에도 쓸모없는 짓을 하며 놀았다. 시골에는 또래 아이들이 없었다. 젊은 사람들이 처자식을 이끌고 모두 도시로 떠났기 때문이다. 아직 시골을 뜨지 못한, 그러나 자리만 생기면 부부 교사의 집에 식모로 간다거나 공단으로 기술을 배우러 갈 예정의 열댓 살짜리들이 몇몇 있을 뿐이었다. 열댓 살짜리 사내애와 계집애들은 서로를 집적거리고 킥킥거리며 놀기 바빠서 연이가 눈에 띄면 대놓고 귀찮아했다. 연이는 흙바닥에 그림을 그리고, 마당가의 분꽃을 따서 귀걸이처럼 걸고 돌아다니거나 잠자리를 잡아서 서로 싸움을 시키며 놀았다. 잠자리의 꽁지를 조금 잘라 그곳에 지푸라기를 끼워 넣어 날려 보내기도 했다. 동네 오빠들은 그걸 잠자리 시집보낸다고 말했다. 아침밥을 먹고 나면 연이는 댓돌에 앉아 닭과 병아리들을 구경했다. 미호댁이 좁쌀을 마당에 뿌려주면 닭과 병아리들은 날개를 퍼덕이며 달려가 부리로 좁쌀을 콕콕 찍어먹었다. 병아리들은 어미닭을 따라서 동네를 헤집고 다니다가도 날이 저물 즈음이면 또 어미닭을 따라 집으로 돌아왔다. 그 많은 병아리들이 마치 빨아들이기라도 한 것처럼 모두 어미닭의 품 안으로 들어갔다. 병아리가 어미닭의 날개 밑으로 모두 들어가면 미호댁은 나뭇가지로 엮은 둥우리를 그 위에 폭 덮어씌웠다. 날이 저물어 캄캄해질 때까지 연이는 댓돌에 앉아 닭들이 잠드는 모습을 바라보곤 했다.

4. 정순

내가 여기 있는 이유는 연이 때문이라고, 연이를 두고서는 차마 발길이 떨어지지 않기 때문이라고, 그렇다고 연이를 데려갈 수도 없는 노릇이라 여기 있는 것이라고 나는 물어보는 사람도 없건만 계속 다짐을 두었다. '정말로' 연이 때문이냐고 물으면 나는 벌컥 성을 내며 왜 당연한 걸 묻느냐고 대답할 것이다. 그런데 '오로지' 연이 때문이냐고 물으면 나는 아마 대답을 하지 못하고 쭈뼛거릴지도 모른다. '오로지' 연이 때문이라면 '오로지' 연이만을 따라다니며 '오로지' 연이 곁에만 머물러야 마땅한데 나는 그러지 않았기 때문이다.

나는 남편인 기석의 주변에서도 좀 서성거렸다. 좀 서성

거린 정도지 곁에 오래 머물러 있지는 않았다. 죽은 마누라가 살아 있는 서방 곁에서 얼씬거리는 것은 미안한 일이었다. 내가 죽었을 때 내 남편은 갓 서른이었다.

연이와 기석이 함께 있을 때는 마음 편하게 그 곁에서 노닥거렸지만 연이와 기석이 떨어져 있을 때, 연이가 시골에 있을 때 내가 기석이 어쩌고 있나 그의 집이나 회사로 찾아가보려면 공연히 눈치가 보였다. 내가 내 눈치를 봤다.

— 아이 아빠니까 안녕한지 못한지 찾아봐야지. 엄마가 죽었는데 아빠마저 죽어버리면 어떡할 거야. 뭘 먹고 사는지 마누라가 죽었다는 핑계로 술독에 빠져 있는 것은 아닌지 챙겨봐야 하는 것 아니야?
연이가 믿을 사람은 제 아빠뿐이니까 내가 내 딸 아빠에게 관심을 갖는 건 당연한 일이지.

나는 망설이고 망설이다 기석을 보러 갔다. 기석을 보러 가려면 곰곰 생각하고 고개를 끄덕이다 치마를 팍 떨치고 일어서야 갈 수 있었다. 기석이 정순을 만나고부터 조금 더 자주 갔었는지는 잘 모르겠다. 그랬던 것 같기도 하고 아닌 것 같기도 한데 결코 매일 가지는 않았다.

기석은 연이를 시골에 보내놓고 아니나 다를까 안녕히 지내지 못했다. 밥도 제때 챙겨먹지 않았고, 이부자리도 제대로 깔고 덮지 않고 그냥 맨바닥에 픽 쓰러져 잤다. 부모 형제, 처자식과 헤어져 눈물로 세월을 보내는 것은 아니었지만 웃는 얼굴도 통 보지 못했다. 표정이 어두우니 회사일인들 제대로 할까 싶었다.

기석은 책을 파는 영업사원이었다.

"댁에 남편은 뭐하우?"라는 물음에 "출판사에 다녀요. 책 만드는데요"라고 하면 단박에 "어머, 멋져라! 공부 많이 했나 봐"라는 대답이 돌아왔다. 사람들은 책 만드는 사람을 대단하게 생각했다. 책은 마음의 양식이니까. 그러나 책을 읽는 남자를 보는 것은 하늘의 별따기였다. 골목이나 시장통, 버스 정류장, 공터에는 거친 말을 내뱉고 사람을 기분 나쁘게 쳐다보고 대낮부터 술에 취해 돌아다니는 남자들 천지였다. 기석이 당숙네 하숙생이었을 때 나는 기석이 마당 평상에 엎드려서 책 읽는 모습, 변소 앞에서 차례를 기다리며 책 읽는 모습, 때로는 화단가 돌 위에 쪼그리고 앉아서 책 읽는 모습을 보았다. 기석이 책 만드는 회사에 취직을 한 것은 정해진 일처럼 보였다.

나는 기석이 사무실에서 원고지와 씨름을 하고 있다고

상상했다. 빨간 볼펜을 들고 원고지에 줄을 죽죽 긋거나 원고지를 마구 구겨 쓰레기통으로 휙 던져 넣는 상상을 하곤 했다. 책을 쓰는 일과 만드는 일, 파는 일이 많이 다를 것이라고는 생각하지 못했다. 함께 살 때는 기석이 출근해서 어떻게 하루를 보내는지 전혀 알지 못했다. 기석의 하루를 손바닥 들여다보듯 훤히 알게 된 것은 죽고 나서였다.

기석은 회사에 출근하면 사무실에 앉아 있는 시간이 거의 없었다. 아침에 사무실에서 회의를 잠깐 하는데 내가 보기에는 회의가 아니라 그냥 잔소리 듣는 시간이었다. 회의가 끝나면 옆으로 메는 커다란 검은색 가방에 전집 카탈로그와 지라시, 견본으로 보여줄 책들을 챙겨 넣었다. 종이로 가득 채운 가방은 엄청나게 무거워 보였는데 기석은 그 가방을 하루 종일 어깨에 메고 다녔다. 특별히 가야 할 곳이 정해져 있지는 않은지 이곳저곳 쏘다니다 길바닥에 넋을 놓고 앉아 있기도 했다. 기석은 다른 회사의 사무실을 찾아가 책을 소개했다. 그러면 사람들이 대한민국 광복사나 삼국지, 수호지 등의 책을 사겠다는 계약서를 작성했다. 그렇지만 계약서를 쓰기까지가 쉽지 않아 보였다. 사무실 문을 열고 들어가면 문간에 앉은 직원이 '어떻게 오셨느냐, 누굴 찾아오셨느냐'고 묻는데 '특별히 누굴 찾아온 것은 아니고 여기 계신 분들께 마음의 양식이 되는 교양서를 소개하고 싶어 왔다'고 하면 당장에 표정이 구겨졌다. 어떤 날은 기석이 사무실에 들어서도 아무도 쳐다보지도 않고 누구냐고 물어보지도 않아서 나까지 얼굴이 달아오르기도 했다. 남자직원이 완력으로 밀어내다시피 하는 것도 보았다. 바쁘다고 얼른 나가라고 문밖까지 밀어내고는 밖에까지 다 들리게 저놈의 월부 장수들 지긋지긋하다고 말하기도 했다.

기석은 살림집이 있는 동네로 가는 날도 있었다. 대문간을 기웃기웃하며 어느 집 마당 평상에 아주머니들이 모여 있지는 않은지 살폈다. 동네 여자들이 모인 곳이 있으면 대문을 밀고 들어가서 엄마를 따라온 아이에게 '똘똘하게 생겼다', '공부 잘하게 생겼다', '책 좋아하게 생겼다'는 등의 입에 발린 말을 했다. 그러면서 소년소녀세계명작이나 세계위인전집이 실린 카탈로그를 죽 펼쳐놓았다. 아이한테 고기반찬 해주고 좋은 옷 입히는 것보다 책 한 권 사주는 어머님이 훨씬 훌륭한 어머님이라고 말했다. 관심 있게 들여다보는 여자들도 있었지만 목 아픈 기석에게 실컷 말만 시키고 막상 계약은 잘 하지 않았다. 원래 가격보다 엄청나게 깎아주는데도(사모님, 이만큼 깎아드리는 걸 회사에서 알면 저 짤려요. 다른 사모님들한테 이 가격에 사셨다고 말씀하시면 절대 안 돼요) 그래도 비싸다고 했다.

나는 책을 만드는 회사에 다니는 기석이 화장품이나 믹서기를 파는 여타의 월부 장수들과 별반 다르지 않은 하루를 보내는 것을 알고 깜짝 놀랐다. 또 기석이 그렇게 말을 많이 하는 사람이라는 것도 처음 알았다. 낮에 저렇게 말을 많이 하니 집에 오면 입도 벙긋하기 싫을 텐데 그래도 내게 '밥은 먹었냐, 몸은 좀 어떠냐' 등을 물어봐줬던 것이 새삼스레 고마웠다. 나는 기석이 점심을 굶거나 혼자서 아무렇게 때우는 것을 보고도 놀랐다. 기석은 연탄불에 가래떡을 구워 파는 할머니가 있으면 하나 사먹거나 시장통에서 호떡이나 국화빵 한 봉지를 사서 선 채로 후다닥 먹고는 그걸로 점심을 때웠다. 내가 살아 있을 때 내 새끼가 보름달 빵으로 끼니를 때우는 동안 내 서방은 시장의 호떡으로 끼니를 때웠구나, 그것을 나는 몰랐구나 싶어서 눈물겨웠다.

이제 기석을 따라다니는 건 그만하자고 마음먹었을 때 정순을 보았다. 정순은 작은 무역회사의 여직원이었다. 직원이 열 명쯤 되려나? 사장이 있고 전무가 있고 과장도 있었는데, 정순은 비서였다. 누구 비서인지는 정확하지 않고 그냥 사장 비서, 전무 비서, 과장 비서 일을 다 하는 듯했다. 그 외에도 서무 겸 경리 겸 전화 교환원 등 작은 회사 여직원들이 할 법한 모든 일을 정순이 하고 있었다. 정순은 '미스 리'로 불렸는데 미스 리치고는 위세가 당당했다. 직원들의 이야기를 들어보면 정순은 사장이 처음 사업을 시작하고 사무실 자리를 보러 다닐 때부터 사장을 도와 일을 한 고참이었다. 정순은 아침에 사무실 청소를 하고 책상을 닦고 커피를 타서 돌리는 일을 했지만, 직원들이 정순에게 그 일을 시킬 수는 없었다. 정순이 커피를 타주면 고맙게 먹지만 심사가 뒤틀려 아는 척도 하지 않으면 커피는 못 얻어 마셨다. 정순은 직원들이 풀이나 종이 등의 비품을 얻으러 와도 마치 제 물건을 내어주듯 아껴 쓰라는 잔소리를 잊지 않았다. 직원들이 뒤에서 '노처녀는 저래서 욕을 먹는다'고 투덜거리기에 몇 살인가 싶었는데 나중에 알게 되었지만 그녀는 상처하고 아이까지 있는 기석과 동 갑이었다.

내가 정순을 처음부터 눈여겨본 것은 아니었다. 기석은 정순이 다니는 회사에 꽤 여러 번 찾아갔는데, 회사 전무가 기석의 동향 선배라고 했다. 동향이라고 해서 양달뜸 누구네 아들인가 싶었는데 그건 아니고 그냥 같은 군에서 국민학교를 졸업했을 뿐이었다. 누구누구에게 소개를 받아 선배인 그 전무를 찾아왔을 때 커피를 내어준 사람이 바로 정순이었다. 정순이 쟁반에 커피 두 잔을 타서 들고 왔을 때 기석은 벌떡 일어서서 공손하게 쟁반을 받아 들었다. 정순이 빈 쟁반을 가지고 나가면서 흘끔 기석을 돌아봤는데 그 표정에 나는 가슴이 쿵 내려앉았다. 다시 고개를 돌리는 순간 그녀의 입가에 희미한 미소가 번졌다는 것을 기석은 몰랐겠지만 나는 놓치지 않고 보았다.

동향 선배라던 전무가 커피까지 대접하며 기석을 알은척해준 것은 그날뿐이었다. 기석이 삼국지 완역판이나 대한민국 광복사 등 표지가 딱딱하고 두꺼운, 한 질에 서른 권이라 가격도 어마어마한 책을 소개하자 전무는 갑자기 일이 좀 바빠졌다. 전무가 기석을 지긋지긋한 월부 장수 취급하며 문밖으로 내몰았다면 나는 엄청 속상했을 것이다. 그래도 전무가 그런 책은 필요 없다, 절대 안 산다고 똑 부러지게 말을 했으면 기석이 그 회사를 그렇게 여러 번 찾아가지 않았을 것이다. 그렇지만 전무는 다음에 한 번 더 오면, 그다음에 딱 한 번만 더 오면 마치 그 책을 살 것처럼 카탈로그를 자세히 들여다보고 견본으로 가져온 책도 넘겨보면서 "이런 게 집에 딱 꽂혀 있으면 사람이 좀 교양 있어 보이더라"는 쓸데없는 소리를 했다. 그 바람에 기석은 그 회사를 몇 번이고 찾아갔고, 그때마다 정순에게 커피 대접을 받았다. 그러는 동안 전무는 점점 더 일이 바빠지는지 기석의 이야기를 건성으로 들었고, 바쁜 전무 대신 정순이 삼국지 완역본에 관심을 보이며 기석의 이야기를 들어주기도 했다.

그러던 어느 날 기석은 또 터덜터덜 걸어 무역회사를 찾아갔다. 더운 날이었다. 그즈음에는 특별히 갈 데가 없으면 그 회사를 찾아가는 것 같았다. 그날 전무는 없었고 다른 사람들도 다 외근을 나갔는지 정순 혼자 사무실을 지키고 있었다. 문을 열었을 때 사무실이 텅 비고 정순 혼자 앉아 있는 것을 보자 기석은 안으로 성큼 들어서지 못하고 문간에서 쭈뼛거렸다. 정순도 엉거주춤 자리에서 일어났다.

"전무님 안 계신데요."

기석은 알겠다고 인사를 깍듯이 하고는 사무실을 나왔다. 그렇지만 날은 덥고 지치고 달리 갈 곳이 있는 것도 아닌지라 기석은 가방에서 종이 한 장을 꺼내 층계참 바닥에 깔고는 앉았다. 땀이라도 식힐 요량이었던 것 같은데 좀 처량해 보였다.

한참 뒤에 사무실을 나서던 정순이 층계참에 앉아 있는 기석을 보고 멈칫했다. 기석도 정순을 보고는 엉거주춤 일어섰다.

"여기서 기다리시게요? 전무님 오늘 늦으실지도 모르는데."

"네. 그게 아니고 그냥 좀 쉬려고요."

"네에…."

정순은 화장실에 다녀오는 길에 다시 기석에게 말을 건넸다.

"안에서 기다리세요. 커피 드릴게요."

"아닙니다. 아니에요."

"들어오세요."

정순은 사무실 소파에 불편하게 앉아 전무를 기다리는 기석에게 커피도 타주고 신문도 가져다주었다. 기석은 정순이 커피와 신문을 가져다줄 때마다 벌떡 일어서서 받았다. 기석이 전무를 기다리다 그냥 돌아가려고 일어서자 정순이 말했다.

"이따 퇴근 시간 맞춰 다시 오실래요?"

"전무님 언제 퇴근하시는데요?"

"전무님 말고 저요. 저는 여섯 시면 퇴근해요."

나중에 정순은 기석에게 말했다.

"그런 남자는 자기가 처음이었어. 내가 다가가면 자리에

서 벌떡 일어나는 남자 말이야. 다른 남자들은 내가 커피
잔을 들고 가면 위아래로 훑어보거나 거들먹거리면서 다
리를 꼬지 한 명도 일어서서 쟁반을 받아주지 않았거든."

기석은 원래 그런 사람이었다. 하숙집에서도 내가 들고
간 국그릇이랑 밥그릇을 일어서서 받아주고 상에 놓아주
곤 했었다(그러니까 기석은 내게 먼저 그런 일을 해주었다).

그들은 이제 회사 밖에서도 만나 저녁도 같이 먹고 영
화도 보는 사이가 되었다. 어느 날 기석이 술을 마시고 연
이 이야기를 했다. 기석이 회사 앞 컴컴한 선술집에서 자
신이 상처한 홀아비이며, 딸아이는 어머니가 맡아 기르고
있다는 말을 하자 정순은 대답 없이 손톱만 만지작거렸다.
정순은 기석의 고백을 듣고 난 뒤부터 오히려 열정에 들떴
다. 기석에게 며칠 연락이 없으면 회사 앞으로 찾아오기도
했고, 둘이 만나면 밤이 늦어도 집에 돌아가지 않으려고
했다. 그렇게 몇 달이 또 지난 어느 날 정순은 기석 앞에서
목놓아 울었다.

"왜 결혼하자는 말을 안 해요? 이렇게 연애만 하고 말
거예요?"

기석은 깜짝 놀랐지만 누구보다 소스라치게 놀란 사람
은 바로 나였다. 그때 나는 옆 탁자에 앉아 있었다. 나는

그들이 만날 때 눈치껏 좀 떨어진 빈 탁자에 앉아 그들을 훔쳐보곤 했다. 정순이 울면서 결혼이라는 말을 입 밖에 꺼내자 나는 깜짝 놀라 탁자 밑으로 기어들어갔다. 내 모습이 보일 리 없다는 것을 알면서도 어떤 여자가 내 남편에게 결혼 이야기를 하고 있는데 내가 그 옆에 얼쩡거리고 있으면 안 될 것 같았다. 나는 탁자 밑에 웅크리고 앉아 그들의 대화를 엿들었다.

"내가 어떻게 그런 말을 해요…."

"왜요? 왜 못 해요? 기석씨가 못하면 내가 할게요. 우리 결혼해요."

기석이 어떤 표정이었는지, 기뻤는지 놀랐는지 혹시 우는 여자 앞에서 기석도 눈물을 보였는지 나는 알 수 없었다. 내가 탁자 밑에서 숨죽이고 있는 동안 두 남녀도 별 말이 없었다. 나는 연이 생각을 했다. 우리 연이에게 계모가 생기는 것이 좋은 일인지 아닌지. '언제까지 할머니 집에서 잠자리나 시집보내며 살 수는 없으니 아빠 집으로 와서 살아야 하겠지. 회사 다니는 아빠가 아이를 먹이고 입히며 키우기 어려우니 계모라도 있기는 있어야 하겠지. 계모라도 아이 밥은 챙겨주겠지. 점심과 저녁을 다 보름달 빵만 먹이지는 않겠지. 제 새끼 밥조차 제때 못 해준 나보다야

낫겠지'라는 생각을 하니 나는 풀이 죽었다.

나는 정순이 어떤 사람인지 어떻게 살고 있는지 정말 궁금했지만 차마 정순을 따라가보지는 못했다. 내가 그 여자에 대해 알아본다고 한들 할 수 있는 일은 아무것도 없었다. 정순이 보기보다 좋은 사람이 아니라고 하더라도 내가 어떻게 반대를 할 수 있을까? 또 내가 허락이나 반대를 한다는 것이 가당키나 한 일인가? 내가 무어라고.

결혼 말이 나오고 난 뒤로 그들이 만나 무엇을 하는지, 얼마나 좋아 지내는지 관심 두지 않으려고 했다. 기석에게도 정순의 집에도 가보지 않았다. 그냥 연이 옆에 있었다. 연이는 앞으로 제 처지가 어떻게 바뀔지도 모르는 채 병아리를 쫓아다니고 잠자리를 잡아 시집을 보냈다. 미호댁이 밭에 나가면 졸랑졸랑 쫓아가고 그 뒤를 또 내가 따라갔다.

* * *

미호댁이랑 연이가 고구마를 캐러 나간 날이었다. 고구마는 나도 살아 있을 때 퍽 좋아했던 것이라 신이 나서 따라 나갔다. 미호댁은 잎이 무성한 고구마 줄기를 낫으로 썩썩 잘라냈다. 얼키설키 얽혀 있는 고구마 줄기를 잘라서

밭고랑 쪽에 뭉쳐놓았다. 그리고 호미로 땅을 슬슬 파나갔다. 고구마 밭은 땅이 딱딱하지 않고 무르고 푸슬푸슬했다. 헐겁게 감은 털실 뭉치처럼 폭신하고 부드러웠다. 고구마 뿌리가 땅속에서 이리저리 발을 뻗고 뿌리에 달린 고구마들이 몸피를 키우면서 단단한 땅을 헤집어 풀어놓은 것이었다. 식물의 뿌리는 약하게 보이지만 천천히 슬금슬금 움직이며 힘을 키워나간다.

미호댁은 호미로 겉흙을 조금 걷어내고는 손으로 흙을 헤쳐서 고구마를 찾았다. 드러난 붉은 고구마를 본 연이는 신이 났다.

"찾았다!"

"그려, 흙 털어서 보구리에 주워 담아라."

할머니가 고구마를 캐고 아이는 캐낸 고구마를 바구니에 얌전히 옮겨 담는 일을 하면 작은 손도 도움이 되고 좋으련만 연이는 그런 아이가 아니었다. 누구라도 그렇지 않은가? 고구마를 옮기는 일보다 보물찾기 놀이 같은 고구마를 캐는 일이 훨씬 재미있다. 연이는 할머니에게서 기어이 호미를 빼앗아 밭을 푹푹 찍었다.

"겉흙만 살살 파라. 깊이 파지 말고."

연이는 두 손으로 호미를 잡고 머리 위까지 호미를 쳐들었다가 온 힘을 다해 땅을 찍었다. 쪼그리고 앉은 엉덩이가 들썩했다. 호미에 묻은 흙이 사방으로 튀고 호미 날에 고구마가 찍혔다.

"살살 하라니께!"

미호댁이 소리를 질렀지만 연이는 듣는 둥 마는 둥 여러 번의 호미질 끝에 고구마를 파냈다. 미호댁은 엉덩이만 조금 돌려 앉아 작은 소리로 욕설을 해댔다.

"지 에미 닮아 말도 안 들어 처먹는 년, 쓰잘데기 없이 고집만 씬 년."

대놓고 하는 욕도 아니고 그렇다고 속으로 하는 욕도 아닌 욕을 미호댁은 하루 종일 달고 살았다. 특별히 시어머니 말을 안 들어 처먹은 기억도 없고, 고집을 부린 기억도 없는 나는 조금 억울해졌다. 나는 밭둑에 앉아 흥얼흥얼했다.

— 연이야 고구마에 상처내지 말아라. 고구마에 상처내면 고구마가 금방 썩고 엄마도 욕먹는다.

그때였다. 방울소리가 들렸다. 대낮에 사방이 탁 트인 이 시골 들판 어디에서 방울소리가 나는 것일까? 방울 하나가 울리는 소리가 아니라 여러 개가 한꺼번에 딸랑딸랑

요란하게 흔들리는 소리였다. 미호댁도 연이도 방울소리를 듣지 못하는 모양이었다. 내게는 귀가 먹먹하도록 들렸다. 바로 귀 옆에서 방울을 흔들어대는 듯 너무나 거슬렸다. 귀를 틀어막아도 소리는 더 크게 들렸다. 괴로울 정도로 시끄러웠다. 딸랑딸랑딸랑딸랑딸랑딸랑.

― 이 소리는 뭐야? 아아 정말 시끄러워 죽을 것 같아….

나는 그곳에서 도망쳤다. 넓은 들판을 달렸다. 방울소리는 나를 계속 따라왔다. 내 머리카락에 방울이 매달린 것은 아닌가 싶어서 몇 번이나 머리를 훑어 내렸다. 치맛자락에 붙어 있나 싶어 옷도 마구 털어보았다. 그래도 소리는 점점 커졌다. 소리 때문에 머리가 터질 것 같았다. 나는 두 손으로 머리를 싸매고 웅크렸다. 더이상 도망칠 곳도 없었다. 그러다 나는 어딘가로 옮겨졌다. 나도 모르게 어딘가로 획! 그러니까 진짜 귀신처럼 말이다.

사람들은 귀신이란 원래 제 마음대로 움직일 수 있는 존재라고 생각한다. 나도 귀신이 되기 전에는 그렇게 생각했다. 동에 번쩍 서에 번쩍하고, 바람 없이도 촛불을 끄고 그릇을 달가닥거리다 깨뜨릴 수도 있어야 귀신이 아닌가?

그렇지만 나는 그런 일을 하지 못한다. 자그마한 물건 하나 움직이는 일도 하지 못한다. 심지어 나는 문을 열고 나가지도 못한다. 나는 몸이 없다. 손도 없고 발도 없다. 문고리가 손에 잡히지 않기 때문에 문도 열지 못한다. 어떤 사람이 문을 열었을 때 그 틈으로 얼른 빠져나가지 않는 한 나는 갇혀 있을 수밖에 없다. 사람이 도와주지 않으면 살 수 없는 귀신이라니 나도 어이가 없다. 그러니 내가 휙 사라져서 어딘가에 또 스르륵 나타난 것은 내가 한 일이 아니라 재주 좋은 어떤 사람이 한 일이었다.

바로 이 여자처럼. 방울을 흔들어대고 있는 이 여자 말이다. 나를 이곳으로 데려온 것은 아마도 이 여자인 모양이었다. 화장을 진하게 하고 화려한 한복 차림에 머리는 쪽을 지어 올린, 도대체 몇 살인지 가늠이 안 되는 여자가 상 앞에 앉아서 놋쇠방울 예닐곱 개가 엮여 있는 방울을 흔들고 있었다. 넓지 않은 컴컴한 방은 천장 가득 종이로 만든 연꽃이 달려 있었다. 제단이 있었는데 제단 위에는 가짜임이 분명한 떡과 과일, 고기가 그릇그릇 높이 쌓여 있었다. 용왕님, 선녀님, 산신님, 관운장, 장비 등 온갖 초상화가 사방 벽 가득 걸려 있었다. 보아하니 이 여자는 무당인 듯했다. 나는 이 여자를 모르는데 왜 나를 이곳으로 부른 것일까? 드디어 방울소리가 멈추고 나는 기진맥진해서 무당 뒤에 쓰러지듯 앉았다. 무당 앞에는 오십 줄이 넘어 보이는 중년 부인이 앉아 있었는데 낯설기는 마찬가지였다. 분명 이 중년 부인이 나에 대해 뭔가 물어봤기 때문에 무당이 요란하게 나를 불러댔을 것이다. 앞에 놓인 작은 상 위에 내 이름과 사주가 적혀 있는 종이가 보였다.

"으이. 병사로구먼. 명운이랑께. 횡액을 당헌 것은 아닝게 걱정을 마소."

나를 뒤에 앉혀놓고 무당이 말했다. 무당을 찾아온 중년 부인이 물었다.

"긍게 그 여자 명 짧은 것이 신랑 탓은 아니랑께라?"

"무담시 신랑 탓을 해쌓소. 타고난 것이 그거랑께."

"그라믄…."

중년 부인이 목소리를 낮추었다.

"쩌그 그란 것도 보이요? 그 죽은 여자가 심성이 어땠능가. 우리 애헌티 뭔 해코지라도 하능 건 아닌가 싶어 내가 잠이 안 오요. 나이는 쫌 많애도 멀쩡한 처년디 왜 마누래 죽은 놈헌티 시집을 간다고 저 지랄발광을 허는지. 이 결혼을 시키는 게 존지 내가 내 모가지를 달아매서라도 말겨야 하는지 쫌 물어보소. 이?"

나는 이 중년 부인이 누군지 짐작이 갔다. 정순의 어머니였다. 어쩐지 누구랑 좀 닮은 것 같다고 느낀 참이었다. 정순은 기석에게 먼저 청혼한 뒤 집에서 펄쩍 뛰며 반대하자 밥을 굶어가며 결혼을 허락해달라고 조르는 모양이었다. 울다 쓰러지다 이대로 집을 나가겠다는 협박도 하고 여러 수단을 쓴다고 했다.

무당은 내가 뻔히 자기 뒤에 앉아 있는데도 또 방울을 흔들었다. 저놈의 방울. 귀가 찢어질 것 같았다.

"이 결혼이 되겠느냐?"

나에게 묻는 말이었다. 나는 놀라고 당황해서 횡설수설했다. 그거야 저희들이 알아서 할 일이지 어째서 나한테 묻느냔 말이다. 내가 하라면 하고 말라면 말 것인가? 나는 우리 연이에게 누군가 밥을 해주면 좋겠고, 내 남편이 이제 밤에 제대로 이부자리를 깔고 자면 좋겠다.

"이 결혼을 하면 둘이 해로하겠느냐?"

둘이 해로할지 아닐지는 살아봐야 알 일이다. 나는 기석이 좋은 사람이냐고 물으면 그렇다고 말해줄 수 있지만, 앞으로의 일을 물으면 내가 겪어보지 않아서 모른다고 말할 수밖에 없다. 그래도 나는 거짓말을 했다. 내게 그 답을 들어야 안심하겠다면 좋은 말을 해주는 것도 복을 짓는 일이었다. 나는 둘이 해로할 것이며, 아주 정 좋게 아들딸 낳고 부자로 잘 살 것이라고 말했다. 무당이 정순의 어머니에게 내 말을 전하자 정순 어머니는 고개를 크게 끄덕였다. 아무렇게나 해준 말에 저렇듯 안심하는 모습을 보니 마음이 괴롭기는 했다. 그렇지만 나도 제발 그렇게 되었으면 좋겠다는 바람을 말한 것뿐이었다.

정순의 어머니는 이제 일어나 돌아갈 듯하더니 은근한 목소리로 다시 물었다.

"혹시… 죽은 즈그 각시랑은 정이 좋았소?"

"그란 건 왜 묻소? 죽고 없는 사람을."

"그려도. 너무 일찍 갈라졌응께 혹시 그 정 다 못 띠었나 싶어서."

나는 온 힘을 다해 고개를 흔들었다. 아니다, 아니야. 정이 있었다 하더라도 이제는 있는 정 없는 정 다 떨어졌을 것이다. 아무짝에도 쓸모없는, 병원비로 돈이나 잡아먹는, 제 서방 등골 빼먹는 불여시가 바로 나였다. 내가 없어져서 속이 시원했을 것이다. 기석은 허구한 날 방에 누워 식은땀을 흘리고 있는 내게 싫은 소리 한 번 한 적 없었고, 내 이마에 올리는 손은 늘 다정하고 따뜻했다. 어쩌다 취해 들어온 밤이면 기석은 내 옆에서 울기도 많이 울었다.

그래도 나는 기어코 아니라고 말했다. 정이 좋지 않았다. 다 잊었다. 나는 옛날 여자다. 나는 내 남편이 나를 다 잊고 새 여자와 이제는 걱정 없이 살기를 바랐다.

세상 사람들은 누군가 죽으면 귀신이 된다는 것은 알면서 그 귀신에 대해서는 얼토당토않은 생각을 하곤 한다. 귀신이 되면 모든 일을 알 수 있다고 생각하는 모양이다. 누구 할머니가 죽으면 그 귀신은 그저 누구의 할머니일 뿐이다. 살아생전 몰랐던 일들을 죽어서 갑자기 알게 되지는 않는다. 글을 모르고 죽은 사람은 귀신이 되어서도 글을 모른다. 당연하지 않나? 귀신은 지나간 일은 잘 알고 있다. 자신이 살았던 과거니까 아는 것이 당연하다. 또 다른 귀신들한테 들어서 알게 되기도 한다. '살아생전에는 몰랐는데 알고 보니 그런 거였네' 하는 일도 많다. 죽고 나서는 나 모르게 했던 말들도 가서 다 들어볼 수 있고, 몰랐던 사정을 다 챙겨볼 수 있기 때문이다. 훨씬 나중에 알게 된 일이지만 귀신들은 자주 점집에 불려가곤 했다. 남아 있는 식구들이 자기를 찾고 부른다는데 야박하게 굴 수도 없을 것이다. 방울을 흔들어대며 부르면 안 가고 배길 도리가 없다. 가서 무당이 뭘 물으면 자기가 아는 이야기는 해줄 수 있다.

– 애가 어릴 때 좀 다쳐가지고, 등에 큰 화상 자국이 있네.

이런 말은 얼마든지 해줄 수 있다. 무당이

"어릴 때 불에 덴 적이 있구먼?"

이렇게 말하면 찾아온 사람은 기절초풍하게 놀란다. 조실부모했느니 스무 살 초반에 큰 병을 앓았느니 하는 살아온 내력은 줄줄이 이야기해줄 수 있다. 살았을 때 옆에서 본 일이니 당연하다. 예전에 있었던 사소한 일들을 콕 집어 말해주면 그 무당은 용하다는 소문이 나서 사람들이 점집 앞에 줄을 선다. 그렇지만 "언제 결혼할 수 있을까요?", "이 사업을 하면 성공할 수 있을까요?", "이사를 서쪽으로 갈까요, 동쪽으로 갈까요?" 하고 묻는 것은 다 소용없는 짓이다. 그건 귀신도 모른다. 귀신이 되었다고 해서 앞으로의 일, 일어나지도 않은 일을 어떻게 알 수가 있느냐 말이다. 그래서 과거를 맞추는 점쟁이는 많지만 앞으로의 일을 맞추는 점쟁이는 드문 것이다. 하긴 과거를 맞추는 것도 제대로 귀신을 부를 수 있는 무당만이 할 수 있는 일이니 용하다면 용한 것이다.

* * *

그날 내가 정순의 어머니에게 불려갔다 온 이후 일은 매우 빠르게 진행되어 기석과 정순은 결혼 허락을 받았다. 기석이 시골집 대문으로 성큼 들어서고 그 두어 발짝 뒤에서 정순이 들어서는 것을 보고 나는 그들이 결혼하기로 한 것임을 짐작했다. 미호댁은 마당에서 커다란 멍석에 콩대인지 깻단인지를 펼쳐 널고 있는 중이었고, 그 옆에서 연이는 깨끗이 쓸어놓은 흙바닥에 막대기로 그림을 그리고 있었다. 미호 어른은 논에 나가고 없었다. 대문을 들어서는 기석과 정순을 보고 벌떡 일어선 사람은 나였다. 미호댁은 '어머니'라고 부르는 기석을 일별하고 엉거주춤 일어서면서도 손으로는 깻단을 펼쳐 너는 일을 멈추지 않았다. 미호댁은 정순에게도 슬쩍 눈길을 주고는 고개를 끄덕였다. 연이는 제 아빠를 그리고 함께 들어선 여자를 번갈아 쳐다보고만 있었다. 나는 제 아빠한테 뛰어가 폭 안기지 않는 연이에게 조바심이 났다. '연아!'라고 외치면서 달려와 아이를 번쩍 안아 올리지 않는 기석에게도 마찬가지로 채근하는 마음이 들었다. '둘 다 왜 그러고 있어? 몇 달만에 보면서'라고 말하고 싶었다. 그러다 곧 기석도 연이도 마당가에 얌전히 서 있는 그 여자 정순의 눈치를 보고 있다는 것을 알았다. 깻단을 너는 미호댁도 마찬가지였다. 미호댁이 손을 탁탁 털며 말했다.

"아부지 금방 들어오실거다."

미호댁은 방으로 들어갔다. 기석과 정순도 따라 들어갔다. 연이에게는 아무도 들어오라고 말하지 않았다. 나는 마당에 남겨진 연이가 가엽기는 했지만 새 여자를 데려온 내 남편이 뭐라고 이야기하는지 너무 궁금해서 얼른 방으로 따라 들어갔다. 기석은 나를 데려왔을 때처럼 이번에도 대차고 똑 부러지게 결혼하겠다는 이야기를 할까?

미호댁이 자리를 잡고 앉은 뒤에도 기석과 정순은 엉거주춤 서 있었다. 미호댁은 손으로 방바닥을 쓸어 훔쳤다.

"앉아라 앉아."

"… 절 받으세요."

"아니다, 절은 무슨. 이따 아부지 들어오시면 아부지한테나 해라."

그래도 정순은 절을 했다. 치마통이 좁은 투피스를 입고 있어서 엉거주춤 무릎을 구부렸다가 고개를 숙이고는 일어섰다. 내가 처음 인사 와서 절을 할 때는 미호댁의 눈에서 불길이 너울거렸었다. 방바닥에 이마를 대고 절을 하는데 내 정수리에 미호댁의 눈에서 나온 불길이 닿아 머리카락이 타는 것 같았다. 불길에 몸이 다 타서 그대로 재가 된 것처럼 온몸에 힘이 빠져 일어서기도 힘들었다. 그런데 지금 미호댁은 정순이 절을 하는데 똑바로 쳐다보지도 못했다. 괜히 별것도 없는 방 구석구석에 눈길을 주다 방바닥을 또 문질렀다. 꼭 어려운 사람 앞에서 수줍어하는 것처럼 보여 나는 입이 벌어졌다.

미호댁은 "혼자된 아들이 헌 색시도 아니고 술집이나 다방 나가던 여자도 아닌 여상 나와 얌전히 사무 보던 아가씨를 색시 삼겠다고 데려오는데 이런 마당에 무슨 시에미 유세를 하겠느냐"고 함께 고구마 줄기를 까던 동무 벌말댁에게 말했다. 벌말댁이 "헌 색시도 아니고 공부도 많이 했다는 색시가 왜 재취 자리로 시집을 오느냐"고 물었다가 미호댁의 눈길에 타죽을 뻔했다. 미호댁은 "색시 자리가 나이가 좀 있는데 공부 많이 한 도시 처녀가 결혼이 늦는 건 신랑감을 고르고 고르다 보니 그렇게 되는 것이고, 그건 색시가 잘난 탓이지 다른 탓은 아무것도 없다"고 못을 박았다. 벌말댁이 "나이가 좀 있다니 대체 몇 살인데 그러느냐?"고 물어도 "남의 집 며느리 몇 살인고 알아서 무얼 하느냐"고 면박을 주었다. 그러는 바람에 동네에는

'미호댁 새 며느리 될 여자가 나이가 엄청시럽게 많다더라, 서른 넘어 거진 마흔은 됐다더라'는 헛소문이 돌았다.

미호댁이 이렇게 며느리 될 여자 앞에서 수줍어 보이도록 순한 이유는 여자는 헌 색시가 아닌데 남자가 헌 신랑이기 때문이다. 그러니까 굳이 따지자면 나 때문인 것이다.

미호댁은 정순에게 딱 하나만 물었다.

"몸은 튼튼하나?"

마치 곁에 있는 나 들으라고 하는 말 같아서 나는 민망해졌다. 미호댁은 내가 옆에 있다는 사실을 추호도 몰랐겠지만 설사 알았다 하더라도 내가 상처 입을 그런 말을 아무렇지도 않게 했을 것이다. 미호댁은 나이가 몇 살이고 양친 모두 살아계시고 어쩌고 보다 몸은 튼튼한가, 식구 고생만 시키다 일찍 죽어버리지는 않겠는가가 제일 크고 중요한 문제라는 것을 나 때문에 알게 되었을 것이다.

"다른 건 다 됐고 아들 하나만 낳아라."

이것도 나 들으라고 하는 말이었다. 이래저래 미호댁은 내가 미워 죽을 지경일 것인데 나는 이미 죽고 없었으니 내 입장에서 그것 하나만은 다행스러운 일이었다.

미호댁이 갑자기 장지문을 벌컥 열고 연이를 찾았다.

"연이 어디 있나? 들와서 인사 안 하나?"

마당에는 연이가 보이지 않았다. 어른들이 자기만 남겨 두고 우르르 방으로 들어가버렸으니 속이 상했을 것이다. 더구나 몇 달 만에 만난 아빠가 다른 일이 더 급해 자기를 보는 둥 마는 둥 했으니 말이다.

"제가 나가볼게요."

정순이 일어섰다. 나도 얼른 따라나섰다. 기석과 미호댁은 방 안에 그대로 앉아 있었다. 마당에 연이가 보이지 않자 정순은 뒤란으로 돌아갔다. 미호댁네 뒤란에는 고욤나무 한 그루가 서 있을 뿐 잡풀이 무성했다. 한쪽에는 장독대와 무슨 때마다(무슨 때인지는 모르겠는데 시골에는 아무튼 무슨 때가 많다) 미호댁이 작은 상을 차려놓는 터줏가리가 있었다. 정순이 그 터줏가리 옆을 지나 장독대로 갔다. 연이는 제일 커다란 장독 뒤에 쪼그리고 앉아 있었다.

연이는 뭔가에 열중하고 있었다. 아니 사실 열중은 아니고 그냥 하릴없이 앉아 있는 것 같았는데 정순이 다가오는 것을 보고 갑자기 열중하는 척했다. 아이 몸이 단단해지며 바짝 힘이 들어가는 것이 보였다. 정순은 담뿍 미소를 지으며 다가갔다가 아이의 노는 모습을 보더니 인상을 찌푸렸다. 연이는 잠자리를 잡아서 가지고 놀고 있었다. 바닥에서 잠자리가 맹렬하게 빙빙 돌았지만 날지 못했다. 날개

네 개 중 하나를 떼어놓았기 때문이다. 풀을 찧어 소꿉놀
이라도 하나 싶었던 나도 괜히 눈치가 보였다. 정순이 연
이를 심술맞은 아이로 여기지나 않을까 싶었다. 평소에 연
이는 소꿉놀이나 인형놀이를 좋아했다. 잠자리 꽁지 잘라
시집보내기나 왕개미 잡아서 물에 빠뜨리기, 개구리 뒷다
리를 모아 잡고 바닥에 패대기치는 놀이는 어쩌다가 했을
뿐이다. 다른 때는 병아리 모이주기나 분꽃으로 꽃 귀걸이
만들기도 잘하더니 오늘따라 왜 이러고 있는 것일까….

정순이 연이 옆에 쪼그리고 앉았다.

"아이, 가엽다…."

연이는 못 들은 척했다. 굉장히 중요한 일을 하는 것처
럼 빙빙 도는 잠자리만 바라보고 있었다.

"네가 연이니?"

연이는 고개를 끄덕였다.

"몇 살이야?"

"일곱 살이요. 인제 금방 여덟 살 돼요. 그러면 학교에
가야 되니까 여기서 안 살 거예요. 여기 말고 아빠 사는 데
가서 아빠랑 같이 살 거예요."

연이가 야무지게 말했다. 그러고는 '자 이제 어쩔 테냐'
라고 하듯이 고개를 들고 정순을 똑바로 쳐다보았다. 정순

은 잠시 말문이 막히는 것처럼 보였지만 곧 미소를 지었다.

"그래, 연이 똑똑하구나. 당연히 아빠랑 같이 살아야지."

정순의 미소가 오래가지는 않았다. 연이가 진지하게 물었기 때문이다.

"아줌마는 몇 살이에요?"

"어, 나는… 아빠랑 비슷해."

정확히 몇 살이냐고 따지고 들까 봐 그랬는지 정순은 빌떡 일어섰다. 나이가 많다는 것이 뭐 그렇게 나쁜 일인가? 나는 별로 그렇게 생각하지 않는데 정순은 얼굴이 빨개져 있었다.

* * *

그날 바로 기석과 정순이 연이를 데려가지는 않았다. 이사할 집도 알아보고 결혼식도 해야 했다. 나와 기석이 시늉만 낸 결혼식을 정순은 웨딩드레스 입고 머리에 꽃 달린 면사포도 쓰고 결혼식장을 빌려서 제대로 치렀다. 나라에서는 가정의례준칙인가 하는 법을 만들어 청첩장을 돌리는 것도, 피로연에서 밥을 주는 것도 다 금지시켰다. 결혼식을 하면서 알리지도 말고 손님들에게 밥도 주지 말라니

다들 코웃음을 치며 지키지 않는 법이기는 했다. 그래도 높은 사람들이 가정의례준칙에 어긋나는 호화 결혼식을 했다가 들켜서 신문에 나는 일도 종종 있었다. 정순과 정순의 부모는 청첩장 대신 전화를 돌렸고, 국수와 떡도 대접하고 답례품으로 수건도 나눠주었다. 신랑 손님보다 신부 손님이 많았고, 신부 손님들은 대부분 나와 연이의 존재를 몰랐다. 나야 없는 사람이지만 연이는 번연히 있는 사람인데도 없는 사람 취급을 했다. 연이를 시골집에 혼자 남겨놓고 미호댁과 미호 어른이 두루마기를 떨쳐입고 결혼식장으로 갈 때 연이는 울지 않았어도 나는 울었다. 내가 울거나말거나 아무도 아는 사람이 없었으니 망정이지 누구 하나라도 그 일을 알았다간 웬 청승이냐고 했을 것이다.

결혼을 어떻게 하자, 어디에다 살 집을 얻자, 연이는 언제 데려오자 하는 모든 일은 정순이 결정하고 기석은 처분만 바라고 있었다. 정순은 기석의 입장을 헤아려 매번 너그러운 결정을 내려주었으므로 기석은 고마운 마음으로 그녀의 결정에 따랐다.

5. 희숙이

희숙이네로 이사 온 첫 날, 짐이 얼추 정리가 되어 나는 다시 집을 구석구석 살펴봤다.

파란 대문은 양쪽으로 크게 여닫고 안에서 빗장을 걸어 잠그게 되어 있었다. 이번처럼 큰 이삿짐이 들어올 때나 큰 대문까지 다 열고 평소에는 작은 쪽문으로 사람이 드나드는 듯했다. 큰 대문 한쪽에 오려낸 듯 작은 쪽문이 달려 있었다. 이 집에는 옥상도 있었다. 지붕 옆으로 작게 만들어진 공간인데 거기 장독대가 있었다. 변소 옆에는 작은 화단도 있었다. 지금은 겨울이라 그런지 화단에는 아무것도 심은 것 없이 허옇게 언 흙만 있었다. 아까는 보지 못했던 다락도 보였다. 부엌 천장 위로 다락이 있었는데, 다락으로 올라가는 계단은 안방에 있었다. 안방과 부엌의 높이 차이만큼 그 공간에 다락을 둔 것이었다. 그리고 연이 방. 그렇다. 연이 방이 있었다.

"봐, 네 방이야."

어깨에 잔뜩 힘이 들어간 기석은 방문을 열어젖히며 말했다. 어린 딸아이를 2년 가까이 시골에 놓아두고 그리 자주 찾아오지도 않았던 빚을 그 방 한 칸으로 모두 갚는 듯했다. 연이가 자기 방을 가져보는 것은 생전 처음이었다. 세상에는 한 번도 자기 방을 가져보지 못하고 죽는 사람도 많았다. 나도 그랬다. 자라는 동안에는 부모님과 한방에서 같이 지내다가 성인이 되기도 전에 부모님이 돌아가시자 친척 집으로 보내져 그야말로 이 방 저 방을 전전하며 살았다. 나야 워낙 가난했으니 그랬다지만 웬만큼 사는 집이라도 아이 수대로 방을 가지고 있는 집은 드물었다. 형제끼리 자매끼리 한방에서 다글다글 살다 시집 장가를 가면 또 한방에서 부부가 어린 자식들과 함께 지내곤 했다. 그러다 죽고 나면 언제까지나 혼자 쓰는 작은 방을 차지하게 되는 것이었다.

연이 방은 노란 장판에 희끄무레한 벽지가 발라져 있었다. 아랫목 장판에는 거무스름하게 탄 자국이 있었는데,

까맣게 타서 찢어진 정도는 아니고 그냥 슬쩍 그을렸다. 연이 방이라고는 해도 연이 물건은 별 것이 없었다. 이제 다 작아진 옷 몇 벌뿐이었다. 연이가 시골에서 자라는 동안 연이 옷과 신발은 연이 할머니가 누군가에게 얻어다 입히고 신겼다. 기석은 초코파이나 해태종합선물세트를 사 왔지 정작 연이 발에 맞는 신발이나 옷은 사올 줄 몰랐다. 신발은 몇 문을 사고 옷은 몇 호를 사야 하는지 몰라서 그랬을 것이다. 이제 학교에 입학해야 하니 잘 맞는 옷도 좀 사야 할 것이다.

저녁 먹은 것을 치우고(부엌 수돗가에 쪼그리고 앉아 설거지하는 정순을 보며 나는 다시 감탄했다. 수도꼭지만 틀면 물이 나온다니. 추운 날 따뜻한 연탄아궁이 옆에서 설거지할 수 있다니) 모두가 연탄아궁이 위에 올려놓은 솥에서 더운 물을 퍼 부엌에서 세수를 했다. 모두 피곤하니 일찍 자자고 했다. 뉴스를 보자며 기석이 테레비를 틀었고 정순은 아랫목에 이부자리를 깔았다. 연이는 마치 남의 집에 놀러 온 아이처럼 보였다. 시골에서는 미호댁이 저녁에 두툼한 요를 꺼내놓기 무섭게 요 위로 풀썩 쓰러져 뒹굴어댔는데 지금은 윗목에 오도카니 앉아 테레비만 쳐다보고 있었다.

기석이 요에 누워서 연이를 불렀다.

"연아, 아빠랑 자자."

정순이 끼어들었다.

"연아, 네 방에 이불 깔아줄까?"

학교에 입학도 하지 않은 어린 딸에게 방을 주는 것은 부잣집에서나 가능한 일이었으니 연이 방이 생긴 것은 가슴이 설렐 만큼 좋은 일이었다. 그렇지만 그 나이의 아이를 혼자 재우는 것은 미국에서나 하는 일이다. 미국에서는 갓난아이도 혼자 재운다고 한다. 밤에 아이가 깨서 울면 다른 방에서 자던 엄마가 일어나 젖을 먹이러 가야 한다니 그렇게 번거로운 일을 왜 하는지 어처구니가 없다.

연이는 혼자 잠든 적이 없었다. 연이는 어릴 때 순했지만 잠투정은 좀 있었다. 나는 잘 먹이지는 못했어도 재우기는 잘했다. 연이는 머리를 쓸어주고 등을 토닥여주면 잠이 들었다. 시골에 있을 때는 미호댁이 그렇게 해주었다. 그런데 이제 정순이 들어왔으니 혼자 자야 한다고? 분한 마음에 기석을 노려보았다. 너는 어쩔 테냐 싶었다. 제 새끼를 2년 만에 데려와 놓고는 새 여자와 둘이서만 자려고 아이를 떼놓을 테냐? 저렇게 어린아이를? 한 번도 혼자 자 본 적 없는 아이를? 엄마가 죽고 없는 아이를?

기석이 말했다.

"참 그렇지. 연이는 이제 애기가 아니잖아."

고개가 푹 꺾였다. 기석은 걸핏하면 저런 소리를 했다. 시골에 잠시 다니러 와서도 연이에게 할머니 말씀 잘 듣고 어쩌고 잔소리를 하면서 넌 이제 애기가 아니라고 말했다. 젓가락질을 잘 못 해도, 시금치를 안 먹어도, 저지레를 해서 옷을 더럽혀도 "너 애기야?"라고 말했다. 연이가 아무리 '내가 애기가 아니면 그러면 뭐야?' 하는 표정으로 말갛게 쳐다봐도 소용없었다.

연이는 고집을 피웠다. 테레비 화면에 눈을 박았다.

"테레비 볼 거야."

정순도 지지 않았다.

"테레비 많이 보면 눈 나빠져."

연이는 고집스럽게 테레비 화면을 보고 있고 정순은 손바닥으로 요를 판판하게 폈다. 둘은 서로를 외면했다. 둘 사이에 팽팽하게 당겨진 실 같은 것이 눈에 보이는 것 같았다. 나는 기석을 쳐다봤다. 기석의 눈은 우왕좌왕했지만 결국 연이에게로 향했다. 연이도 오른 뺨에 와 닿는 아빠의 시선을 느꼈을 것이다. 연이는 여전히 테레비에서 눈을 떼지 않은 채 천천히 일어나서 화면을 보며 뒷걸음질로 방을 나갔다. 여기서 뭉그적거리는 이유는 오로지 테레비가 보고 싶어서이지 같이 자고 싶어서는 절대 아니라는 것을 보여주고 싶었나보다. 나는 어깨를 축 늘어뜨리고 따라나섰다.

– 그래, 연아. 엄마랑 같이 자자. 우리 둘이 코 자자.

정순이 연이 방에 이부자리를 깔아주었다. 연이는 늘 데리고 자는 인형 자장이를 꽉 끌어안았다. 처음 샀을 때와 비교해보면 연이의 자장이는 지금 꼴이 말이 아니었다. 탐스럽던 머리카락은 엉키고 윤기도 없어졌으며, 빗질에 많이 빠져 뒤통수 쪽은 거의 대머리가 되다시피 했다. 옷도 많이 낡았다. 그러나 무엇보다 아쉬운 점은 눈알 하나가 고장이 났다는 것이다. 눕히면 눈을 감고 일으키면 떠야 하는데 언제부터인가 일으켜 세워도 왼쪽 눈이 떠지지 않았다. 처음에 인형 눈이 고장났을 때는 거칠게 일으켜 세우면, 그러니까 '살며시'가 아니라 인형의 곱슬머리가 풀썩 날리도록 '벌떡' 일으켜 세우면 눈을 뜨곤 했다. 그래서 자장이는 본의 아니게 잠에서 깰 때는 언제나 조신하지 못하게 후딱 일어나야만 했다. 그러던 것도 며칠뿐 곧 그렇게 세게 일으켜 세워도 눈을 뜰 수 없는 지경에 이르렀다.

연이는 몇 번 시도하다가 포기하고 손가락으로 눈꺼풀을 밀어 올렸다. 밀어 올린 눈꺼풀은 시시때때로 감기곤 했다. 조금 가지고 놀다보면 인형은 슬쩍 한쪽 눈을 감았는데, 연이는 그때마다 짜증도 내지 않고 끈질기게 눈꺼풀을 밀어 올렸다.

연이는 한쪽 팔에 외눈이 자장이를 꼭 끌어안고 다른 손으로는 밍크 담요의 끄트머리를 꼭 쥐었다. 커다란 목단이 그려진 붉은 밍크 담요는 신앙촌 것이었다. 신앙촌 담요는 도톰하고 부드러워서 누구나 탐내는 물건이었다. 솜이불처럼 무겁지 않은데도 따뜻해서 내가 우리 연이 세 살 때인가 월부로 산 것이었다. 연이가 시골에 있는 동안 기석은 그 담요를 농 안에 처박아두고 꺼내 쓰지도 않았다. 새삼스레 그 담요를 보니 우리 연이를 꼭 끌어안고 누워 자던 날들이 사무치게 그리워졌다. 내가 연이를 만지고 연이도 나를 만지던 날들이. 나는 초봄의 풀싹 같은 머리카락과 햇복숭아 같은 뺨을 어루만지고 싶었다. 등을 쓸어내리고 엉덩이를 토닥거리고 싶었다. 손안에 쏙 들어오는 조그만 발을 조몰락거리며 재워주고 싶었다. 옷섶을 파고들어 내 가슴을 만지던 작고 말랑한 손가락을 느끼고 싶었다. 나는 연이 곁에 누웠다. 연이는 그런 줄도 모르고 한손에는 인형을, 한손에는 담요만 그러쥐고 있었다.

연이가 담요 귀퉁이를 빨다 잠들고, 안방도 다 잠들었는지 기척이 없어진 뒤에도 나는 누워서 밖의 소리에 신경을 곤두세우고 있었다. 문간방의 주인집 식구들은 다 들어왔는지, 대문은 제대로 잠겼는지 걱정이 되었다. 희숙이네 또는 일수쟁이 여편네로 불리는 주인 여자와 아들 희철이는 아까 낮에 보았다. 그러면 나머지 식구들은 어떻게 된 것일까? 그 아이들의 아버지는 왜 아직 안 들어오고 있을까? 이 집 지을 때 목수일은 거의 다 했다는 그 희숙이 아버지 말이다. 게다가 희숙이는 또 누구란 말인가? 주인 여자가 희숙이 엄마, 희숙이네로 불리려면 희숙이가 있어야 하는데. 희숙이가 희철이보다 위인지 아래인지는 몰라도 아직 아이일 텐데 그 아이는 이렇게 깜깜해지도록 무엇을 하기에 집에 안 들어오고 있을까?

자정쯤 되었을 때 누군가 대문을 뻥 차고 들어오는 소리가 들렸다. 희숙이 아버지인 모양인데 말소리를 들어보니 고주망태 같지는 않았지만 어지간히는 취한 것 같았다. 희숙이 아버지는 잔뜩 취하지 않은 것이 아쉬웠는지 새로 이사 온 사람들이랑 막걸리라도 한 잔 해야 하지 않느냐고 여러 번 반복해 말했다. 희숙이 엄마가 쓸데없는 소리 하지 말라며 남편을 끌고 들어가는 소리가 들렸다. 집은 다시 조용해졌고, 모두가 깊은 잠에 빠진 집에 나 홀로 깨어 있었다. 희숙이는 어디 있을까? 희숙이는 더이상 이 집에 살지 않는 것일까?

다음 날 아침이 되어서야 기석과 희숙이 아버지는 인사를 했다. 대문을 뻥 차고 들어오던 기세와는 다르게 직접 만나보니 희숙이 아버지는 말이 없고 부끄러움을 타는 사람이었다. 희숙이 아버지는 기석과 인사를 하고 악수를 하면서도 눈을 제대로 맞추지 못했다. 나는 정순이든 기석이든 희숙이는 어디 있느냐고 물어보지 않을까 싶어서 그들이 통성명을 하고 앞으로 잘 부탁한다느니 어쩌느니 하는 동안 옆자리를 지키고 있었지만 누구도 희숙이에 대해 물어보지 않았다.

* * *

희숙이 이야기를 들은 것은 며칠이 지나서였다.

정순이 골목 귀퉁이 가게에 두부를 사러 갔을 때나 골목에서 만난 동네 여자들에게 인사를 할 때마다 "응, 희숙이네 새로 이사 온 새댁이구만"이라는 대답이 돌아왔다.

가게 앞 평상에 모여 앉아 있던 사람들에게 정순이 물었다.

"그런데 희숙이는 누구예요?"

"응?"

"그 집에 남자아이 하나밖에 없던데요? 이름은 희철이라고."

"으응, 그… 희숙이라고도 있었어."

"있었다고요?"

"응. 그러니까 걔가 그래도 똑똑한 편이었는데."

"어머, 근데요? 애가 일찍 죽었어요?"

"차라리 죽었으면 맘이라도 편하게? 잃어버렸어."

"잃어버려요? 애를?"

"응, 애가 없어졌어."

"세상에, 어쩌다가요?

"어쩌다가 그렇게 됐는지 알면 찾았게? 놀러 나간 애가 안 들어오니 애가 없어진 건지, 누가 데려간 건지 도통 알 수가 없는 거지. 말 못 하는 애기도 아니고 제 이름도 알고, 부모 이름도 아는데 이렇게까지 못 찾는 걸 보면 어디서 죽었지 싶기도 하고."

"그게 언젠데요? 오래됐어요?"

"그게 언제지 형님?"

반장 아줌마가 옆의 교감 사모님에게 물었다. 남편이 학교 교감인지 다들 교감 사모님이라고 부르는 아줌마가 한 명 있었다. 여자들은 앞에 서 있는 정순을 잊어버린 채 자기들끼리 수다를 이어갔다.

"그게 뭐 한 3, 4년 됐지 아마?"

"에휴, 찾을 애 같았으면 벌써 찾았지. 희숙이 아부지가 아직도 전국 방방곡곡 고아원마다 안 가보는 곳이 없다는데."

"아직도 다니나?"

"처음에 1년은 일도 다 작파하고 다니다가 좀 뜸하다가."

"그러다 또 발작이 나면 며칠이고 집에 들어오지도 않고 찾으러 다닌다고 하데. 접때 숙이 엄마 말 들어보니까."

"희숙이 아부지가 목수거든. 그이가 솜씨가 좋다고."

"미장도 하고. 접때 저 밑에 연립 지을 때 보니까 타일도 하던데?"

"그렇지, 딸내미만 아니었으면 그 집 벌써 부자 됐을걸? 서로 데려가려고 싸우는 기술자니까."

희숙이가 없는데도 동네 여자들은 그 집을 여전히 '희숙

이네, 그 엄마를 '숙이 엄마'라고 부르고 있었다. 그 남편
도 희숙이 아버지라고 불렀다. 희숙이가 살지 않는 희숙이
네 집. 연이는 그 집에 세들어왔다.

6. 마당

　정순이 밥상머리에서 동네 여자들에게 들은 말을 기석에게 옮겼다.

　"문간방 식구들 말이야. 그래서 이사도 못 가고 계속 여기 사는 거래. 애가 이 집을 기억하고 있으면 나중에라도 찾아올 수 있잖아."

　"그때 걔가 몇 살이었대?"

　"학교 들어가기 전인가 보던데, 일곱 살?"

　나는 연이를 쳐다봤다. 우리 연이는 이제 여덟 살, 3월이면 학교에 간다. 연이가 물었다.

　"문간방 식구들이 누군데 아빠?"

　"응… 저어기 사는 사람들."

기석이 황급히 화제를 돌렸다. 나도 행여나 연이가 옆집 사람들에게 문간방 운운할까 봐 걱정되었다. 정순은 자기네가 세들어 사는 처지이면서도 절대 '주인집 식구들'이라는 말을 하지 않았다. 안채가 셋집이고, 문간방이 주인집이라는 것을 저도 알고 남편도 알고 동네 여자들도 아는 사람은 다 아는데 꼭 문간방 식구들이라고 말했다. 기석도 그냥 들어 넘겼다.

누가 주인집이냐는 중요한 문제였다. 누가 큰 방에 사느냐가 중요한 것이 아니라 집주인이 누구냐가 중요했다. 사람들은 워낙 뭐든지 빌려 쓰고 나눠 쓰는 일에 익숙했기 때문에 '원래 누구 것'이냐를 따졌다. 김장할 때 쓰는 함지박이나 곰국 끓이는 커다란 들통 같은 것은 필요할 때 서로 빌려 썼다. 손님을 치르는 날은 큰 상과 그릇, 숟가락, 젓가락도 빌려 썼다. 저녁 하다 말고 모자라는 설탕이나 마늘을 빌리기 위해 애들에게 심부름을 보내기도 했다. 빌려주면 그만큼 꼭 갚아야 한다고는 생각하지 않았다. 같은 동네에서도 좀 큰집, 좀 사는 집에는 큰 다라이도 있고 교자상도 있고 들통도 있고 믹서기도 있었지만, 없는 집은 그런 것들이 다 없었다. 있는 집에서는 이 집 저 집 물건을 빌려주기만 하지 다른 집 물건을 빌려 쓰는 일은 별로 없었다. 그래도 그런 것을 억울해하면 동네에서 좀 사는 집이라고 볼 수가 없었다. 좀 있는 집, 좀 큰 집은 물건도 빌려주지만 음식을 해도 넉넉히 해서 동네에 돌리고 큰집다운 일을 해야 큰 집이었다. 그 대신 '주인 먼저'는 당연한 일이었다. 물건의 임자가 누구인지를 잊으면 안 되었다. 집에도 주인이 있기 마련이었다. 집주인의 유세는 대단했고 서럽기로 셋방살이 서러움만한 것이 없었다. 주인집과 셋집은 방은 따로 썼지만 마당, 수도, 변소, 옥상, 대문은 같이 썼다. 같이 써도 엄연히 주인이 있는 것이니 세들어 사는 사람은 지금 내가 이걸 써도 되는지 혹시 주인이 쓰려던 것은 아닌지 매양 눈치를 보았다. 기석은 집을 세주면 마당이랑 변소도 같이 세주는 거라고, 우리도 권리가 있다고 주인이 없을 때만 목소리를 높였다.

연이가 아기였을 때 우리가 세들어 살던 집은 네 가구가 한집에 살았는데, 수도가 마당에 하나뿐이었다. 아이들까지 다 합쳐 모두 열네 명이 수도 하나와 변소 하나를 같이 썼다. 출근하는 주인아저씨와 연이 아빠가 수도와 변소를 제일 먼저 썼지만, 그중 누가 더 먼저냐를 따진다면 당연히 주인아저씨였다. 주인아저씨는 변소에 신문을 들고 들어가는 버릇이 있어서 변소를 아주 오래 썼는데, 사람은 나쁘지 않았지만 그 점은 정말 안 좋았다. 변소도 오래 쓰고 씻을 때도 푸푸거리며 마당에 물을 다 튀겼다. 아이들도 엄청나게 시끄러웠다. 시끄럽게 울고 싸우고 놀면서 온 마당을 다 휩쓸고 다녔다. 연이가 아장아장 걸을 때는 조심성 없는 아이들과 부딪쳐 넘어져서 무릎도 많이 깨졌다. 내가 애면글면했던 것은 빨랫줄이었다. 아기를 키우다 보니 빨랫줄을 많이 차지했다. 기저귀도 널어야 했고 아이가 저지레한 옷과 포대기, 며칠에 한 벌꼴로는 아이 이불도 널어야 했다. 주인집 빨랫줄을 매번 차지하기가 눈치 보인다고 하자 기석은 나일론 줄을 사다가 처마 밑 목재에 못을 박고 대각선으로 빨랫줄을 매주었다. 마당 끝에는 마땅히 줄을 묶을 만한 곳이 없어서 담장 위에 큰 시멘트 못을 하나 박았다. 거기에 못을 박아도 되는지 주인네에게 물어볼 때 기석은 머뭇거리고 쭈뼛거렸다. 주인아줌마가 선선히 대답을 하지 않고 싫은 표정을 했기 때문이다.

"담에다 못을 박을라고요? 그럼 쎄멘이 깨지지 않으려나?"

"아니요, 절대 안 그럴 겁니다. 이거 원래 쎄멘에 박는 못이거든요. 나무에다 박는 못이랑은 달라요. 더 단단하고 더 비싸요. 담은 안 깨져요. 쎄멘 못이라서요."

못과 망치를 들고 주인아줌마 앞에서 쩔쩔매는 기석을 보면서 혹시 빨랫줄을 못 매게 하면 어쩌나 나도 쩔쩔맸었다. 빨랫줄을 매고 마당 가득 기저귀를 널었다가도 오가는 다른 사람들이 우리 빨래를 거추장스러워하는 기미라도 보이면 얼른 가서 걷어오기도 했다. 해 좋을 때 널고는 종일 말랐나 안 말랐나 만져보다가 마르기가 무섭게 얼른 거둬들였다. 수도가 하나였기 때문에 빨래하는 것도 힘들었지만 말리는 것이 더 힘들어서 되도록 빨래거리를 만들지 말아야 했다. 싹 빨아서 겨우 말려 깨끗이 갈아입혔더니 연이가 오줌을 싸서 옷이고 이불이고 다 적셔놓으면 억장이 무너졌다. '이노무 지지배' 소리가 절로 나왔다.

다들 그렇게 살았다. 셋집 여자는 마당에 대담하게 빨래를 널지 못했고, 마당 복판에 돗자리 깔고 고추나 호박을 말리지 못했고, 셋집 아이들은 마당 복판에서 활개치고 놀지 못했다. 아이들도 다 알고 있었다. 연이가 좀 커서 쌍둥이네 집에서 살 때 연이는 마당에서 놀다가도 쌍둥이들에게 밀리면 마당 구석으로 가 소꿉장난을 했는데, 그마저도 방해받기 일쑤였다. 연이가 차려놓은 소꿉놀이 밥상이 쌍둥이가 찬 공에 맞아 뒤엎어지거나 쌍둥이가 직접 상을 발로 차는 일도 많았다. 연이는 그때마다 엄마에게 이르는 대신 혼자서 맞서 싸웠다. 연이는 워낙 말을 잘해서 말싸움에서는 지지 않았다. 쌍둥이는 말로는 연이를 이길 수 없으니까 연이를 때리기도 많이 때렸다.

연이가 시골에서 사는 동안에는 넓은 마당이 몽땅 제 차지였다. 미호댁도 고추며 가지며 이것저것 말리느라 마당을 많이 썼지만, 미호댁과 연이가 사이좋게 나눠 써도 될 정도로 시골 마당은 넓었다.

이사 온 지 며칠 안 되어 마당 때문에 숙이 엄마와 연이 사이에 싸움이 났다. 그날, 이제 완전히 봄이라고 해도 될 정도로 해가 좋았다. 연이는 해가 좋아 밖에서 놀 생각이 났는지 귀하게 숨겨두었던 몽당 분필을 꺼내들고 마당으로 나갔다. 그때 숙이 엄마도 문을 열고 커다란 이불 홑청을 뭉쳐들고 나왔다. 숙이 엄마는 볕이 좋으니 이불 빨래를 할 모양이었다. 연이가 마당으로 내려서는 것과 숙이 엄마가 이불을 안고 마당으로 나선 것은 거의 동시였다. 둘의 눈이 마주치자 잠시 멈칫했으나 이내 서로 눈길을 돌렸다. 나는 아이에게 고운 시선을 보내지 않는 이 여자가 참 마음에 안 들었다. 다들 아이를 마주치면 웃어주고 머리도 쓰다듬어주고 말도 건네지 않나? 더구나 연이처럼 귀여운 아이를. 저렇게 이상한 눈으로 아이를 보다가 눈이 마주치면 언제 그랬냐는 듯 외면해버리는 사람은 처음 보았다.

숙이 엄마는 수돗가 고무 다라이에 이불을 털썩 내려놓았다.

연이는 마당에 분필로 커다란 네모꼴을 그리기 시작했다. 혼자서 사방치기를 할 모양인 듯했다. 숙이 엄마가 연이가 하는 양을 쏘아보고 있다가 퉁명스럽게 물었다.

"너 뭐하게?"

"사방치기 하고 놀 건데요?"

"안 된다."

"왜요?"

"내가 이불 들고 나온 거 안 보여? 이불 빨래할 건데 니가 여기서 뛰면 힘들게 해놓은 빨래에 먼지 다 묻잖아."

"아직 이불 안 널었잖아요."

"이제 널 거야."

"빨래도 아직 안 했잖아요. 빨래 널 때까지만 할 거예요."

"…."

그렇다면야 뭐. 숙이 엄마는 할 말이 없었을 것인데 아마도 그래서 더 기분이 나빴을 것이다.

연이는 그 틈에 사방치기 네모를 마저 그렸다. 숙이 엄마가 서 있는 수돗가까지 분필로 금을 그었지만 숙이 엄마는 심술궂게 버티고 서서 발을 비켜주지 않았다. 어쩔 수 없이 조금 비뚤게 숙이 엄마가 서 있는 곳은 빼놓고 이 빠진 네모를 그렸다. 숙이 엄마가 또 잔소리를 했다.

"너 남의 마당에다 이렇게 낙서하면 되냐?"

"아빠가 남의 마당 아니랬어요. 우리도 같이 쓰는 마당이랬어요."

"그래도 낙서는 안 돼. 느이 아빠는 느네 방 벽에다 낙서해도 된다고 했어?"

"이건 지워지는 거니까 괜찮아요."

"안 지워질 거 같은데?"

"지워져요."

숙이 엄마가 발 근처의 흰 분필선을 신발로 문댔다. 그리고 의기양양하게 말했다.

"봐라, 안 지워지지."

"물 뿌리면 지워져요. 해볼까요?"

숙이 엄마는 연이를 노려봤지만 연이는 그러거나 말거나 한쪽에 잘 간수해두었던 넙적한 돌을 가져와 혼자서 사방치기 놀이를 시작했다. 한 칸에 넓적한 돌을 던져놓고 순서대로 깨금발로 뛰어갔다. 숙이 엄마는 씩씩거리고 서 있다가 수도꼭지를 거칠게 돌렸다. 세차게 떨어지는 수돗물이 커다란 다라이 밖으로 튀어나갔다. 사방치기를 못 하게 하려면 어서 이불을 빨아서 마당에 널어야겠다고 생각했는지도 모른다. 그러면 '먼지가 나니 그만두라'고 하면 되니까. 숙이 엄마는 이불에 비누칠을 했다. 자세히 보니 이불에서 냄새가 나고 토해놓은 자국이 있었다. 분명 간밤에 또 고주망태가 되어 돌아온 희숙이 아버지가 토해놓은 이불이 틀림없었다. 숙이 엄마는 인간이 토를 하려면 땅바닥도 있고 방바닥도 있는데 꼭 이불에다 한다고, 그래도 이불은 낫지 전에는 희철이 운동화에다 게워놓는 바람에 희철이가 쓰레빠 신고 학교에 갔다고, 술도 인간도 다 징글징글하다고 북북 비누 거품을 내며 중얼거렸다. 지치지도 않고 남편을 욕하고 팔자를 욕하고 때가 잘 지지 않는 빨랫비누를 욕하고 젖어서 더 무거운 이불을 욕하던 숙이 엄마는 드디어 빨래를 끝내고 힘겹게 물기를 짜냈다. 이제 대문간에 둘둘 뭉쳐서 붙잡아맨 빨랫줄을 풀어서 마당 저쪽 끝에 걸면 되었다. 이 집은 빨래가 없을 때는 빨랫줄을 감아두었다가 필요할 때 풀어서 썼다. 숙이 엄마의 마음이 너무 급해서였는지 감아두었던 빨랫줄이 엉켜서 풀리지를 않았다. 엉킨 빨랫줄은 한쪽을 풀어서 잡아당기면 다른 쪽이 더 꽉 묶여버리고 겨우 끄트머리를 찾아서 당기면 더 단단하게 엉켰다. 연이가 돌멩이를 던지고 차며 깨금발로 온 마당을 휘젓고 다니며 노는 동안 숙이 엄마는 엉킨 빨랫줄을 푸느라 기운을 쏙 빼고 말았다. 드디어 빨랫줄을 다 풀고 의기양양한 표정으로 연이를 보며 '이제 빨래를 널 것이니 그건 그만두라'는 말을 막 하려는 참이었는데 입도 떼기 전에 연이는 사방치기 돌을 집어 들더니 뒤도 안 돌아보고 방으로 들어가버렸다. 약이 오른 숙이 엄마의 표정을 보니 어찌나 고소하던지 좀 미안하기까지 했다.

7. 목욕탕

  시골에 있는 동안 연이는 한 번도 대중탕에 간 적이 없었다. 미호댁이 목욕탕에 가지 않았기 때문이다. 미호댁네 마당에는 샘이 있었고, 또 집 바로 앞에는 물을 길어 올리는 공동 뽐뿌도 있어 다른 사람들보다 물 사정이 좋았다. 여름에는 냇가나 샘에서 씻었고, 겨울에는 물을 데워 부엌에서 씻었다. 솔직히 말하면 겨울에는 목욕이라고 할 만한 것을 하지 않았다. 시골은 다들 그랬다.

  내가 죽기 전에는 자주 가지는 못했지만 연이를 데리고 공중목욕탕에 다녔다. 기석이 데리고 간 적도 있었지만 연이는 대부분의 시간을 더럽게 지냈다. 연이와 나는 목욕탕을 좋아했다. 뜨거운 물에 몸을 푹 담그는 것은 정말 기분 좋은 일이었다.

입학식을 앞두고 정순은 연이를 데리고 목욕탕에 갔다. 매표소에서 주인이 날카로운 눈으로 연이를 보더니 물었다.

"몇 살이니?"

정순이 급하게 대답했다.

"학교 안 다녀요."

"학교 안 다니는 애도 돈 내야 돼요. 몇 살인데요?"

그전에 내가 데리고 다닐 때 연이는 당연히 공짜였다. 아기였으니까. 이제 연이는 목욕탕에 갈 때도 돈을 내야 하는 나이가 되었다. 정순은 망설이는 기색도 없이 말했다.

"여섯 살이요."

연이가 정순을 놀란 표정으로 올려다보자 정순은 연이의 시선을 외면한 채 잡고 있는 연이의 손에 힘을 주었다. 주인 여자가 비웃듯이 입꼬리를 올렸다.

"여섯 살부터 돈 내요. 두 명, 팔백 원이요."

정순은 약이 올라 얼굴이 벌게졌다. 정순은 아이를 데리고 목욕을 가본 적이 없었으니 몇 살부터 돈을 내야 하는지 몰랐을 것이다. 아깝다. 이왕에 하는 거짓말, 다섯 살이라고 했으면 좋았을 걸. 자존심이 상한 정순은 조금 버텨보았다.

"애랑 어른이랑 목욕값이 같아요?"

"애라고 물 덜 쓰나? 들어가서 봐요. 물 쓰는 걸로 치면 애가 훨씬 더하지. 수도를 하염없이 틀어놓고 온탕에 물 퍼내고 뛰고 장난치고 아휴, 맘 같아서는 애 손님은 안 받았으면 좋겠어."

공짜도 아니고 돈 내고 들어오는 손님을 애 손님이라고 홀대하니 나는 불끈 성질이 났다.

목욕값 아끼려다 체면을 구긴 정순도 기분이 썩 좋지 않았다. 연이 탓도 아닌데 정순은 연이 손을 획 잡아끌고 안으로 들어갔다.

목욕탕 안은 사람들로 꽉 차 있었다. 봄이라고는 해도 아직 춥고 게다가 입학식을 앞두고 있었기 때문이다. 목욕탕이 사람들로 미어터져서 궁둥짝 하나 붙일 데를 찾지 못하고 물 푸는 바가지 하나를 두고도 싸움이 나는 때가 명절 때와 입학식 때였다. 수도꼭지 앞은 당연히 자리가 없었고 큰 욕탕 둘레에도 사람들로 빽빽했다. 비어 있는 곳도 다들 수건을 깔아서 주인이 있다는 표시를 해놓았다. 목욕탕은 워낙 소리가 울리는 곳이라 사람들이 떠들어대는 소리와 물소리가 합쳐져 시끄럽기가 이루 말할 수 없었다. 자욱한 수증기까지 웅웅 소리를 내는 느낌이었다.

그 와중에 용케도 부르는 소리를 알아들은 것은 연이였다. 연이가 정순에게 잡힌 손목을 빼내서 저쪽을 가리켰다. 벌거벗은 여자가 엉거주춤 일어나 맹렬히 손짓을 하고 있었다. 뜨거운 물에 얼마나 오래 있었는지 온몸이 붉게 달아오른 숙이 엄마였다.

"연이 엄마! 여기! 연이 엄마!"

정순은 연이 엄마라고 불리는 것이 익숙지 않은지 그렇게 부르면 늘 금방 알아듣지를 못했다. 가장 먼저 알아듣는 사람은 물론 나였고, 그다음이 연이였다.

"이리 와, 연이 엄마. 여기 자리 있어."

숙이 엄마는 자기 옆에 깔아둔 수건 한 장을 집어 들어 그 옆자리의 수건 위에 아무렇게나 놓았다. 수건을 치운 빈 공간에 정순이 막 들어서는데 역시 온몸이 벌겋게 된 퉁퉁한 여자 하나가 물을 뚝뚝 흘리며 급하게 다가왔다. 빨갛게 칠한 손톱이 눈에 들어왔다.

"아줌마, 여기 내 자리예요."

앉으려던 정순이 엉거주춤하고 있는데 그런 정순을 숙이 엄마가 잡아끌어서 앉혔다. 그러고는 본인이 벌떡 일어섰다.

"여기가 댁에 자리야? 그 옆도 댁에 자리고? 그 옆은?

뭘 여자가 혼자서 3인분을 써? 안 그래도 사람 많아서 목욕탕이 미어터지겠구먼."

"아니 우리가 셋이 왔으니까…."

"어른 하나가 어린애 둘이랑 같이 와서 세 자리 다 차지하면 안 되지. 자리가 많으면 몰라도 다들 옴짝달싹도 못하게 좁아서 때도 못 밀고 있는 거 안 보여? 내가 가만 보니까 아까부터 셋이서 자리만 맡아놓고 뜨건 물에 들어앉았더구먼. 이렇게 사람 많은 때 얼렁얼렁 씻고 나가줄 생각을 하는 게 아니라 이건 뭐 유람 나왔나, 세월아 네월아 신선놀음하고 앉아 있으니."

숙이 엄마는 깡말랐다. 벗고 있으니 옷을 입었을 때보다 더 말라 보였다. 윤기 없이 푸석한 살결, 젖은 머리, 벌겋게 된 얼굴은 초라해 보였다. 그러나 목청이 대단했다. 동네 사람들이 숙이 엄마를 뒤에서 수군대긴 해도 면전에서는 건드리지 않는 이유도 그 목청을 당해낼 수 없어서였다. 목욕탕의 소란을 다 잠재우는 카랑카랑한 목소리로 숙이 엄마는 "애 자리를 어떻게 어른 자리랑 똑같이 차지하느냐. 버스를 타도 애는 무릎 위에 앉혀야지 따로 자리 차지를 하면 그것도 욕먹는 짓이다. 애를 둘이나 낳아 키우면서 어떻게 아직 그런 것도 모르느냐"라고 좌중을 둘러보며 떠들어댔다. 목욕탕 안의 모든 여자들이 하던 일을 멈추고 숙이 엄마를 쳐다봤다.

빨간 손톱의 여자는 벌겋던 얼굴이 더 시뻘겋게 변했다. 그 여자의 딸들임이 분명한 여자아이 둘이 온탕에서 나와 놀란 얼굴로 제 엄마와 숙이 엄마를 번갈아 쳐다보았다. 큰아이는 연이 또래로 보였다. 빨간 손톱의 여자는 거친 손놀림으로 목욕 도구들을 챙겼다. 그 여자가 가져온 주황색 유니나 샴푸가 눈에 띄었다.

"내가 왜 이런 데를 와가지고 이런 꼴을 당하나 몰라. 집에도 얼마든지 뜨거운 물 펑펑 나오는데 애들 물놀이도 시킬 겸 데리고 왔더니. 어휴, 진짜 재수가 없으려니까. 가자 얘들아."

제 엄마가 목욕 도구를 챙기는 동안 여자의 큰아이는 독한 표정으로 연이를 쏘아보았다. 연이가 숙이 엄마의 딸이고 숙이 엄마가 자기 딸을 위해 그렇게 사납게 군다고 오해했을 것이다. 그건 정말 오해였다. 연이가 숙이 엄마의 딸도 아니었지만 숙이 엄마가 연이를 위해서 그렇게 했다는 것은 정말 오해였다. 숙이 엄마는 자기 일도 아닌 일에 끼어들어 일을 크게 만들곤 했다. 좋게 넘어가는 적이 없고 언제나 대판 싸웠다. 정순은 숙이 엄마가 그렇게까지 해서 자리를 만들어주는 것이 전혀 고맙지 않았을 것이다. 모두가 이쪽을 쳐다보고 있는데 정순만 외면하고 있는 것이 그 증거였다. 그러나 숙이 엄마는 상대의 마음은 아랑곳없이 싸움판만 키워놓고 자기가 마치 큰 은인이나 된 듯이 굴었다.

세 자리나 빠지고 나자 아닌게아니라 목욕탕 전체가 좀 헐거워진 것도 같았다.

"아는 사람 만나서 다행이네. 이따 등 좀 밀어줘."

떨떠름한 표정의 정순에게 숙이 엄마가 말했다.

연이는 뜨거운 탕 속에 스르르 들어갔다. 그 또래의 아이들은 발목만 담가도 뜨겁다고 난리를 쳐서 엄마한테 등짝을 철썩 얻어맞기 일쑤인데, 연이는 뜨거운 물에도 곧잘 들어갔다. 탕 안에도 사람들이 많았다. 통통한 여자 둘이 더 들어오자 욕탕 물이 쏴아아 흘러넘쳤다. 목욕탕 주인 여자가 들어와서 욕탕의 수도를 잠그며 투덜거렸다.

"아유, 물이 넘치면 좀 잠그지. 사람들이 자기 물 아니라고 어쩜 이럴까 몰라."

주인 여자가 뜰채로 욕탕 안에 둥둥 떠다니는 때를 건져냈다.

나는 연이 곁에 몸을 담그고 앉았다. 몸이 노곤해지며

기분이 좋았다.

그런데 뭔가 이상한 것이 있었다. 뭔가 이상한 느낌이. 시끄러운 물소리, 바닥을 흐르는 비누 거품, 벌거벗은 몸뚱이들. 그중에 한 여자가 있었다. 그녀는 벌거벗은 채 목욕탕 턱에 쪼그리고 앉아 있었다. 목욕탕 제일 안쪽 구석진 곳에 웅크리고 앉아 쏘아보는 눈길로 사람들을 노려보고 있었다. 물속에 몸을 담그지도 않고 그곳에 앉아 때를 미는 것도 아니었다. '저 여자는 대체 저기서 뭘 하는 걸까'라는 생각을 하며 눈길을 준 순간 여자와 눈이 마주쳤다. 여자가 날카로운 눈으로 나를 쳐다봤다. 가슴이 철렁했다. 피… 뒤통수에서 피가 흐르고 있었다. 그 여자의 뒤통수에서 말이다. 젖은 긴 머리를 따라 피가 흘러내려 등이며 엉덩이가 피범벅이었다. 저 여자는… 귀신이로구나. 벌거벗은 귀신. 목욕탕 귀신.

귀신을 보는 것이 처음은 아니었다. 여기에는 나 말고도 머무르고 있는 사람들(더이상 사람은 아니지만)이 더 있었다. 무엇 때문인지, 누구 때문인지 모르지만 나처럼 떠나지 않고 머물러 있는 것들 말이다. 내가 귀신을 처음 본 것은 연이를 따라 시골에 갔을 때였다.

달도 없는 밤이었다. 나는 그때 무료하게 대문간에 웅크리고 앉아 있었다. 연이도 미호댁도 깊이 잠들어 나는 무척 심심하던 참이었다. 냇물이 졸졸졸 흐르는 소리 중간에 철벅철벅하는 물소리가 섞여들었다. 처덕처덕 헝겊을 치대는 소리도 들렸다. 이 밤중에 누가 빨래를 하나? 할 일도 없던 터라 빨래터에 나가보았다. 이 동네 빨래터는 대를 이어 쓰는 아주 오래된 곳이었다. 동네 청년들이 빨래를 치대기에 맞춤한 커다랗고 넓적한 돌을 몇 개씩이나 냇가에 놓아주었다. 빨래를 담가놓기 편하게 움푹 팬 작은 웅덩이도 여러 곳 있었다. 옷에 비누칠을 해서 박박 주물러 거품을 내고 나면 그 웅덩이에 담가 떠내려가지 않게 돌로 눌러두었다. 비눗물이 묻어 있던 빨래는 물속에서 하늘하늘 흔들리고 끊임없이 졸졸 흐르는 물에 깨끗이 헹궈졌다. 빨래가 담긴 웅덩이는 처음에는 비눗물로 뿌옇다가 조금만 지나면 이내 맑은 물이 되었다. 우물물을 길어 쓰거나 뽐뿌질을 하는 것보다 훨씬 편하게 빨래를 할 수 있는 곳이어서 시내가 꽝꽝 어는 한겨울만 아니면 모두 이 빨래터에서 빨래를 했다. 그 시내에서 여자들은 빨래를 하고, 그 시내의 어디쯤에서 남자들은 물고기를 잡고, 또 어디쯤에서는 아이들이 배를 내밀고 서서 오줌을 누기도 했지만 물이 흐르고 흐르다 보면 모든 것이 쓸려가서, 시내는 다시 맑아졌다.

그 빨래터에서 젊은 여자가 빨래를 하고 있었다. 처덕처덕 철벅철벅. 개짐이라도 빨고 있나? 이제 막 월경을 시작한 소녀들 또 그 소녀의 엄마들은 한밤중에 그렇게 비밀 빨래를 하는 경우가 많았다. 저 여자는 누굴까? 낯이 선데. 이 동네 사람도 아닌데 여기서 빨래를 하나 싶어 쳐다보는데 그 여자가 나를 돌아봤다. 여자와 눈이 마주치자 나는 가슴이 철렁해 뒤로 나동그라질 뻔했다.

내가 죽은 뒤 사람들은 나를 보지 못했다. 처음에는 사람들이 나를 보지 못하는 것이 믿어지지 않아 늘 움츠리고 다녔다. 또 누가 돌아보는 기척만 있어도 놀라곤 했는데 며칠 만에 그런 생활에 익숙해졌다. 그러다 처음으로 나를 빤히 쳐다보는 사람을 만나고 나니 놀랄 수밖에 없었다. 저 여자는 내가 보이는 건가? 그렇다면 저 여자야말로 귀신이구나. 그래서 찬찬히 살펴보니 치맛단 아래 부분이 희미한 것이 여자의 모습이 온전하지 않았다. 여자가 나를 보고 희죽 웃자 나는 너무 무서운 생각이 들어 얼른 도망쳤다.

귀신이 귀신을 무서워하다니? 이상하게 생각하겠지만 나는 귀신이 무서웠다. 그냥 무서운 마음이 들었다. 내게 말을 걸거나 무엇을 물을까 봐 두려웠다. 다른 귀신들이 내게 너는 누구냐고, 왜 여기 있냐고 물어보면 어떻게 하지? 죽어서도 귀신으로 남아 계속 이곳에 있으려면, 그러니까 저승에 가지 않고 구천을 떠돌려면 누구에게 억울한 죽임을 당했거나 큰 원한이 있어야 하는 것은 아닌가? 장화홍련이나 아랑, 옛날이야기에 나오는 그 모든 귀신들처럼 말이다. 아무 원한도 없다면 이승에 계속 남아 있을 자격이 없다고 할까 봐 이만저만 근심이 아니었다. 나는 원한이라고 할 만한 것이 전혀 없었다. 누가 내게 잘못한 일은커녕 내가 남들에게 잘못한 일들만 잔뜩 있었다. 남에게 폐만 끼치고 내가 해야 할 일도 못하고 책임도 못 지고 떠나왔다. 계속 남아 있다고 한들 살았을 때 하지 못한 일을 죽어서 할 수 있는 것도 아니었다. 그러니 내 생각에도 내가 여기 계속 남아 있는 것은 별로 당당한 일은 아닌 것 같았다.

그래서 나는 다른 귀신들과 마주치지 않으려고 무척 조심하고 있었다. 지금처럼 어쩌다 마주치게 되면 내가 먼저 피했다. 다른 귀신들도 내게 친절하게 대해준 적은 없었다. 오히려 기분 나쁘게 쳐다보며 위협하거나 섬뜩한 미소로 기겁하게 만들곤 했다. 귀신이란 원래 다른 귀신과 함께 있는 것을 싫어하는 존재인지도 모른다. 나처럼 그들도 무서운 것일까? 어쨌거나 나는 다른 귀신들이 어떻게 죽었는지, 어떤 사정으로 여기에 있는지 알고 싶은 마음이 조금도 없었다. 언제까지 여기 있을 것인지, 다른 곳으로 가려면 어떻게 해야 하는지도 절대 묻지 않을 것이다. 나는 이곳에 있고 싶어서 있는 것이다. 언제까지고 여기 있을 것이다. 연이 곁에. 내 딸 옆에.

8. 입학식

3월은 춥다. 설 지나고 입춘과 우수, 경칩이 지나고 나면 이제 진짜 봄인가 싶게 며칠 따듯한 날들이 이어진다. 그렇다고 해서 마음을 놓아서는 안 된다. 겨울은 며느리 집에 다니러 온 심술맞은 시어미처럼 갈 듯 갈 듯하면서 가지 않는다. 내일은 가야지, 모레는 가야지 하면서도 떨치고 일어서 가지 않는다. 3월 추위는 동짓달보다 더 춥다. 으레 추우려니 하는 날들의 추위는 견딜 만하지만 이제 봄이네, 싹이 돋았네, 개구리가 깨어났네 하는 소리를 듣다가 새삼스레 맞는 추위는 억울한 마음 때문에 더 춥다.

연이 입학식 날도 추웠다. 운동장에서 덜덜 떨며 입학식을 했다. 입학하는 아이들만도 수백 명이었다. 1반부터 8반까지 한 반에 칠십 명이 넘는 아이들이 두 명씩 짝을 지어서 줄을 섰다. 연이는 1반, 초록반이었다. 줄을 선 아이들 앞에 담임 선생님이 초록색 깃발을 들고 서 있었다. 아이들에게 초록색 리본과 이름표를 나누어주면서 모두 가슴에 달라고 했다. 엄마들이 아이들에게 이름표를 달아주느라 또 북새통을 이루었다. 그러다 같은 줄에서 그 여자를 보았다. 목욕탕에서 숙이 엄마와 대거리를 하던 그 빨간 매니큐어 여자 말이다. 여전히 빨간 매니큐어를 바르고 있어서 알아볼 수 있었다. 연이를 쏘아보던 그 여자의 딸이 연이와 같은 1반이었다. 이름이 소영이었다. 그러나 빨간 매니큐어 여자도 소영이란 아이도 연이를 알아보지는 못하는 것 같았다. 이름표를 달아주자 마이크를 든 선생님이 학부모들을 다 운동장가로 물러나게 했다. 엄마 손을 안 놓으려고 우는 아이도 있었고, 그런 아이를 어르고 달래느라 운동장이 시끌시끌했다. 모두 운동장가로 물러났지만 나는 우리 연이 곁에 딱 붙어 서 있었다. 1학년 꼬맹이들은 엄마가 학교에다 저를 버리고 어디로 가버리지는 않는지 자꾸만 뒤를 돌아보았고, 줄을 서 있는 아이들 중에 낯익은 동네 친구가 있는지 찾느라 두리번거렸고, 또 괜히 앞에 서 있는 아이의 운동화 뒤축을 발로 툭툭 차기도 하며 가만히 있지 못했다. 연이는 어른스럽게 앞만 보고 서서 '차렷, 열중쉬어, 앞으로 나란히' 하는 선생님의 구령에 맞춰 잘 따라 하고 있었다. 빨간 운동화를 신고 분홍색 코트를 입은 연이는 우중충한 연못에서 피어난 연꽃처럼 예뻤다. 이 분홍색 코트에는 조금 사연이 있었다.

이사를 오고 나서 숙이 엄마는 마당에서 연이를 볼 때마다 연이 옷에 시비를 걸었다.

"얘, 너 그 옷 작다."

연이는 대답도 하지 않고 놀이에만 열중했다.

"옷이 작으면 잘 크지를 못해. 키가 크고 싶어도 옷이 몸을 잡고 있으면 클 수가 있겠니?"

조금 그럴듯하기는 했다. 대놓고 이런 이야기도 했다.

"얘, 느이 엄마는 너 옷 한 벌 안 사주니? 내가 애들 옷 파는 사람인 줄 뻔히 알면서 옷 한번 보자는 소리가 없더라."

정순이 그 사실을 뻔히 알고 있었나? 나는 몰랐다. 숙이 엄마가 아침마다 보따리를 이고 나갔다가 저녁나절에 들어오는 것은 알았지만 그것이 아이들 옷인 줄은 몰랐고, 그것을 팔러 다니는 줄은 더더욱 몰랐다.

숙이 엄마가 '연이 엄마는 애 옷 한 벌을 안 사준다'는 소리를 온 동네에 하고 다녔던 모양이다. 정순은 다른 사람이 연이에 대해 무슨 말을 하면 '네가 새엄마라 애한테 소홀하다'는 말로 알아들었다. 정순은 자신이 새엄마라는 것을(그러니까 자기가 후처라는 것을) 알리고 싶지 않았겠지만 이사 첫날 연이가 숙이 엄마에게 내 이야기를 하는 바람에(우리 엄마는 죽었어요. 나 다섯 살 때요) 온 동네 아줌마들이 다 알게 되었다.

하루는 숙이 엄마가 보따리를 이고 나서는데 정순이 숙이 엄마를 불러 세웠다.

"거기 연이 입힐 만한 것도 있어요?"

"그럼! 딱 연이 나이 옷들이지."

숙이 엄마는 여태 들어본 적 없는 밝은 목소리로 말했다. 그러고는 들어오란 소리도 하지 않았는데 보따리를 들고 연이네 마루로 올라섰다. 풀어보니 정말 연이 또래의 아이들이 입을 만한 옷들이 가득이었다. 초록과 빨간 실을 섞어서 짠 목까지 올라오는 쉐타가 크기별로 있었고, 두툼한 골덴바지도 있었다. 무릎까지 올라오는 긴 양말도 있었는데 양말 끝부분에 토끼 모양의 솜 방울이 달려 있어서 나도 한참을 들여다봤다. 방에서 놀고 있던 연이가 마루로 나왔다. 숙이 엄마가 연이를 보자 헤벌쭉 웃어 보였다.

"엄마가 너 옷 사준단다."

연이가 고른 것은 분홍색 코트였다. 커다란 검은색 뼈다귀 단추가 달려 있고, 칼라와 소매 끝단을 공단 천으로 덧대어 숙이 엄마 보따리 안에서는 제일 비싸 보이는 옷이었다. 내가 보아도 그 옷이 제일 마음에 들었다. 숙이 엄마가 손뼉을 딱 치며 반색을 했다.

"애들 눈도 눈이라니까. 어쩌면 너는 그걸 딱 골라내냐? 그건 백화점에나 들어가는 물건이라 시장에서는 구경도 못 하는 옷이야. 옷감도 고급이고. 가볍고 따뜻하고."

숙이 엄마는 시장에서는 구경도 하지 못할 옷을 왜 보따리 장수가 가지고 다니는지 설명 없이 연이에게 어서 입어 보라고 채근했다. 딱 보아도 제일 비싸 보이는 옷이어서인지 정순이 살짝 트집을 잡았다.

"너무 크겠는데?"

커도 괜찮다. 아이들 옷은 딱 맞게 사면 안 된다. 아이들은 쑥쑥 자랄 테고 한 번 사면 3년은 입어야 되니까. 처음 산 해에는 크게 입고, 두 번째 해에는 딱 맞게 예쁘게 입고, 3년째는 좀 작은 듯하게 아쉽게 입고, 그다음에는 친척 동생에게 물려주면 된다. 나는 저 옷을 입고 입학식에 가면 되겠다 싶어서 안달이 났다. 흰 타이즈에 치마와 저 코트를 입고 구두까지 신은 뒤 입학식에 가면 좋겠다. 아직 춥다고 해도 그래도 3월인데 우중충한 겨울 오바 입혀서 입학식에 가는 것은 싫었다. 우리 연이가 다른 여자아이들 사이에서 돋보였으면 좋겠다. 계모는 계모라서 그런 마음도 없는 건가? 저절로 정순을 흘겨보게 되었다.

연이가 분홍색 코트를 입어보니 소매가 길어 손가락 끝도 옷 밖으로 나오지 않았다. 기장은 무릎을 덮었다. 숙이 엄마가 서둘러 소매를 두 번 걷어주고 옷매무새를 만져주었다. 됐다. 예쁘다. 기장이 길어 좀 거추장스럽긴 해도 무릎이 따뜻할 테니 괜찮다. 정순은 무언가 트집을 잡고 싶은지 옷 입은 연이를 이리 돌려세우고 저리 돌려세우며 꼼꼼히 살폈다. 연이는 옷이 마음에 드는 눈치였다. 연이는 기대에 찬 표정으로 정순을 바라봤다. 나는 연이가 조마조마할 것이 서러웠다. 이 옷을 사줄지 안 사줄지 어떻게 해야 이 옷을 사줄지 눈치를 봐야만 하는 연이의 처지가 속상했다. 그냥 "아이구 예뻐라" 한 마디 하고 벗어서 네 방에 걸어놓으라고 엉덩이 토닥여 들여보내면 될 것을 장마철 쌀벌레 골라내듯 눈을 대고 찬찬히 들여다보는 꼴이 기가 찼다. 숙이 엄마가 나섰다.

"연이 너 이 옷 입고 입학식 갈래?"

"네."

"그래라. 때 타면 안 되니까 방에다 잘 걸어놔라."

연이는 분홍색 코트를 입은 채 냉큼 방으로 들어가버렸다. 나는 갑자기 숙이 엄마가 사랑스러워졌다. 정순이 미간을 찌푸렸다.

"아유 색깔도 때 타겠는데."

"때 타면 빨면 되지. 사내애도 아니고 계집애가 뭐 옷을 얼마나 험하게 입을라구. 딸내미일수록 저런 고급 옷을 입혀야 애가 얌전하게 크는 거야. 저런 옷 입으면 개구지게 막 놀 수가 있겠어? 값도 잘해줄게. 한집 사는 처지에 내가 이문 남겨 팔아먹기도 그렇고. 딱 내가 떼온 원가에 줄게."

숙이 엄마가 말한 값을 듣고 정순은 입을 벌렸다.

"이게 백화점에서는 여기다 공 하나 더 붙여서 파는 물건이야. 중간에 빼돌린 거니까 이 값인 거지. 흔하게 막 파는 옷이 아니라니까. 봐봐. 내가 가진 것도 그거 딱 하나잖아."

숙이 엄마가 보따리를 마구 헤쳐 보였다. 내가 듣기에도 옷값은 많이 비쌌다. 살았을 때 나는 저 정도 값의 옷을 사본 적이 없었다. 정순은 처녀 때 사무실에서 근무하던 '미스 리'였으니까 비싼 옷도 더러 입지 않았을까?

정순은 값을 치르고 숙이 엄마를 내보낸 뒤 치사하게도 연이를 타박했다.

"너는 내가 사주겠다는 말도 안 했는데 옷을 가지고 그 냥 방으로 들어가버리면 어떡하니?"

"문간방 아줌마가 들어가서 방에 걸어놓으라고 했잖아 요."

"그건 문간방 아줌마 말이지. 네가 문간방 아줌마 딸이 야? 그 아줌마 딸이냐고. 왜 그 아줌마 말을 들어?"

이건 또 무슨 억지소리인가? 듣는 내가 다 기가 막혔다. 정순은 연이가 자기를 빤히 쳐다보자 변명하듯 중얼중얼 덧붙였다.

"옷을 안 사주겠다는 게 아니라… 살 땐 사더라도 물건 살 때는 너무 막 사고 싶어하면 안 되는 거야. 그럼 장사꾼 들한테 바가지쓰기 딱 좋거든. 사고 싶어도 내색하지 않고 깎아주면 사고 안 깎아주면 안 사겠다는 식으로 해야 되는 데. 니가 날름 입고 들어가버리는 바람에 십 원도 못 깎았 잖아."

정순의 입장에서는 흥정도 못 해보고 달라는 대로 다 준 것이 속쓰릴 수는 있었다. 그래도 이왕에 산 것이니 그냥 기분 좋게 입히면 될 텐데 두고두고 곱씹는 것이 혀를 차게 만들었다.

정순은 기석이 퇴근해서 저녁을 먹을 때 그 옷 이야기를 또 꺼냈다.

"입학식인데 깔끔하게 입혀야지. 아유, 그런데 애들 옷이라고 만만히 볼 게 아니야. 어른 정장 한 벌 값은 된다니까."

"그래? 얼만데?"

정순은 실제로 치른 값의 두 배를 말했다. 기석도, 듣고 있던 나도 입을 딱 벌렸다. 정순은 새침한 표정을 지었다.

"그래도 연이가 마음에 들어 하니까. 좀 과하다 싶긴 해도 연이가 좋다는데 안 사줄 수 없잖아."

기석이 부드러운 표정으로 연이를 봤다.

"우리 연이는 좋겠네. 엄마가 새 옷 사주셔서."

연이는 대답 없이 밥만 먹었다. 정순이 연이를 쳐다보며 턱짓을 했다.

"갖다 아빠 보여드려."

연이는 정순에게 눈길도 주지 않고 엉덩이를 붙이고 앉아 숟가락질만 했다. 정순이 기막힌 표정을 짓는데 기석은 끄덕이며 연이 머리를 쓰다듬었다.

"됐어, 어서 밥이나 먹어."

정순은 저녁 설거지를 하며 꿍얼거렸다. 설거지 소리가 왈가닥달가닥했다.

"무슨 애가 저렇게 의뭉스러워? 나 참 기가 막혀. 지가 좋다고 돈도 안 낸 걸 날름 입고 가버릴 때는 언제고. 지 아빠 오니까 왜 갑자기 관심 없는 척해?"

내키지 않는데도 돈은 돈대로 쓰고 남편에게 제대로 생색도 내지 못해 짜증스러워진 것을 나는 다 알고 있었다. 그렇지만 나는 이러지도 저러지도 못한 연이 마음도 이해할 수 있었다. 연이는 옷이 마음에는 들었지만 정순이 계속 비싸니 때가 타니 하며 타박을 놓으니 마음 놓고 좋아하고 자랑할 수가 없었던 것이다. 옷을 입고 뛰어와서 아빠한테 뽐내도 좋을지 마음껏 신난다 해도 괜찮을지 눈치가 보였던 것이다. 그날 밤 연이는 자기 전에 분홍색 코트를 손바닥으로 여러 번 쓸어보았고, 나는 그런 연이의 머리를 오래도록 쓰다듬었다.

그런 짠했던 마음도 싹 잊을 만큼 연이의 분홍색 코트는 예뻤다. 입학식장에서 다른 아이의 엄마들도 어쩐지 연이한테 자꾸 눈길을 주는 것 같아 나는 우쭐해졌다. 아침에 마당에서 마주친 희철이도 연이를 위아래로 훑어봤다. 그렇게 봤으면 한 마디 칭찬해줄 법도 한데 희철이는 말없이 쌩하니 먼저 나가버렸다. 희철이의 뒷모습을 보니 누비솜 잠바는 너무 컸고, 헤지고 짧아진 바지 밑으로 찬바람에 허옇게 트고 때가 낀 발목이 눈에 띄었다. 느이 엄마는 옷도 안 사주느냐고 하던 숙이 엄마는 자기가 옷 장수면서 왜 아들 옷은 몸에 맞게 입히지 못하는 것인지.

찬바람이 쌩쌩 부는 학교 운동장은 사람들로 바글바글했다. 번데기 장수도 오고, 솜사탕 장수도 오고, 녹인 설탕으로 큰 권총과 붕어를 만들어놓은 뽑기 장수도 왔다. 사진사가 '사진~! 사진~!' 길게 외치며 커다란 사진기와 삼각대를 들고 돌아다녔다. 한쪽 어깨에 조화인 큰 화환까지 메고 있었다. 올림픽에서 금메달을 딴 선수들이 목에 거는 그런 화환 말이다.

─ 사진 한 장 찍으면 좋겠네! 교문 앞이 좋을까? 이승복 동상 앞이 좋을까? 아니 저 책 읽는 소녀 동상 앞이 좋겠다.

우리 연이도 화환을 목에 걸고 사진을 찍어주고 싶어서

나는 또 발을 동동거렸다.

– 사진 값이 얼마나 하나? 국민학교 입학식은 평생에 단 한 번인데. 지금 못 찍으면 우리 연이 국민학교 입학 사진은 없는 건데. 지금 이렇게 예쁠 때, 분홍색 코트 입고 있을 때 사진 좀 찍었으면.

지금까지 찍은 연이 사진은 몇 장이나 될까? 돌에 잔치는 하지 못했어도(미호댁이 계집애 돌상 차리는 일은 내 평생 본 적이 없다고 펄쩍 뛰었다. 그 말이 섭섭해 나는 안 보이는 데서 있는대로 눈을 흘겼었다) 사진관에서 사진은 찍었었다. 사진관에서 빌려주는 색동 한복을 입히고 머리에 아얌을 씌워서 찍은 사진은 깨물어주고 싶을 만큼 앙증맞게 나왔었다. 기석이 양복을 입고 나도 시집올 때 입었던 한복을 다시 꺼내 입고 머리도 고데기로 부풀려 같이 사진을 찍었었다. 그러고 보니 작은 액자에 넣어서 벽에 걸어놓았던 그 사진이 보이지 않았다. 그 사진은 언제 치웠을까? 아마 그 사진이 내 마지막 사진이었을 것이다. 그 이후로는 내가 자주 아파서 사진을 찍은 기억이 없다. 기석은 내가 죽고 나서 그 사진을 치웠을까? 연이가 장난감 말 위에 올라

앉아있는 사진도 기억난다. 바퀴가 달린 플라스틱 말 위에 눈물범벅인 연이가 앉아 있는 사진이었다. 결혼하고 세 번째로 이사 갔던 집 주인네 아들의 장난감이었다. 그 집 아들이 마당에서 장난감 말을 타고 놀았는데, 연이가 저도 한번 타보겠다고 아무리 쫓아다니며 졸라도 그 집 아들은 혀를 날름거리며 영 빌려주지 않았다. 연이가 종내는 흙바닥에서 뒹굴며 우는 것을 주인아저씨가 덥석 안아다 자기 아들을 내려놓고 연이를 말 위에 앉혔다. 이번에는 그 집 아들이 흙바닥을 뒹굴었는데 주인아저씨는 그러거나 말거나 사진기를 꺼내와 연이 사진까지 찍어주었다. 사진 속의 연이는 눈물 자국을 닦지도 않은 채 장난감 말의 손잡이를 야무지게 틀어쥐고 있는 모습이었다. 그 사진도 어딘가 있을 텐데. 기석은 새로 장가를 가면서 예전 부인과 찍은 사진들은 모두 다 버렸을까? 설마 그랬을까? 나랑 찍은 결혼사진, 온천으로 떠났던 신혼여행에서 택시기사 아저씨가 찍어준 사진은 버렸다고 하더라도 설마 연이 사진까지 버린 것은 아니겠지. 나와 연이가 같이 찍은 사진도 버렸을까? 사진에서 내 모습만 잘라내고 연이 모습은 남겨두었을까?

정순은 사진사 쪽으로는 눈길도 주지 않았다.

입학식이 끝나고 교실로 들어갔다. 1반 팻말 옆에도 작은 초록색 깃발이 걸려 있었다. 담임 선생님은 서른 중반쯤 되어 보이는 땅딸보 남자 선생님이었다. 아이들을 작은 걸상에 앉히고 엄마들은 교실 뒤편에 오글오글 모여 섰다. 한 반에 아이들이 칠십 명이 넘었으니 책상을 다닥다닥 붙여놓아도 교실이 꽉 찼다. 교실 안으로 채 들어오지 못한 부모들이 복도에도 가득했다. 그들은 창문으로 자기 아이를 넘겨다보며 손을 흔들어주고 아이 이름을 부르며 앞을 보고 똑바로 앉으라고 잔소리를 하느라 시끌시끌했다. 나는 연이의 책상 옆 바닥에 쪼그리고 앉았다.

교실 앞에 선 담임 선생님이 칠판에 이름을 크게 적었다. 연이가 입술을 달싹거렸다.

"이, 관, 우."

대견한 마음에 입이 저절로 벌어졌다. 연이는 글을 알고 있었다. 어느 날 연이가 글을 다 안다는 것을 깨닫고 나도 깜짝 놀랐다. 하루 종일 연이 곁에 있었는데도 대체 어느 결에 한글을 익혔는지 알 수 없었다.

연이는 글자를 좋아했다. 말을 하기 시작할 때부터 글자에 관심을 보였다. 과자 봉지든 어디든 글씨가 있으면 뭐냐고 물었다. 읽어주면 자기가 다시 '새, 우, 깡' 하고 한 자한 자 짚어가며 읽었다. '설, 탕', '다, 시, 다'도 읽을 수 있었다. 냄비 뚜껑에 '선, 학'이라고 쓰인 것을 손가락으로 짚어가며 '냄, 비'라고 읽는 통에 웃기도 했다. 데리고 나가면 지나는 길에 있는 모든 간판을 다 읽어주어야 했다. 벽보가 붙은 곳을 지날 때는 그 벽보를 꼼꼼히 다 읽을 때까지 그 앞을 떠나지 않았다. 벽보는 대부분 영화나 리사이틀 포스터였고, 때로는 범죄자 수배 전단이었다. 영화 포스터에는 헐벗은 여자들이 그려져 있었고, 문구도 낯간지러운 것들이 많았다. 연이에게 그런 것을 읽게 하고 싶지 않아서 손을 잡아끌면 그럴 때마다 연이는 참 고집스러웠다. 개봉박두를 알리는 포스터에는 한글뿐 아니라 한자도 많았는데 연이는 한자도 꼭 물어보았다. 내가 아는 한자는 토土, 일日 같은 쉬운 한자 몇 개뿐으로, 사람 이름에 쓰는 어려운 한자는 하나도 몰랐는데 배우의 얼굴이 같이 나와 있어 어림짐작으로 알려주었다. 간혹 아무렇게나 대답하는 때도 있었는데 연이는 그것도 깊이 새겨듣는 모양이었다.

연이의 글자 사랑은 양달뜸에 가서도 계속되었다. 양달뜸에는 글자가 드물었다. 도시에는 어디에나 글자가 있었지만 시골에는 가게가 없으니 간판도 없고 책도 없고 신문도 없었다. 글자가 있는 종이라고는 달력과 아주 오래된 기석의 책 몇 권, 대체 어디서 굴러왔는지 알 수 없는 〈선데이서울〉 정도였다. 그래도 글자가 눈에 띄면 연이는 꼭 손가락으로 글자를 짚어가며 물었다. 미호댁은 글을 몰랐다. 미호댁 또래의 할머니들, 벌말댁이나 수암댁도 글을 모르는 건 마찬가지여서 그 나이대의 할머니가 글을 모르는 것은 흉이 아니었다. 미호댁이 나고 자란 때는 일본 말을 배우던 시기였고, 그나마도 계집애들은 글을 배울 수 있는 기회가 없었다. 해방 이후에는 시골에도 야학이 들어와서 사람들에게 한글을 가르쳤지만 그때 이미 결혼을 해서 아이를 기르고 있던 여자들은 야학에 나오지 못해 한글을 배울 수 있는 기회는 영영 사라지고 말았다. 처음 시골에 왔을 때 연이는 글자를 몇 개 읽는 정도였다. 옆에 그림이 같이 있으면 금방 읽었는데 글자만 있는 것은 더듬거렸다. 연이는 글자만 봤다 하면 할아버지나 동네 언니들을 귀찮게 따라다니며 묻더니 어느 순간 글을 줄줄 읽게 되었다. 그러니 어떤 사람이 연이에게 글자를 가르쳐주었다고 말할 수는 없고 연이 혼자 스스로 깨쳤다고 할 수밖에 없었다.

그래서 연이는 입학식 날 선생님 이름 '이관우'를 어렵지 않게 읽을 수 있었다. '이'나 '우'는 쉬운 글자였지만 '관'은 획도 많고 엄청 어려운 글자라서 읽는 아이가 많지 않았을 것이다.

"이건 선생님 이름이에요. 이거 읽을 수 있는 사람?"

담임 선생님이 아이들을 둘러봤다. 연이를 포함해서 세 명이 손을 들었다. 소영이도 손을 들었다. 소영이 엄마는 자기 딸이 손 든 것이 자랑스러워서 도도하게 고개를 쳐들고 손을 든 다른 아이들 엄마가 누구인지 둘러보았다. 복도에서 누군가 "손 들어 너도!" 하고 속삭이는 건지, 소리치는 건지 알 수 없는 소리를 냈다.

연이가 손을 번쩍 든 것을 보고 가장 놀란 사람은 정순이었다. 정순은 연이가 글을 읽는 줄 꿈에도 몰랐던 모양이다. 선생님이 손을 든 세 명 중에서 연이를 지목했다. 역시 분홍색 코트의 힘인 것 같았다

"일어나서 한 번 읽어볼래?"

연이는 의자 소리를 내며 일어서서 또박또박 읽었다

"이, 관, 우"

뒤에 서 있던 학부모들이 '아아' 소리를 내며 박수를 쳤다. 학부모들이 수런거렸다.

"아이구 신통하네."

정순 옆의 아주머니가 정순 쪽으로 머리를 기울이며 말했다.

"쟤는 벌써 한글을 다 깨쳤나봐요? 어떻게 가르쳤수?"

정순은 얼굴이 빨개지며 미소를 지었다.

"글쎄요, 특별히 가르친 것도 없는데…."

그렇지. 연이가 아는 백만 개 글자 중에 정순이 가르쳐 준 것은 한 글자도 없었다. 똑똑한 내 딸 연이가 스스로 깨친 것이었다. 소영이 엄마도 연이를 보며 고개를 끄덕였다. 목욕탕에서 만난 적이 있다는 것은 영 기억나지 않는 모양이었다.

여자들은 산만하게 자꾸만 뒤를 돌아보는 자신의 아이와 바른 자세로 앞만 바라보는 연이를 비교하며 자기 아이한테 눈을 부라렸다. 뒤돌아보는 아이는 엄마가 자기를 잘 보고 있는지 확인하고 싶어서 그러는 것이었고, 연이가 앞만 바라보는 것은 그럴 사람이 없어서였는데 그런 사정을 알 리가 없었다.

입학식이 끝나고 집으로 돌아오는 길에 콧대가 높아지고 기분도 좋아진 정순은 운동장에서 사진사에게 부탁해 연이 사진을 찍어주었다. 학교 건물을 배경으로 운동장 복판에 아이를 세워놓고 사진을 찍었다. 뒤로 오가는 사람들이 지저분하게 같이 찍히는 곳이어서 별로 내 마음에 들지는 않았다. 책 읽는 소녀 동상 앞이 더 좋았을 것이다.

9. 희철이

입학식 다음 날, 정순은 연이와 함께 현관문을 나섰다. 연이는 그 분홍색 코트를 입고 빨간 책가방을 메고 있었다. 신발주머니와 세트인 가방에는 머리카락이 노랗고 커다란 눈이 얼굴의 반을 차지하고 있는 여자아이가 그려져 있었다.

연이는 깔끔하게 잘 챙겨 입었지만 정순은 급하게 겉옷만 걸쳤다. 사실 정순은 외출할 생각이 없었다. 아침 밥상머리에서 기석이 "연이 학교 데려다줄 거지?"라고 물었다. 그럴 생각이 전혀 없던 정순은 당황했지만 "어 그래야지"라고 대답했다.

1학년 엄마들은 아이가 학교 가는 길이 익숙해질 때까

지 아이를 학교에 데려다주었다. 집에 형제자매가 있으면 큰아이들이랑 같이 가면 되었지만 연이처럼 혼자인 아이는 당연히 엄마가 데려다주었다. 학교가 가깝지도 않았다. 버스가 다니는 큰길까지 동네를 다 내려가서 차가 다니는 넓은 건널목을 하나 건너야 했다. 나라면 기석이 말하기 전에 당연히 데려다줄 생각을 했을 것이다.

대문간에서 학교에 가는 희철이와 딱 마주쳤다. 희철이는 연이는 못 본 척하고 정순에게만 고개를 까딱했다.

"희철이 학교 가니?"

"네."

연이를 데리고 학교까지 가는 것은 아무래도 귀찮았던 모양인지 정순은 반가운 표정으로 말했다.

"너 우리 연이 손잡고 같이 학교 갈래? 그럴 수 있지?"

희철이는 대답하지 않았다.

"이제 매일매일 학교에 같이 가면 되겠다. 같은 학교니까. 그치?"

희철이도 연이도 그다지 내키지 않는 것 같았는데 정순은 혼자서 호들갑을 떨었다.

"연이는 1학년 1반이야. 초록반. 교실까지 잘 데려다줘. 사이좋게. 알았지? 그러면 아줌마가 맛있는 거 해줄게. 라면땅 좋아해?"

희철이는 고개를 끄덕였다. 고개를 끄덕인 것은 라면땅을 좋아한다는 뜻이었지 손잡고 데려다주겠다는 뜻은 아닌 것 같았는데 정순은 연이를 덜컥 희철이에게 떠맡겨버렸다.

"그래, 그럼 잘 다녀와."

연이와 희철이는 대문을 나섰다. 정순은 둘이서 손을 꼭 잡고 가라고 신신당부했지만 솔직히 그건 얼토당토않은 주문이었다. 네다섯 살만 넘어도 남자애와 여자애가 손을 잡고 다니면 온 동네의 놀림감이 되었다. 파란 대문을 나와 집 모퉁이를 돌아서자마자 희철이는 빠른 걸음으로 제 갈 길을 갔다. 연이에게는 눈길도 주지 않았다. 종종걸음으로 따라가던 연이가 야무지게 말했다.

"오빠 같이 가. 나랑 같이 가라고 했잖아."

희철이가 눈을 부라렸다.

"오빠라고 하지 마."

"그럼 뭐라고 해. 오빤데?"

"야이 씨발! 오빠라고 하지 말라고!"

희철이는 벌컥 화를 내고는 휘적휘적 걸어갔다. 연이는 입을 꼭 다물고 희철이를 따라갔다. 희철이가 휙 돌아봤다.

"야! 따라오지 마."

"오빠 따라가는 거 아니야. 나도 학교 가는 거야."

"오빠라고 하지 말라고!"

희철이는 성큼성큼 걸어가다 마구 뛰었다. 연이는 희철이를 따라 뛰지는 않았지만 입을 앙 다물고 발을 재게 놀려서 희철이를 눈에서 놓치지 않으려고 애썼다. 학교 가는 길이 낯선 연이는 무서워서인지 놀라서인지 얼굴이 빨개졌다. 나는 화가 나서 가슴이 벌렁댔다.

– 뭐 저런 못된 놈이 있어? 에미나 아들이나.

중간에 샛길이 많기는 했어도 길 따라 계속 아래로 내려가기만 하면 차가 다니는 큰길이 나왔다. 그렇지만 골목이 쭉 뻗어 있는 것이 아니라 꼬불꼬불했기 때문에 어디가 샛길이고, 어디가 자기가 가던 길인지 연이가 제대로 구별할 수 있을까? 희철이가 도망치듯 가버리고 나서도 연이는 타박타박 잘 걸었다. 그러다 갈림길이 나오자 우뚝 멈춰 섰다. 연이는 불안한지 눈동자를 이리저리 움직였다. 마침 그 갈림길 안쪽에서 한 아이가 책가방을 메고 나오는 것이 보였다. 엄마가 같이 손을 잡고 가는 것을 보니 그 아이도 1학년인 듯했다. 연이는 기다렸다가 그 아이 뒤를 따라갔다. 똑똑한 내 딸. 그래. 꼭 희철이를 따라가지 않아도 되지. 학군제가 생겨서 같은 동네 아이들은 모두 같은 학교를 다녔다. 그러니 학교 가는 동네 아이를 따라가면 되었다. 찻길까지 가는 도중에도 책가방을 멘 아이들을 많이 만났고, 학교가 가까워질수록 길은 점점 아이들로 가득 찼다. 연이와 나는 그제야 안심했다.

* * *

연이는 혼자서 씩씩하게 학교에 다녔다. 아이들은 입학을 하고 나서도 한동안 교실에 들어가지 않고 운동장에 모여 줄서기를 배웠다. 1학년이 운동장에 반별로 모이면 먼저 두 줄로 섰다. '앞으로 나란히'를 해서 앞사람과 간격을 맞추고 줄이 비뚤어지지 않게 했다. '앞으로 나란히'를 하면서 앞에 선 아이의 어깨를 괜히 찌르고 뒤통수를 툭 치는 남자아이들이 꼭 있어서 여기저기서 싸움이 났다. '차렷'과 '열중쉬어', '선생님께 경례'도 지겹게 배웠다. 선생님은 아이들을 줄세워 데리고 다니면서 이곳이 화장실, 이곳이 교무실, 여기가 교실이라고 가르쳐주었다. 또 복도에서 뛰지 않기, 특히 교장실이 있는 복도에서는 더 조용히 하기를 가르쳤다.

학교 뒤뜰에는 공작비둘기를 키우는 큰 새장이 있었다. 새장은 지저분했는데 그래도 공작비둘기는 아주 하얬다. 그냥 공작은 꽁지깃 편 것을 보려면 종일 목을 빼고 기다려도 허탕치는 일이 많았는데, 공작비둘기는 늘 꽁지를 펴고 있어서 좋았다. 공작비둘기에 마음을 뺏긴 아이들은 그 앞에만 가면 삽시간에 줄이 흐트러졌다. 연이도 공작비둘기를 좋아했는데 그것 때문인지는 몰라도 학교 가는 일을 즐거워했다.

아이들은 두 주가 지나 드디어 교실로 들어가 공부를 시작했지만 1학년은 연필 쥐는 법부터 배웠다. 아이들은 손가락이 하얘지도록 연필을 꼭 쥐고는 선긋기를 배웠다. 똑바로 선긋기, 구불구불 선긋기, 옆으로 선긋기, 아래로 선긋기를 연습했다.

누런 갱지에 선긋기만 줄기차게 해대는 연이네 반 공부 시간이 지겨워지면 나는 희철이네 반으로 구경을 하러 갔다. 희철이는 5학년이어서 꽤 어려운 공부가 많았다. 희철이네 반 아이들도 칠십 명이 넘었다. 도청소재지에 있는 학교여서 아이들이 많다는데 서울의 어떤 학교는 한 반에 백 명 가까이 된다고 했다. 선생님 혼자서 많은 아이들을 돌봐야 했다. 희철이네 반 담임 선생님은 아이들이 말도 안 듣고 시끄럽고 사고도 많이 쳤기 때문에 걸핏하면 아이들을 몽둥이로 때렸다. 선생님은 늘 가지고 다니는 지휘봉뿐 아니라 빗자루, 대걸레자루, 30센티 자 등 손에 잡히는 길쭉한 것은 무엇이든 다 매로 사용했다.

학교라는 곳이 아침 시작부터 매타작이었다. 아이들이 등교하고 나면 먼저 뭔가 검사하는 일부터 했다. 월요일은 전교생이 운동장에 모여 아침 조회를 했다. 아이들을 죽 세워놓고 조회를 하는 도중 담임 선생님들은 줄서 있는 아이들 사이를 돌아다니며 복장 검사를 했다. 단추를 바로 채우라고 잔소리를 하거나 신발을 꺾어 신었다고 정강이를 걷어차기도 했다. 손톱이 길거나 손등에 때가 있으면 30센티 자로 손가락을 얻어맞았다. 화요일은 저축의 날이었는데, 이날은 무조건 돈을 가져와야 했다. 담임 선생님에게 돈을 내면 선생님이 아이들 통장에 돈을 넣어주는 모양이었다. 저축하는 습관은 좋은 습관이었지만 저축할 돈이 없을 수도 있는데 사정을 봐주지는 않았다. 집에 돈이 똑 떨어졌을 때는 꾸어서라도 아이에게 돈을 들려 보내는 집도 있었다. 돈을 안 가져가면 무조건 맞으니까 어쩔 수 없었다. 매주 큰돈을 저축하는 아이는 다른 아이들에게 선망의 시선을 받기도 했다. 혼식을 검사하는 날도 있었다. 모두 자리에 앉아 도시락 뚜껑을 열고 선생님에게 검사를 받았다. 나라에 쌀이 부족하니 반드시 보리나 다른 잡곡을 섞어먹으라는 대통령님의 말씀에 따라 혼식을 장려했기 때문이다. 잡곡을 섞어먹지 않으면 매를 들어 벌을 주라고 대통령님이 말씀하셨는지는 모르겠지만 어쨌든 희철이네 담임 선생님은 매를 들었다. 그래서 쌀밥만 싸온 아이는 쉬는 시간에 다른 아이에게서 보리쌀을 동냥하기도 했다. 보리쌀을 섞은 도시락을 싸온 아이가 자기 도시락의 보리쌀을 골라 쌀밥 도시락 위에 몇 알을 심어주었다.

　요일마다 무슨 날이라는 이름을 붙였는데 제일 기막힌 것이 폐품 수집의 날이었다. 물건을 함부로 버리지 않고 다시 쓰는 습관을 들이기 위해서라는데 사실 학교가 닦달하지 않아도 사람들은 물건을 함부로 버리지 않았다. 학교에 낸 폐품들을 모아서 어디에 어떻게 쓰는지 아는 사람은 아무도 없었다. 선생님은 헌 신문지나 빈 병을 가지고 오라고 했다. 문제는 대부분의 집에서 신문지나 빈 병은 폐품이 아니라는 데 있었다. 신문지는 얼마든지 다시 쓸 수 있었다. 정육점에서는 신문지에 고기를 싸주었고, 야채 가게 오뎅 가게에서도 신문지에 물건을 싸주었다. 가정집에서는 새로 도배하기 전에 먼저 신문지로 벽을 한 겹 발랐고, 장롱 안과 서랍장 안에도 신문지를 꼼꼼히 깔았다. 또 신문지를 잘라서 변소에 걸어놓고 밑닦개로도 썼다. 연이네는 기석이 석간신문을 구독해 신문지가 흔했지만 희철이네는 그렇지 않았다. 희철이는 매번 쭈뼛거리며 정순에게서 신문지를 얻어가야 했다. 빈 병도 마찬가지였다. 희철이네 집에는 빈 병이 생길 일이 없었다. 돈을 주고 사이다를 사는 것은 소풍 때나 있는 일이었고, 주스병을 들고 찾아오는 손님도 없었다. 희숙이 아버지에게 아이 학교에 보내게 소주 마시고 빈 병 좀 챙겨오라고 말할 수도 없는 일이었다. 희철이네 담임 선생님은 한 사람 앞에 빈 병 두 개, 신문지 열 장 이상을 들고 오라고 했다. 다른 폐품은 받지 않았다. 폐품을 내지 않은 아이는 손바닥을 맞았다.

"나 원 참, 별 그지 깽깽이 같은 선생을 다보겠네."

겨우 폐품을 구해 들려 보낸 뒤 숙이 엄마가 투덜거렸다. 숙이 엄마를 별로 좋아하지 않지만 그건 맞는 말이라고 생각했다.

그지 깽깽이 같은 일이 또 있었다. 3월이 다 갈 무렵에 가정환경 조사라는 것을 했다.

"자, 다들 눈 감아. 집에 테레비 있는 사람 손 들어."

희철이는 눈을 감고 아예 책상에 엎드려 자는 척했다. 담임 선생님이 줄줄 부르는 테레비, 냉장고, 세탁기, 피아노… 아무것에도 손을 들 기회가 없었으니 실제로 잠을 잤다고 해도 그만이었을 것이다. 희철이는 담임 선생님이 "라디오 있는 사람 손 들어"라고 했을 때도 계속 자는 척했다. 희철이네 집에 라디오는 있었다. 물론 라디오도 워낙 고물이어서 한참을 지지직거리다 몇 번 때리면 그제야 소리가 나곤 했다. 숙이 엄마 말에 의하면 사람이나 물건이나 때려야 말을 듣는 족속이 있다고 했다. 자기 집 고물 라디오는 라디오 축에도 들지 않아서 그랬는지 아니면 자는 척하는 와중에 갑자기 일어나서 손을 들기가 무안해서 그랬는지 희철이는 한 번도 손을 들지 않았다. 매번 손을 드는 아이들도 있었는데 그 아이들은 손을 든 채 실눈을 뜨고 주변을 휘둘러봤다. 피아노도 있고 자가용도 있는 그런 아이들 말이다. 그 아이들은 손을 들다 실수로 그랬다는 듯이 양철 필통 같은 것을 요란하게 떨어뜨려 눈을 감고 있던 아이들이 눈을 뜨고 손을 든 자기를 쳐다보게 하기도 했다.

가정환경 조사를 자세히 보니 내가 죽은 뒤 세상이 많이 변했구나 싶었다. 내가 연이 낳아 키우던 때만 해도 테레비 있는 집은 동네에 몇 되지 않았다. 사람들은 저녁이면 테레비 있는 집에 모여서 드라마를 봤다. 〈여로〉도 보고 〈수사 반장〉도 봤다. 어른들이 또 테레비를 보러 갈 때 아이들이 따라가는 것은 당연한 일이었다. 또 테레비를 보러 만화방에 가기도 했다. 김일과 이노키의 시합은 대단했다. 만화방에서 테레비를 틀어놓고 이십 원씩 입장료를 받았는데 아이부터 어른까지 온 동네 사람이 다 모였다. 기석도 그때 그 시합을 보러 갔었다. 이노키는 그 뒤 알리라는 권투선수와도 시합을 한다고 해서 온 나라가 들썩거릴 정도였는데 모르긴 해도 기석은 아마 그 시합은 보지 못했을 것이다. 그 전해 가을에 내가 죽었고, 연이를 시골에 보낸 기석은 빈방에서 홀로 이부자리도 펴지 않고 잠들곤 했었다.

이제는 집집마다 테레비가 있었다. 시골에는 아직 테레비가 없는 집이 많았지만 도시에는 셋방 사는 사람들도 다 테레비를 가지고 있었다. 하지만 희철이네는 테레비가 없었다. 없는 것은 테레비뿐만 아니라 부엌에 수도도 없었고 냉장고도 전기밥통도 없었다. 책상도 없었지만 책상 위 책꽂이에 꽂을 책도, 책상 서랍에 넣을 물건도 없었기 때문에 그건 별로 아쉽지 않았을 것이다. 희철이는 교과서와 공책을 다 책가방 안에 넣고 매일 들고 다니는 것 같았다. 희철이에게는 제대로 있는 것이 없었다. 자기 방도 없었고 겨울 오바도 없었고 금요일에 들고 갈 폐품도 없었고 아버지도 거의 없다시피 했고⋯ 그리고 있던 동생마저 없어졌다.

그런 희철이가 연이네 마루문 옆에 몸을 숨기듯 벽 쪽에 딱 붙어서 유리문에 눈을 대고 있는 것을 처음 보았을 때는 저 아이가 도대체 저기서 뭘 하고 있나 싶었다. 나는 희철이 옆에 붙어 서서 희철이가 무엇을 보고 있는지 같이 들여다봤다. 희철이가 눈을 대고 있는 곳은 마루 유리문의 알루미늄 샤시 부근이었다. 연이네 마루에는 네 짝짜리 유리문이 달려 있었는데, 유리의 포도 넝쿨무늬는 불투명한 우유색이어서 안이 들여다 보이지 않았다. 그렇지만 문틀 쪽에는 꽤 널찍한 투명한 틈이 있었다. 그곳에 눈을 대면 안방에 있는 테레비 화면이 보였다. 희철이는 자기가 밖에서 들여다보는 것을 들키고 싶지 않았는지 몸은 시멘트 벽 쪽으로 숨기고 고개를 쭉 빼서 유리문 틈에 눈을 대고 테레비를 훔쳐보고 있었다. 보는 내가 목이 아플 지경이었다. 안방 테레비 앞을 지키고 있는 사람은 연이었다. 들어가서 연이랑 나란히 앉아 편하게 보면 좋겠다 싶다가도 희철이는 평소에 연이한테 쌩하게 구는데 굳이 그렇게 해줄 필요가 없다는 생각이 들어 나 혼자 마음이 불편했다.

테레비도 없는 희철이는 테레비에 나오는 남철, 남성남의 춤을 기가 막히게 추었다. 대부분의 남자아이들이 남철, 남성남의 '왔다리 갔다리' 춤을 흉내냈지만 희철이가 가장 잘했다. 비쩍 마르고 팔다리가 긴 희철이가 교탁 앞에서 다리를 번쩍번쩍 들며 왔다 갔다 하면 아이들이 배를 잡고 웃어댔다. 비실비실 배삼룡 흉내도 잘 냈다. 학교에서 희철이는 노래도 잘하고 까불까불 잘 놀았다. 집에서는 말도 없고 어두워 보이는 희철이가 학교에서는 다른 아이 같았다. 집에서 보던 기석과 밖에서 일하는 기석의 모습이 다르던 것과 마찬가지인가? 사람들은 원래 그런가? 연이도 학교에 다니게 되었으니 곧 집에서와는 다른 모습으로 변하게 될까? 알 수 없는 일이었다

10. 보따리

연이네 학교는 오전반과 오후반이 있었다. 한 반에 아이들을 칠팔십 명씩 몰아넣어도 교실이 부족했다. 고학년인 희철이는 도시락을 싸들고 아침에 학교에 갔다 오후에 왔지만 도시락을 안 싸는 1학년과 2학년은 교실 하나를 돌아가며 같이 썼다. 오후반은 점심 먹고 학교에 갔는데, 오후에 학교에 가는 일은 아무래도 좀 늘쩍지근해지는 일이었다. 느지막이 일어나서 빈둥빈둥 하릴없이 있다가 새삼스레 가는 학교라니.

연이가 오후반이던 어느 날, 정순은 연이에게 집을 보라 이르고 시장에 갔다. 텅 빈 집이 조용했다. 심심한 연이는 마루에서 뒹굴뒹굴했다. 연이가 눈을 감고 마루 끝까지 굴러갔다. 다시 데굴데굴 굴러 자기 방문에 퉁 부딪쳤다. 새로 개발한 놀이인가? 연이가 다시 반대쪽으로 굴러갔다. 이쪽에서 퉁 부딪친 것은 초록색 소파 다리였다. 연이는 옆으로 누운 채 소파 밑을 가만히 바라봤다. 한참을 그러고 있기에 나도 소파 밑을 들여다보았다. 소파 밑으로 희숙이네 방문이 보였다. 그런데 어둑한 소파 밑으로 가느다란 선 같은 것이 보였다. 자세히 보니 문틈으로 새어나오는 빛이었다. 문이 조금, 아주 조금 열려 있는 것인가? 소파를 치우고 문을 열면 희숙이네 방이 나온다는 것은 이미 알고 있었다. 왠지 모르게 그 빛이 연이의 마음을 끌어당긴 모양이었다. 들어와봐. 문을 열어봐. 여기 뭔가가 있어.

연이는 소파 밑으로 기어들어갔다. 납작하게 붙어 배밀이를 해서는 희숙이네 방문을 손으로 밀었다. 그러자 딸깍하더니 빛이 사라져버렸다. 문은 이쪽에서 잡아당겨야 열리게 되어 있는 모양이었다. 소파 밑에서 기어 나오자 완강히 닫힌 희숙이네 방문이 보였다. 가슴팍에 먼지가 잔뜩 묻은 연이는 잠시 망설이다가 소파의 팔걸이 부분을 잡고 앞으로 조금 당겨보았다. 소파는 꼼짝도 하지 않았다. 연이는 그 안에 들어가보고 싶었던 모양이다. 아이니까 안에 뭐가 있는지 궁금한 것이 당연했다. 문이 없으면 모르되 있으니까. 잠겼으면 어쩔 수 없지만 잠기지는 않은 것 같았으니까. 소파가 꼼짝도 하지 않자 연이는 앉아서 소파 다리 하나를 붙잡고 뒤로 눕듯 버티며 힘을 썼다. 끼긱 마루 긁히는 소리가 나며 소파 다리가 조금 움직였다. 오! 됐다. 나도 들어가보고 싶어서 연이를 응원했다. 소파와 문 사이의 틈이 벌어지자 연이는 그 사이로 들어갔다. 벽을 짚고 버티며 몸으로 소파를 밀었다. 이제 연이가 들어갈 정도의 틈이 생겼다. 연이는 문고리를 돌려 잡아당겼다. 열린 문으로 빛이 쏟아져 나왔다.

오전의 햇빛이 방 안에 가득했다. 햇빛 속에서 먼지가 아지랑이처럼 떠다니고 있었다. 늘 싸우자고 드는 사나운 여자와 집에 들어올 때는 늘 취해 있는 남자와 나이에 안 어울리게 어두침침한 아이가 함께 사는 곳이어서 방 안의 풍경도 칙칙하고 어두울 것이라고 생각했는데 의외였다. 같은 마당을 쓰는 같은 집이면서도 처음 들어와보는 낯선 방은 느낌이 묘했다.

낡긴 했어도 평소 공들여 닦아놓는지 윤기가 흐르는 일제 미싱과 옆에는 수선하다 만 옷가지들이 쌓여있었다. 미싱대 위에는 각종 단추며 색실, 쪽가위가 들어 있는 바구니가 있었고, 작은 상자에 빨강, 까망, 금색, 은색의 스팽글이 색깔별로 정리되어 있었다.

연이는 남의 방에 몰래 들어와서 긴장했는지 가만히 서서 방을 둘러보기만 했다. 한쪽 구석에 반닫이와 그 위에 개켜놓은 이불이 쌓여 있었고, 크지 않은 장롱과 작은 상 위에는 물주전자와 라디오가, 그리고 벽에 붙은 말코지에는 이런저런 옷이며 가방이 걸려 있었고…! 나는 우뚝 서서 벽에 걸린 가방을 쳐다봤다. 어깨끈이 달려 있는 작은 분홍색 가방이었다. 싸구려 비닐로 만들어져 빤질빤질 광택이 나는 분홍색 가방에는 연이 가방에 그려진 것과 비슷한 노란 곱슬머리 여자애가 그려져 있었다. 손때 묻지 않은 새것이었다. 여자아이 물건.

– 희숙이꺼네….

방이 어쩐지 묘하게 느껴지는 이유를 알 것 같았다. 곳곳에 아무렇지 않게 희숙이 물건이 놓여 있었다. 3년 전에 없어졌다는 그 아이. 일곱 살이었다던 그 아이. 아이 아빠가 생업도 작파하고 산골 고아원까지 싹 뒤지며 찾는다는 그 아이. 구석에 헝겊 인형이 있는가 하면 창턱에는 앙증맞은 크기의 고무신도 있었다. 희숙이 물건을 모아서 잘 정리해 둔 것이 아니라 그냥 여기저기 쓰던 그대로 놓여 있었다. 누가 보면 여기에 희숙이가 그대로 살고 있다고 여길 정도였다.

연이도 그 가방에 눈길을 주었다. 키가 작아서 가방을 내리지는 못하고 가방 지퍼를 열어 안을 들여다보았다. 안에는 종이인형과 머리 묶는 방울, 반짝반짝한 껌종이가 들어있었다. 희숙이는 자기 보물들이 들어 있는 가방을 두고 대체 어디로 가버린 것일까.

연이는 미싱 옆에 있는 옷더미를 살살 뒤져보았다. 거기서 분홍색 치마를 하나 찾아냈다. 커다란 원 가운데 작은 원이 하나 뻥 뚫려 있었는데, 가운데 원에 끈을 달아 그 끈을 잡아당겨 허리를 조이는 옷이었다. 잠시 망설이던 연이는 그 치마를 입어보았다. 팔랑팔랑 치마폭이 넓은 것이 마음에 들었다. 한쪽에는 나비 수까지 놓여 있었다. 연이는 치마를 벗어 다시 그 안에 머리를 집어넣었다. 끈을 잡아당겨 조이니 근사한 망또가 되었다. 망또를 입은 연이는 동화책에 나오는 소공녀 같은 모습이었다. 다시 옷더미를 뒤져보니 반짝이 천으로 만들어진 옆이 많이 터진 긴 치마도 보였다. 미스코리아들이 입는 드레스가 이런 것일까. 연이는 이런저런 옷을 골라 실컷 몸에 대보고 입어보았다.

폭이 넓은 치마를 찾아 어깨에 둘러보기도 하고 머리에 써 보기도 했다. 신기한 것들이 많았다.

그 뒤 연이는 틈만 나면 희숙이네 방에 몰래 들어가 옷을 가지고 놀았다. 낮에는 희숙이네 집이 비니까 매일이라도 갈 수 있었다. 정순은 집에서 잘 놀던 연이가 갑자기 없어져도 어디 놀러 나갔으려니 생각하고 신경도 쓰지 않았다. 현관에 연이가 벗어던진 빨간색 신발이 그대로 있었지만 정순은 그런 게 눈에 띄지 않는 모양이었다. 연이는 소파 뒤로 들어갔다가 소파 뒤로 나왔다. 방문에 딱 붙어 있던 소파가 점점 앞으로 나오게 되어 이제는 소파를 많이 밀지 않아도 문을 열 수 있었다. 연이는 희숙이네 방에서 패션쇼 놀이를 했다. 반짝이고 하늘거리는 치마를 머리에 둘러쓰면 정말로 아라비아의 공주 같았다. 옷을 구경하는 것만도 재미있는 놀이였다. 딱 연이 또래가 입을 만한 아동복이 많아서 시간 가는 줄 몰랐다. 나올 때는 헤집어놓은 옷더미를 원래대로 돌려놓았다. 그러나 아이 손이 아무리 야무지다 해도 원래있던 그대로 돌려놓을 수는 없었다. 원래 어떻게 되어 있었는지도 기억하지 못했다. 분명 누가 만진 것을 알아차릴 것이라고 생각해 처음에는 걱정스러웠지만 여러 날이 지나도 숙이 엄마는 아무 기색이 없었다. 어떤 날은 방 안이 훨씬 더 어지럽혀졌는데 숙이 엄마는 어지간히 둔한 사람이었던지 알아차리지 못했다.

아마도 숙이 엄마는 너무 바빠서 방이 달라진 것을 눈치챌 여유가 없었는지도 모른다. 숙이 엄마는 비 오는 날을 빼고는 매일 보따리를 들고 나갔다. 주로 아동복을 취급했지만 옷을 사러 나가기 힘든 '직업 여성'을 위한 옷도 팔러 다녔다.

"하이고 뭔 옷이 이렇게 야시꼬롬할까나? 이것도 옷이여?"

동네 여자들이 못 만질 것이라도 되는 양 손가락 끝으로 집어 올리는 옷들은 어깨에 가느다란 끈이 달려 있고 치마는 허벅지까지 죽 트인 드레스, 손바닥만한 미니스커트들이었다. 앞판만 있고 뒤판은 아예 없는, 그러니까 옷이라기보다는 그냥 앞 가리개 같은 옷도 있었다. 이런 옷들은 목둘레나 끝단에 반짝거리는 스팽글이 달려 있거나 까슬까슬한 금사가 섞여 있었다. 스팽글은 참 예쁘긴 한데 잘 떨어지는 단점이 있었다. 새 옷이라고 해도 어디 한두 군데는 스팽글이 떨어진 곳이 있기 마련이었다. 숙이 엄마는 옷을 꼼꼼히 살펴보고는 스팽글이 떨어진 곳을 찾아내 돋보기를 코끝에 내려쓰고 손바느질로 스팽글을 달았다. 떨어진 곳만 새로 다는 것이 아니라 모든 스팽글을 손바느질로 다시 단단히 달았다. 그래서 아가씨들이 숙이 엄마 옷을 좋아했다.

"언니 옷은 빤짝이가 안 떨어져서 좋더라."

화장을 지우면 앳된 얼굴이 드러나는 아가씨들이 그렇게 말했다. 숙이 엄마가 옷을 파는 아가씨들은 홀에서 일하는 아가씨들이었다. 홀에서는 술을 팔았다. 비어홀은 맥주 외에도 다른 술을 팔았고, 댄스홀은 춤을 추는 곳이었지만 여기서도 술을 팔았다. 저녁이 되어야 문을 여는 이런 홀들은 전깃불을 켜도 컴컴했다. 밝은 형광등이 아니라 붉거나 노란, 흐릿한 조명을 썼기 때문이다. 아가씨들이 스팽글이 달리거나 금사가 섞인 옷을 입고 불빛 아래서 움직이면 반짝반짝 아주 예뻤다. 다방에서 일하는 레지들도 숙이 엄마한테서 옷을 샀다.

숙이 엄마가 아가씨 옷을 파는 날이 따로 정해져 있지는 않았지만 일단 숙이 엄마가 보따리를 들고 찾아가면 아가씨들이 모여들었다. 사거리의 큰 다방 뒷방에 보따리를 풀어놓으면 레지 아가씨가 근방의 홀에서 일하는 아가씨들을 전화로 불렀다. 장사치가 이곳저곳 돌아다니는 것보다 살 사람을 한곳에 모아놓는 것이 장사가 더 잘 되었다.

옷을 파는 사람은 그냥 담배나 하나 피워 물고 있으면 옷을 사는 사람들이 저희들끼리 보따리를 헤쳐서 옷을 골라 권해주고 입혀주고 봐주며 찧고 까불었다. 한 사람이 사면 그 옆 사람도 사고, 옷을 살 마음이 없던 다른 사람도 덩달아 하나 정도는 사곤 했다. 숙이 엄마는 한 사람이 여러 벌의 옷을 사면 깎아주기도 했지만 자기가 정한 가격 이하로는 절대 깎아주지 않았다.

"언니, 우리 세 개나 사니까 좀 깎아줄 거잖아. 그치?"

"원래 오천 이백 원인데, 오천 백 원."

"오천 백 원? 딱 오천 원 하면 되겠고만."

"오천 원은 떼온 값이고, 이문 딱 백 원 붙여서 오천 백 원."

"에이 무슨, 거짓말. 그냥 오천 원만 받아 언니. 우리 단골이잖아."

"오천 백 원. 안 남기고는 못 팔아."

"지금 오천 원짜리 딱 한 장 있어 언니."

"그럼 다음에 사."

숙이 엄마가 풀어놓았던 옷들을 다시 싸기 시작하면 아가씨들은 "아유, 이 언니 진짜 알아줘야 한다"고 구시렁대며 숙이 엄마가 말한 값을 치렀다. 안 팔아도 그만, 장사

안 해도 그만이라는 식이면 장사가 더 잘 되었다. 사실 숙이 엄마는 장사를 안 해도 그만인 형편이 아니었다. 자기가 벌지 않으면 집에 돈 가져오는 사람이 아무도 없었는데도 배짱을 부렸다. 그게 장사 수완이라면 수완이었다.

숙이 엄마가 어디서 옷을 떼오는지는 모르지만 뒤로 빼돌린 물건이라는 건 확실했다. 호주머니가 잘못 달렸거나 단춧구멍 위치가 맞지 않아 불량으로 퇴짜를 맞은 물건이 숙이 엄마 수중으로 들어오는 것이었다. 그러면 숙이 엄마는 물건들을 다시 손봐서 적당한 가격에 팔았다. 그러니 옷을 팔고 집에 돌아와서도 쉴 수가 없었다. 소파 넘어 희숙이 방에서는 연이가 깊이 잠든 한밤중까지 미싱 돌아가는 소리가 드르륵 득득 나곤 했다.

사실 숙이 엄마가 어디서 누구에게 옷을 파는지 내 알바 아니었다. 그날 내가 장사 나가는 숙이 엄마를 따라 먼 곳까지 간 것은 무엇을 보았기 때문이었다. 그냥 지나칠 수 없는 무언가를 나는 보았다.

그날 희철이는 학교에 가고 연이는 오후반이라 집에 있었다. 연이는 마당 수돗가에 쪼그리고 앉아서 자장이 머리를 감겨주고 있었다. 자장이는 머리가 많이 빠져서 이제 정수리 왼쪽으로는 머리털을 심어놓은 구멍이 훤히 다

들여다보였다. 나는 연이 옆에 앉아서 손가락으로 물장난을 쳤다. 내가 손가락을 물속에 쑤욱 담그면 손가락이 물속으로 들어갔다. 그렇지만 대야에 떠놓은 물이 일렁이거나 동그라미가 생기지는 않았다. 애초에 아무것도 없었다는 듯이 말이다. 사실 물이 아니라 내 손가락이 없었던 것이다. '이렇게 눈앞에 보이는데 이게 세상에 없는 것이라니…' 신기하게 생각하며 손바닥으로 물을 떠올려보려고 했지만 안되었다. 물을 튕기는 것은 가능할까? 연이에게 물을 튕기며 장난을 걸고 싶어서 애쓰고 있는데 숙이 엄마가 큰 보따리를 안고 방에서 나오는 것이 보였다. 늘 그렇듯 숙이 엄마는 연이를 못마땅한 눈으로 쳐다봤다. 무언가 트집 잡을 일이 없나 살펴보는 것이었다. 수돗물을 틀어놓아서 세숫대야 밖으로 물이 넘치지는 않는지, 수돗가에 놓아둔 자기네 이쁜이 비누를 쓰는 것은 아닌지 싸한 눈으로 훑어봤다. 연이는 인형 머리카락에 거품을 내느라 그런 숙이 엄마에게 눈길도 주지 않았다.

"쯧, 아침에 어른을 보면 인사를 하는 게 아니라…."

숙이 엄마는 기어코 한마디를 하며 연이 곁을 지나갔다. 그런 숙이 엄마 모습을 흘깃 보다 나는 벌떡 일어섰다. 내가 일어서는 서슬에 세숫대야를 발로 걸어찼는지 작게 뎅

그렁 소리가 나서 더 소스라치게 놀랐다. 설마 저 대야를 내가 찼나? 연이는 들었는지 못 들었는지 물장난에만 열중하고 있었고, 숙이 엄마는 머리에 보따리를 이고 막 대문을 나서는 참이었다. 그 보따리 위에 누군가 앉아 있었다. 숙이 엄마의 커다랗고 폭신한 보따리에 편안한 모습으로 퍼질러 앉아 있는 여자아이. 여자아이가 보따리 위에서 흔들흔들 까딱까딱하며 숙이 엄마를 따라가고 있었다. 그 여자아이는 나와 눈이 마주치자 히죽 웃었다. 나는 가슴이 철렁했다.

귀신을 보는 일은 어떻게 해도 익숙해지지가 않았다. 나는 귀신을 볼 때마다 기절초풍했다. 다른 귀신의 눈에는 내가 어떻게 보일까? 나는 그저 그런 동네 아줌마처럼 보이지 않을까? 어쩌면 나는 내 생각보다 훨씬 더 많은 귀신을 보고 있었는지도 모른다. 나 같은 귀신 말이다. 밤길에 만난 술 취한 양복쟁이 아저씨, 버스 정류장에 서 있던 머리 긴 아가씨가 사실은 귀신이었을지도 모른다. 내가 귀신이 되고 보니 사람도 보이고 귀신도 보였는데, 어떤 게 귀신이고 어떤 게 사람인지 슬쩍 봐서는 구분을 하지 못했다. 나와 눈이 마주치고 그쪽에서도 나를 알아보는 기색이 있어야 비로소 귀신인 줄 알았다. 사람인 줄 알고 쳐다봤는데 알고 보니 귀신이어서 엉덩방아를 찧은 적도 있었다. 그런데 저 아이처럼 보자마자 귀신인 것을 알게 되는 경우도 있었다. 무섭게 생겼기 때문이었다. 여자아이는 검정 몽당치마와 때에 전 누런 저고리를 입고 있었다. 머리는 귀밑쯤에서 어수선하게 잘랐는데, 앞머리는 또 눈을 가릴 만큼 길어서 쏘아보는 눈빛이 머리카락을 뚫고 나와 더 무섭게 느껴졌다. 입가에 핏자국은 없어도 버짐이 핀 얼굴이랑 쭉 째진 입이 심상치 않았다. 게다가 몸이 자그마한 것이 예닐곱 살 정도로 보였는데, 얼굴 표정은 아이가 아닌 것 같기도 했다.

오래전에 죽은 귀신일수록, 험하게 죽은 귀신일수록 생긴 게 무서웠다. 딱 봐도 원한이 있는 귀신, 피투성이가 되어있거나 보기에도 끔찍하게 상하고 곪고 썩은 몸을 가진 귀신, 눈에 핏발이 서고 누구라도 잡아먹을 듯한 표정에 노기가 서린 귀신들은 정말 무서웠다. 귀신은 자기 몸을 떠난 그 순간의 모습을 가지고 있는데, 내가 본 귀신 중 가장 끔찍했던 것은 얼마 전 새로 지은 큰 종합병원 앞에서 본 귀신이었다. 늙지도 젊지도 않은 남자였는데, 가슴 바로 밑에서부터 아랫배까지 살가죽이 쫙 벌려져 안에 있는 창자가 다 쏟아져 나올 듯한 모습의 귀신이었다. 깨끗하게 잘린 뱃

가죽을 크게 벌려서 양쪽에서 집어놓은 것을 보니 수술 도중에 죽은 환자인 듯했다. 윗도리 앞섶을 열고 있어도 보기 힘든 마당에 저렇게 뱃가죽을 열어젖힌 모습이라니. 그 모습 그대로 떠돌고 있으니 그 억울함이야 이루 말할 수가 없겠지만 절대로 다시 보고 싶지 않은 모습이었다. 나도 모르게 소리를 지르며 도망쳐서 다시는 그곳에 얼씬도 하지 않았다.

그런데 숙이 엄마 보따리 위에 앉은 저 여자아이는 누굴까? 누군데 숙이 엄마를 따라가는 것일까? 혹시 무슨 해코지라도 하는 것은 아닐까? 해코지를 한다고 한들 내가 어쩔 수 있는 것도 아니었고, 귀신한테 해코지당하는 것을 막아줄 만큼 숙이 엄마에게 감정이 좋은 것도 아니었지만 그래도 나는 숙이 엄마와 그 아이를 따라갔다. 숙이 엄마는 보따리와 여자아이를 머리에 이고 큰길로 나가 버스를 탔다. 출근길과 등굣길은 이미 끝나서 버스에 사람이 많지는 않았는데, 안내양은 아침 시간에 이미 많이 시달렸는지 파김치가 되어 있었다. 숙이 엄마는 제일 뒷자리에 앉았다. 머리에 인 보따리를 옆자리에 내려 놓았다. 여자아이는 여전히 그 보따리 위에 오뚝 앉아있었다. 나는 가까이 갈 엄두가 나지 않아 버스 중간쯤 의자에 앉아 여자아이를 훔쳐봤다.

혹시 저 아이가 희숙이일지도 모른다는 생각이 들었다. 잃어버린 희숙이는 이미 어딘가에서 죽었던 것이다. 내가 연이 곁을 떠나지 못하듯이 희숙이도 제 어미 곁을 떠나지 못하는 것이었다. 그것도 모르고 희숙이 아버지는 아이를 찾아 뭍으로 섬으로 헤매고 다니다 땀에 절고 술에 절어 집으로 돌아오는 것이었다. 아이의 표정에는 독기인지 노기인지 장난기인지 알 수 없는 묘한 기운이 감돌았다. 작은 몸집에 앳된 얼굴이었지만 흰자가 붉게 충혈되고 눈동자는 깊고 어두웠다. 꼭 다문 입술도 밑으로 처져 완강하고 심술궂게 보였다. 저 아이는 어떤 사연이 있을까? 어떤 일을 겪었을까? 왜 저리도 무서운 표정을 하고 있을까? 엄마와 일찍 헤어지게 된 것이 안타까워 곁에 있는 것이라면 저런 모습은 아닐 텐데. 아이가 입고 있는 옷에도 눈이 갔다. 검정 몽당치마에 더러운 흰 저고리. 숙이 엄마가 자기 아이에게 저런 옷을 입혔을까? 집을 잃어버리고 어딘가 가 있던 곳에서 입혀준 옷인가? 옷은 더이상 더러워질 수 없을 정도로 더럽고 낡아 있었다. 동네 사람들 말로는 희숙이를 잃어버린 것이 3년은 된다고 했다. 일곱 살 때였다지 아마? 아이는 딱 그 정도로 보였는데… 나는 자꾸 흘끔거리기도 눈치가 보였다. 아이는 나를 전혀 신경 쓰지 않는 것 같았지만 그 아이가 나를 볼 수 있다는 사실은 알고 있었다. 왜 따라오느냐고 따지면 할 말이 없었다. 귀신이 둘이나 타고 있어서인지 문간에 기대어 졸고 있던 안내양이 자꾸만 어깨를 떨었다.

버스는 학교 앞을 지나고 시장을 지나 큰 건물들이 있는 시내를 지나더니 점점 변두리로 들어섰다. 아무것도 없는 지저분한 공터를 지난 뒤 아직까지 남아 있는 논밭을 지났다. 안내양은 타고 내리는 사람이 점점 뜸해지니 의자에 앉아 본격적으로 잠을 자고 운전사는 정류장을 휙휙 지나쳤다.

버스가 드디어 종점에 도착했다. 숙이 엄마는 시동을 걸어둔 여러 대의 버스에서 나는 매연 냄새를 피해 재빨리 걸음을 옮겼다. 처음 보는 낯선 동네였다. 아직도 초가집이 남아있는 모습이 보였다. 초가집 바로 옆에다 3층짜리 연립주택을 짓고 있었다. 오래된 동네였지만 이제 새로운 동네로 막 바뀌려고 하는 어수선한 동네였다. 길도 여기저기 파헤쳐져 있었고, 아직 묻지 않은 커다란 시멘트 하수관이 길옆에 나란히 놓여 있었다. 다들 일을 나갔는지 길에 다니는 사람도 얼마 없었다. 이런 동네에서 옷 장사가 될까?

여자아이는 여전히 숙이 엄마의 보따리 위에 오뚝 올라앉아 흔들흔들 가고 있었다. 재미있는 놀이기구라도 탄 듯 일부러 더 허리를 흔드는 것 같기도 했다. 숙이 엄마는 자꾸 머리의 보따리를 고쳐 이었다. 보따리 이는 데는 이골이 났을 텐데도 보따리가 머리에서 자꾸만 미끄러지는 것이 내 눈에도 보였다.

"옷 사세요~! 옷이요~! 원피스, 스카트, 쉐타 사요오~ 유똥, 비로도, 지지미, 나이롱, 옷 사세요오오."

숙이 엄마는 목청을 돋우며 천천히 골목을 누볐다. 간간히 담 너머로 넘겨다보는 사람도 있었는데 선뜻 "옷 좀 봅시다"라거나 "애들 옷도 있수?"라고 물어보는 사람은 없었다.

어느 골목 귀퉁이를 꺾어 들어갔을 때였다. 앞에 여자아이 하나가 타박타박 걸어가는 뒷모습이 보였다. 아이는 노래를 부르는 것인지 그냥 혼자 종알거리는 것인지 뭐라 소리를 내며 손에 든 막대기로 골목의 담벼락을 득득 긁으며 걸어가고 있었다. 실로 짠 빨간 바지를 입고 고무신을 신은 아이의 뒷모습을 보고 갑자기 숙이 엄마가 우뚝 섰다.

그때 보따리 위에 앉아 있던 검정치마 계집아이가 훌쩍

날아서 빨간 바지 여자아이의 어깨 위에 사뿐히 내려앉았다. 빨간 바지 여자아이 어깨에 목말을 탄 검정치마는 뒤를 돌아보며 싱긋 웃었다. 나조차 가슴이 서늘해지는 웃음이었다. 이상한 것은 숙이 엄마였다. 설마 저 웃는 아이를 숙이 엄마가 본 것인가? 숙이 엄마는 허둥지둥 걸음이 빨라지더니 아이를 쫓아갔다. 숙이 엄마가 쫓아가는 것이 빨간 바지 여자아이인지 검정치마 여자아이인지 알 수 없었다. 머리 위의 보따리가 굴러떨어졌지만 숙이 엄마는 무거운 보따리를 다시 일 생각도 하지 못하고 그냥 두 손으로 부둥켜잡고는 허청거리는 걸음으로 아이를 쫓았다. 그 낌새를 느낀 빨간 바지 여자아이가 뒤를 획 돌아보았다. 웬 아줌마가 자기에게 시선을 꽂은 채 쫓아오는 것을 본 아이는 더럭 겁이 난 듯했다. 아이는 막대기를 내던진 채 도망치기 시작했다. 어깨 위에 올라앉은 검정치마는 아이가 뛰는 통에 콩콩콩 신나게 흔들렸다. 검정치마가 킬킬 웃었다. 그 웃음소리가 섬뜩하게 들렸다.

"희숙아!"

숙이 엄마는 손을 뻗으며 소리쳤다.

아이는 도망쳤다. 숙이 엄마는 걸음을 더 빨리해 아이를 쫓아갔다. 손에 든 보따리 때문에 뛰는 것이 어지간히 힘들었지만 숙이 엄마는 안간힘을 다해 달아나려는 아이를 잡으려고 했다. '희숙아, 희숙아' 부르면서. 도대체 희숙이는 누구인가? 빨간 바지 아이가 숙이 엄마가 잃어버린 딸인가? 아니면 검정치마 여자아이가 숙이 엄마가 잃어버리고 이제 이 세상 사람이 아닌 그 딸인가? 나는 숙이 엄마를 따라 뛰면서도 눈물이 날 것 같았다. 숙이 엄마는 대체 누구를 따라 뛰고 있는 것일까?

빨간 바지 여자아이는 겁에 질려 계속 도망쳤고, 그 어깨에 올라탄 검정치마 여자아이는 엉덩이로 방아를 찧으면서 좋아 죽었다. 마침내 보따리를 팽개친 숙이 엄마가 도망치는 빨간 바지 여자아이의 어깨를 잡아챘다. 그 바람에 아이는 우당탕 넘어지고 말았다. 숙이 엄마도 함께 넘어졌다. '으앙!' 하며 빨간 바지 여자아이가 울음을 터뜨렸다. 빨간 바지 여자아이의 어깨위에 올라앉아 찧고 까불던 검정치마는 아이가 넘어지는 찰나 어깨에서 훌쩍 뛰어내려 길섶에 섰다. 바닥에 주저앉은 숙이 엄마와 빨간 바지 여자아이를 재미있다는 표정으로 쳐다보며 여전히 낄낄거리고 있었다.

나는 양쪽을 번갈아보며 마음을 가라앉히려고 애썼다. 가슴이 방망이질 치며 눈물이 차올랐다. 나도 퍼질러 앉아

아이처럼 울고 싶었다. 숙이 엄마는 우는 아이를 달래느라
진을 뺐다. 치맛자락을 감아쥐고 아이의 눈물과 콧물을 닦
아주었다.

"울지 마라. 응? 울지 마. 아줌마가 잘못 봤다. 아줌마가
너 딴 사람인줄 알고."

빨간 바지 여자아이는 크게 울면서도 앙칼지게 항의했다.

"나 희숙이 아니란 말예요!"

"그래, 알았다. 알았어. 아줌마가 잘못 봤다. 아줌마가
꼭 너만한 딸이 있었는데…."

숙이 엄마는 거기까지 말하고 눈빛이 아득해졌다.

– 있었는데 없어졌단다. 분명 있었는데 잃어버렸단다.
빨간 바지 여자아이는 희숙이가 아니었구나. 희숙이 또
래의 아이였구나. 희숙이 엄마는 희숙이가 너무 보고 싶
어서 그 또래 아이들을 보면 혹시 희숙이인가 싶어서 쫓
아가는것이었구나. 희숙이 엄마의 장삿길은 희숙이를
찾으러 다니는 길이었구나. 정작 희숙이는 보따리 위에
앉아 있던 저 아이인 것 같은데.

검정치마 여자아이는 허둥지둥하는 숙이 엄마를 보며

즐거워했다. 빨간 바지 여자아이가 희숙이가 아니어서 낙심천만인 엄마의 마음은 안중에도 없었다. 빨간 바지 아이는 울음을 멈추지 않고 일어나 가던 길을 갔다. 숙이 엄마는 넋이 빠져 아이가 걸어가는 뒷모습만 지켜보고 있었다. 가여워라. 희숙이는 어쩌자는 것일까? 왜 나를 잃어버렸냐고 제 엄마에게 한탄이라도 하는 것인가? 희숙이 엄마는 희숙이에게 무언가 큰 잘못을 한 것은 아닌가? 그래서 희숙이가 죽어서도 떠나지 못하고 떠돌며 제 어미를 골탕먹이는 것으로 위안을 삼고 있는 것인가?

11. 근점이

연이가 좋아하는 음식은 라면이었다. 끓인 것도 좋아했지만 생라면을 아작아작 부숴먹는 것도 좋아했다. 정순이 라면을 튀겨줄 때도 있었다. 잘게 부순 라면을 갈색이 되도록 튀긴 다음 뜨거울 때 설탕을 솔솔 뿌렸다. 기름, 설탕, 라면 모두 맛있는 것인데, 맛있는 것 세 가지가 모였으니 얼마나 맛있을까? 연이는 라면 심부름을 시키면 가게로 향하는 발걸음이 날아가는 것 같았다.

골목 모퉁이에 있는 가게는 무슨 상회나 점방이 아니라 '근대화 연쇄점'이라는 간판을 달고 있었다. '근대화'가 뭔지는 잘 모르겠지만 대통령이 하려는 일인 것은 분명했다. 지금 대통령은 내가 중학생일 때부터 대통령이었는데, 시집가서 아이 낳아 기르는 내내 대통령이었다(이제 나는 죽어서 없는데 그 사람은 여전히 대통령이다).

연이는 라면을 사러 왔지만 주인 여자에게 바로 라면을 달라고 하지 않고 골똘히 물건을 골랐다. '뭘 사야 좋을까? 돈은 있는데 뭘 골라야 할지 모르겠네' 하는 표정으로 손에 백 원짜리 동전을 꼭 쥐고 과자와 껌, 다른 군것질거리를 샅샅이 구경했다.

가게 여자가 연이를 재촉했다.

"뭐 살거니?"

연이는 야무지게 대답했다.

"지금 고르는 중이에요."

연이가 분명 돈을 손에 쥐고 있는 것이 보였으므로 가게 여자는 안 살 거면 나가라는 이야기는 하지 못했다.

그때 그곳에서 그 아이를 또 보았다. 그 검정치마 여자아이. 눈이 붉고 입이 째진 아이. 어쩌면 희숙일지도 모르는 아이. 검정치마 아이는 물건을 진열해놓은 선반의 맨 꼭대기에 앉아 있었다. 그곳에는 팔각성냥과 다이알 비누, 하이타이가 나란히 진열되어 있었다. 검정치마 아이는 그 물건들 옆에 앉아서 다리를 달랑거리며 히죽히죽 웃고 있었는데 분명 나를 보고 있었다. 나는 그 아이를 외면했다.

─ 그래, 맞아. 나도 귀신이야. 그래서 뭐? 너도 귀신이
잖아. 그래서 둘이 같이 쎄쎄쎄라도 하게? 왜 자꾸 쳐다
봐?

혹시 말을 걸면 그렇게 쏘아붙일 생각이었다.

연이가 드디어 구경을 끝냈다.

"라면 두 개 주세요."

가게 여자가 못마땅한 얼굴로 라면을 가지러 가고, 내가
무심결에 검정치마 아이를 힐끔 돌아본 순간 그 아이는 나
보라는 듯이 하이타이 상자를 앞으로 조금 밀었다. 그러자
하이타이가 흔들거렸다. 나는 깜짝 놀랐다. 검정치마 아이
가 내 얼굴을 빤히 쳐다보면서 손으로 하이타이를 다시 밀
자 하이타이가 조금 더 움직였다. 아이가 상자 윗부분을
계속 툭툭 치자 하이타이는 조금씩 기울다가 어느 순간 그
만 선반 밑으로 뚝 떨어지고 말았다.

퍽! 소리와 함께 종이 상자가 터졌다. 안에 있던 하얀 가
루가 뭉게뭉게 먼지를 피워 올렸다.

"에구머니나! 이걸 어째!"

가게 여자는 비명을 질렀고 연이도 깜짝 놀랐다. 모두
혼비백산한 것을 보며 선반에 앉아 있던 여자아이는 배를

잡고 깔깔거리며 웃어댔다.

가게 여자는 이걸 어째 저걸 어째 하며 빗자루를 가져와 가루 범벅이 된 물건들을 털어내며 부산을 떨었다. 연이가 말했다.

"아줌마, 라면이요."

"가만 좀 있어 봐. 넌 이 난리가 안 보이니? 그나저나 이게 왜 떨어졌지?"

가게 여자가 연이에게 짜증을 냈다.

"네가 만져서 그런 것 아니니? 너 아까 이것저것 만지고 돌아다녔잖아."

"제가 그런 거 아니에요. 저는 저 선반에 손도 안 닿아요."

가게 여자는 선반을 올려다보고는 "멀쩡한 게 왜 떨어져? 정말 귀신이 곡할 노릇"이라고 중얼거렸다.

어… 상자가 떨어져서 놀라기는 했지만 겨우 그런 일로 곡을 하지는 않는다.

그날 밤 나는 연이 방에 들어가지 않았다. 대신 마당과 변소, 창고를 살폈다.

검정치마 여자아이를 찾아낸 곳은 숙이 엄마네 부엌에

서였다. 아이는 제 무릎을 부둥켜안고 부뚜막 위에 올라앉아 있었다. 밤이면 아직 찬바람이 불어 그곳이 가장 따뜻한 곳이긴 했다. 나는 문도 달리지 않은 숙이 엄마네 부엌으로 들어갔다. 부엌에 연탄가스 냄새가 배어 있었다.

아이는 나를 흘깃 보더니 시선을 돌리고 말없이 조용히 앉아만 있었다. 자는 것은 아니고 쉬고 있는 듯했다. 나는 최대한 멀찍이 떨어져 앉았다. 무엇부터 물어야 할까? 다 조심스러웠다.

– 너… 그거 어떻게 한 거야?

아이는 나를 쳐다보더니 다시 고개를 돌렸다. 이야기하기 싫은가 싶었는데 아이가 쉰 목소리로 "뭐가?" 하고 대답했다. 웃음소리만 섬뜩한 것이 아니라 말소리도 갈라지고 쇳소리가 났다.

– 하이타이. 그거 네가 한 거지?
– 그거? 별거 아니야.

그러면서 살며시 웃었는데 미소에 자랑스러움이 묻어났

다. 시커멓게 다 썩은 앞니를 내보이며 웃으니 더 무서웠
다. 아이가 놀리듯이 물었다.

– 아줌마는 못 해?
– … 응.

나는 하이타이를 손으로 밀어 떨어뜨리는 그런 일은 절
대 하지 못했다. 그런 것까지는 바라지도 않았다. 나는 그
냥 문이라도 내 마음대로 열고 닫았으면 좋겠다. 어디에
갇히면 내 손으로 문을 열고 나올 수가 없어서 누가 문을
열어줄 때까지 꼬박 기다려야 했다. 내가 미처 들어가기도
전에 문이 닫혀버리면 나는 또 밖에서 꼬박 기다려야 했
다. 그러다 보니 귀신만 할 수 있는 초능력까지는 언감생
심 바랄 수도 없고 다만 살았을 때 할 수 있던 일을 지금도
할 수 있으면 좋겠다.

검정치마 아이가 무릎을 끌어안은 채 고개를 들어 벽을
노려보았다. 아이가 노려보는 곳에는 연탄이 쌓여 있다.
설마…. 아이는 열심히 연탄을 노려보았다. 맨 위에 있던
연탄 한 장이 위태로워 보였다. 저 연탄은 원래 저렇게 불
안하게 놓여 있었던 것인가, 아니면 이 아이가 그렇게 만

든 것인가? 보고 있는 사이 연탄이 흔들리더니 밑으로 뚝 떨어졌다. 연탄은 당연히 파삭 깨져버리고 말았다. 아이는 무척이나 뿌듯한 표정으로 나를 쳐다봤다. 박수라도 쳐줘야 되나 싶어서 손을 올렸다가 슬그머니 다시 내렸다. 왜 저렇게 심술을 부리는 것일까?

  ─ 어떻게 하는 거야?
  ─ 그냥 마음을 먹으면 돼.
  ─ 마음?
  ─ 아줌마는 몸이 없잖아. 몸이 없으니까 몸으로 하는 일은 아무것도 못 해. 아줌마는 지금 몸이 있다고 생각하겠지만 그냥 생각일 뿐이야. 몸을 가지고 있었던 기억만 있는 거라고. 그러니까 뭘 하려면 마음을 먹으면 돼. 몸은 잊어버려.

  나는 육신이 없었다. 마음뿐이었다. 그래서 몸이 주인인 것들, 배가 고프거나 어디가 아프거나 가렵거나 하는 일들은 느낄 수가 없었다. 그러나 마음이 주인인 것들, 슬프거나 무섭거나 외롭거나 하는 일들은 그대로 느낄 수가 있었다. 나는 손발이 그대로 있다고 생각하고 또 보이기도 했지만 그건 내 마음속에서만 일어나는 일이었다. 손으로 문을 열려고 하면 열리지 않았다. 손이 없으니까. 그런데 그냥 이쪽에서 저쪽으로 가겠다고, 이 문을 넘어 저쪽으로 가겠다고 마음을 먹으면 저절로 그렇게 된다는 것이었다. 마음은 무엇이든 할 수 있었다.

– 물건을 떨어뜨리는 건 쉬워. 사라졌다 나타났다 할 수도 있고. 몸을 움직일 생각을 하지 말고 마음을 먹어.

마음… 마음을!
몸은 잊으라고 했다. 몸이 있었을 때의 습성을 버리지 못하면 아무것도 못 한다고 했다. 나는 내 손으로 물건을 옮겼고 내 발로 뚜벅뚜벅 걸어 다녔고 내 몸에 찾아온 병과 싸우면서 그 고통을 온몸으로 생생하게 느끼면서 살다 죽었다. 하루아침에 그 감각을 잊을 수는 없었을 것이다. 나는 아이가 하는 말을 알아듣지 못한 것은 아니었지만 여전히 어떻게 해야 하는 것인지는 알 수 없었다. 눈을 감고 집중해서 '나는 몸이 없다. 몸이 없다…'를 오래도록 생각하고 '나는 여기 있지 않다. 나는 부엌 밖으로 나갔다. 저벽을 뚫고 나갔다…'라고 마음을 먹었다. 그러나 아무 일도 일어나지 않았다. 나는 막혀 있는 부엌 벽을 원망스럽게 바라봤다. 저기를 어떻게 뚫고 나가나 하다가 곧 '뚫고 나갈' 생각을 하는 것 자체가 계속 몸을 생각하고 있는 것이라는 사실을 알게 되었다. 몸이 없으니 몸으로 뚫는 것이 아니라 그냥 마음으로 벽 너머를 생각해야 하는 것이었다. 벽을 넘어 나가겠다가 아니라 내가 벽 너머에 있다고 생각해야 하는 것이었다. 나는 수없이 해보았지만 안 되었다. 벽을 부순다는 생각을 떨쳐버리려고 아무리 노력해도 벽을 나가겠다고 마음먹으면 내 몸에 부딪쳐 벽이 와르르 무너지는 상상밖에는 떠오르지 않았다.

검정치마 아이가 쯧쯧 혀를 찼다.

— 됐어. 그냥 포기해.

나는 얼른 포기했다. 그건 그렇고 더 중요한 일이 있었다.

— 그런데….

아이가 나를 쳐다봤다. 아무 의미 없이 그냥 쳐다본 것이라는 걸 알지만 눈이 마주치니 또 깜짝 놀랐다. 핏발 선

눈이 너무 무서웠다.

  - 그러니까….
  - 아 답답해. 뭔데?

아이가 짜증을 내서 또 가슴이 덜컹했다.

  - 네가 희숙이야?
  - 희숙이? 내가?
  - 아니야?

  - 희숙이가 누구야? 아아, 여기 살던 애? 그 시끄러운 애.
  - 네가 희숙이가 아니야?
  - 뭐라는 거야? 나는….

아이가 무어라 말할 듯하다가 입을 다물었다. 대신 다시
한 번 "나는 희숙이가 아니야"라고 말했다

  - 그럼 희숙이는 어디 갔어?
  - 그걸 내가 어떻게 알아. 어디 갔겠지.

- 아니, 희숙이를 잃어버렸다는데 어떻게 된 건지, 어디 있는지 너는 혹시 알까 하고. 너는 그 뭐냐. 귀신이니까. 알아, 나도 귀신인데 나는 모르거든. 그런데 넌 알지 않니? 너는 하이타이도 막 떨어뜨리고, 저기 저 연탄도 저렇게 할 수 있고. 너는 나보다는 어… 더 귀신 같잖아.

아이가 피식 웃었다.

- 걔가 집을 잃어버렸대?
- 그렇게 들었어. 3년 전인가? 놀러 나갔다가 집에 안 왔는데, 그날 걔를 본 사람이 아무도 없대.
- 진짜야?
- 응.
- 진짜 아무도 못 봤대? 그날?
- 응. 나는 그렇게 들었는데.
- … 누가 봤을지도 모르지. 근데 말 안 하고 있는 것일 테고.

내가 바짝 다가앉았다.

─ 누가?

아이가 나를 쳐다봤다. 뭔가를 알고 있는 듯한 표정이 복잡했다. 그렇지만 아이는 곧 귀찮다는 듯 벽에 기대 눈을 감았다.

─ 몰라 나도. 이제 가. 나 잘래.

아이가 웅크리고 앉은 채로 잠을 청했다. 저 아이는 여기서 자는 것일까? 연탄이 쌓여 있는 이 부엌에서? 저 아이는 물건을 움직이고, 마음대로 어디든 갈 수 있으면서 왜 좀 더 따뜻하고 편안한 잠자리를 찾지 않는 거지? 나는 아이의 사연이 궁금했지만 돌아 나올 수밖에 없었다. 나가는 내 뒤에 대고 검정치마 아이가 조그만 소리로 말했다.

─ 나는 근점이야. 희숙이가 아니고.

아이 이름은 근점이었구나. 희숙이는 죽었을까, 살았을까? 희숙이가 없어지던 날, 희숙이를 본 사람은 누굴까?

12. 친목계

연이는 다락을 좋아했다. 아이들은 대개 그런 곳을 좋아
했다. 좁은 곳, 천장이 낮은 곳, 아무도 오지 않는 곳, 그래
서 숨어 있기 좋은 곳. 다락에는 온갖 잡동사니가 있었다.
차곡차곡 모아둔 신문지와 여름철에만 꺼내 쓰는 모기장
이 있었다. 또 겉장이 떨어진 오래된 책들과 한자가 잔뜩
섞여 있어서 연이는 읽을 수 없는 책들도 있었다. 제일 안
쪽 구석에는 그릇이 가득 든 종이 상자가 있었다. 그러니
까 이것은 내 물건이었다. 내가 살았을 때 내가 쓰던 살림
살이들. 기석과 살 때 우리는 살림이 가난해 가지고 있는
것이 별로 없었지만 그래도 밥 먹을 그릇은 있었다. 솥이
랑 냄비도 몇 개 되었고, 쌀을 일 때 쓰는 조리랑 체, 양념

을 넣어놓는 통들, 주걱…. 자잘하지만 밥해 먹고 살려면 다 있어야 하는 것들이었다. 기석은 내 장례를 치를 때 몇 벌 있던 내 옷들은 다 태웠지만 이런 살림살이들과 이불, 가구는 버리지 않고 가지고 있었다. 나는 죽었어도 기석은 살아야 했으니까. 그러다 정순과 결혼할 때 정순은 새 그릇과 이불뿐만 아니라 냉장고까지 가져왔다. 내 물건은 아무도 쓰지 않고 버려지지도 못한 채 상자에 담겨 다락 한 구석에 보관되어 있었다. 그 상자 안에는 한 번도 쓰지 않은 화채 그릇 세트도 있었다. 두꺼운 반투명 유리에 양각으로 꽃무늬가 있는 것인데, 기석이 나와 결혼할 때 누군가에게 선물받은 것이었다. 보기에도 고급인 물건이라 아끼느라 쓰지 않았다. 아니, 그게 아니라 허구한 날 골골대고 앓느라 밥도 못 해 먹은 터라 화채 같은 것은 생각도 할 수 없었다. 그렇더라도 여름철에 미숫가루라도 타서 먹을 걸. 고급 화채 그릇에 미숫가루를 타서 각얼음을 사다 넣으면 손님에게 내어도 손색이 없었을 텐데. 땀에 절어 퇴근한 기석에게 예쁜 화채 그릇에 냉수라도 떠다줄 걸. 한 번도 쓰지 않은 그릇에 먼지만 쌓이는 것을 보자 가슴이 쓰렸다. 정순은 내가 쓰던 물건으로 살림을 살고 싶지는 않겠지만 이것은 한 번도 쓰지 않은 그릇이니 정순이 써도 되지 않을까? 화채 그릇은 내가 선물받은 것이 아니라 기석이 받은 것이니까 내 것이 아니라 남편 것이 아닌가? 그러면 써도 되지 않나? 기석이 정순에게 그렇게 말해주면 좋으련만. 기석은 다락에 있는 화채 그릇은 까맣게 잊은 듯했다. 이 예쁜 그릇에 우리 연이가 화채 한 번 먹어봤으면.

어느 날 연이는 다락에서 자장이를 데리고 인형놀이를 하고 있었고, 나는 말 상대를 해주고 있었다.

연이는 자장이를 예쁘게 꾸며주고 밥도 먹이고 책도 읽어주었지만 마지막은 언제나 재웠다.

"자장아, 이제 잘까?"

— 싫어. 더 놀 거야.

"새 나라의 어린이는 일찍 자고 일찍 일어납니다."

— 싫어 싫어. 나는 헌 나라의 어린이야.

내가 뭐라든 연이는 자장이를 눕혔다. 원래 감겨 있던 왼쪽 눈과 함께 오른쪽 눈이 저절로 감겼다. 연이는 자장이에게 수건 이불을 덮어주었다.

"잘 자, 혼자 잘 수 있지?"

－ 안 돼. 엄마랑 잘 거야.

연이가 '너 애기야?' 해서 나는 푸핫 웃음이 나왔다. 연이는 빨래도 하고 농사도 지어야 해서 바쁘다고 했다. '무슨 농사를 짓나?' 싶어서 나는 또 웃었다. 내가 계속 같이 자겠다고 징징거리자 연이가 "에이, 할 수 없지. 그럼 오늘만이야"라고 말해서 깜짝 놀랐다. 연이는 가끔 내 말이 들리는 것처럼 행동했다.

연이는 자장이 옆에 눕고 나도 연이 옆에 누웠다. 그러다 나만 깜빡 잠이 들었나보다. 소꿉장난하다 말고 진짜로 잠이 들다니. '너 애기야?'라는 소리를 들어도 할 말이 없었다. 깨어보니 아무도 없고 나뿐이었다. 닫힌 다락문을 보자 난감해졌다. 어떻게 나가지? 손바닥만한 창문으로 밖을 내다보니 해가 막 지려는 참이었다.

한동안 웅크리고 앉아 있자니 기석이 퇴근하는 소리가 났고 잠시 뒤 세 식구는 된장찌개를 끓여 저녁을 먹었다. 테레비 드라마와 뉴스가 끝나고 연이가 자기 방으로 간 뒤 정순이 이부자리를 까는 소리가 부스럭부스럭 나자 나는 초조해졌다. 밤새도록 여기에 있어야 하는 건가? 연이는 정말로 오늘밤 혼자 자야 하나? 연이는 이 집에 오는 첫날부터 혼자 잠들었지만 사실은 그게 아니었는데. 게다가 여기는 안방이었다. 두 사람. 내 남편과 그 여자가 함께 자는 방의 다락에 내가 웅크리고 앉아 그들의 기척을 다 듣고 있어야 하다니. 두 사람에게는 정말 끔찍한 일일 테고, 나 역시 당황스러운 일이었다. 그렇지만 누군가 문을 열어주지 않는 한 빠져나갈 방법이 없었다. 그렇게 밤이 깊어갔다. 나는 잔뜩 긴장했지만 내 남편과 그 여자는 평화롭게 잠들어 있는 듯했다. 그냥 포기하고 오늘밤은 여기 있자, 어쩔 수가 없다고 마음을 먹었다.

한밤중인가, 새벽녘인가. 퍼뜩 정신이 들었다. 나를 깨운 것은 어떤 소리였다. 부엌에서 무슨 소리가 들렸다. 내가 있는 다락 밑이 바로 부엌이라 더 분명히 들렸다. 달그락대는 소리, 스르륵 하는 소리. 부엌에 누가 있는 것 같았다. 도둑이 들었나?

정순이 기석을 흔들어 깨우는 소리가 들렸다. 작은 소리지만 다급했다.

"여보, 여보. 좀 일어나 봐. 응?"

기석이 잠에 취해 우는 듯한 목소리로 왜 그러느냐고 물었다.

"누가 있는 것 같아."

"누가?"

"누군지 모르지. 좀 나가봐."

"… 누군데에….""

"아유, 누군지 어떻게 알아? 누가 부엌에 들어왔다니까."

기석은 대답이 없었다. 잠시 조용하더니 곧 코 고는 소리가 들렸다.

– 아이고 참.

나도 모르게 혀를 찼다. 내가 공연히 민망해졌다. 정순이 뭐라고 투덜대는 소리가 들렸다. 그래도 부엌에 혼자 나가볼 용기는 없는 것 같았다. 소리는 더 들리지 않았고 정순은 한동안 뒤척이다 다시 잠이 들었다.

정순은 아침에 기석을 깨워서 부엌문을 열어보게 했다. 부엌은 뒤진 흔적 없이 깨끗했다.

"무슨 도둑이 들었다고 그래?"

"내가 어제 분명히 소리를 들었다니까. 무서워 죽을 뻔했는데 당신은 어떻게 그럴 수가 있어?"

싱거운 소리 하지 말라며 기석은 씻으러 나갔다.

정순이 아침밥을 하는데 뒷마당으로 통하는 부엌 문간에 숙이 엄마가 나타났다. 연탄집게로 새 연탄 하나를 집어든 채였다.

"자, 이거. 연탄 광에 갖다둔다."

"뭐예요, 그게?"

"연탄이잖아, 새 탄."

"그거 왜요? 저희 주시는 거예요?"

"갚는 거야. 어제 우리 방에 탄불이 꺼져서 밑불 하나 빼갔어."

숙이 엄마는 연탄을 들고 돌아섰다. 그러니까 어제 부엌에서 달그락거렸던 소리는 숙이 엄마가 연탄 밑불을 빼가는 소리였던 것이다. 정순의 관자놀이가 불끈했다. 정순이 숙이 엄마를 쫓아갔다. 숙이 엄마는 연탄을 변소 옆 창고에 넣는 참이었다.

"아니, 연탄을 가져가려면 말을 하고 가져가셔야죠."

숙이 엄마는 무슨 그런 이치에 닿지 않는 소리를 하느냐는 듯 눈을 크게 떴다.

"말을 하라니? 어떻게 말을 해? 그 오밤중에 신랑이랑 둘이 자는 방에 들어가서 연탄 밑불 좀 빼가도 되냐고 물어보라는 그 말이여? 내가? 둘이 뭘 하는 중이면 어쩌려고."

정순이 말문이 막히고 이마까지 확 뜨거워지자 숙이 엄마가 낄낄거렸다. 그리고 자신이 빼간 것은 반도 더 탄 연탄인데 새 연탄으로 갚는 것이니 자신이 훨씬 손해이며, 이자라고 치더라도 이자가 너무 세니 앞으로 한 번쯤은 더 밑불을 빼가도 할 말은 없을 것이라고 말했다. 연탄 밑불 한 장 정도야 한집에 사는 사이에 야박하게 꿔주니 갚니 하는 일이 별로 없지만 자신은 경우 바른 사람이고, 그렇게 물에 물 탄 듯 술에 술 탄 듯 계산이 바르지 않은 것들 과는 상종도 하지 않는 사람이라고 떠들어대자 정순은 그냥 부엌으로 돌아와 짓던 밥을 마저 지었다.

* * *

계산이 바른 사람. 그게 숙이 엄마에 대한 동네의 평판이었다.

"한 번도 곗날을 어긴 적이 없어."

그럼 그 사람은 믿을 수 있는 사람이었다.

여자들은 대부분 계를 했다. 번호계를 주로 했지만 낙찰계를 하는 사람도 많았다. 계는 여자들이 목돈을 만들 수 있는 제일 빠른 길이었지만 그만큼 위험했다. 계가 깨지고, 계주가 도망쳤다고 여자들 수십 명이 떼로 모여 울고불고하는 장면이 뉴스에 나오기도 했다. 계가 깨지면 집안은 풍비박산이 났다. 그렇기 때문에 계원이 되려면 첫째도 신용, 둘째도 신용이 있어야 했다. 가게 외상이 대추나무에 연 걸리듯 걸린 사람, 연탄을 낱장으로 사는 사람, 봉지쌀을 사는 사람은 계에 끼워주지 않았다. 잘살고 못 살고를 떠나서 살림에 규모가 없는 사람이었기 때문이다. 계를 한다는 것은 비로소 살림하는 여자가 된다는 의미이기도 했다. 돈 모으는 여자. 돈을 모아서 집도 사고 아이들도 가르치는 제대로 된 어른 여자. 동네 친목계를 해야 동네 여자가 되었다. 친목계원들은 한 달에 한 번 돌아오는 곗날에 모여 짜장면을 먹고 1년에 한 번은 온천 여행도 다녔다. 친목계원들은 돌아가며 김장을 돕거나 집안의 결혼이며 상 등 큰일에 발벗고 나서기도 했다.

그런 계에 숙이 엄마가 끼어있었다. 숙이 엄마는 동네 여자들과 절대 '친목'하지는 않았는데 그래도 어쨌든 계는 같이 하고 있었다. 숙이 엄마 소개로 정순이 계에 끼자 여자들은 숙이 엄마에 대해 한 마디씩 했다.

"그이가 똑 부러지기는 하지. 지독하기도 하고. 남편이 한 푼도 못 벌고 술이나 먹고 돌아댕기는데도 살림 건사하고 따박따박 곗돈 내고."

"남편이 한 푼도 못 벌어요? 노가다라도 하면 될 텐데."

"노가다는 웬 노가다야? 그 사람이 얼마나 기술잔데. 목수도 하고 미장도 하고. 손재주가 좋아서 못 고치는 게 없어."

"돈 많이 벌었지. 애 그렇게 되고 몇 년 되니까 팍삭 쪼그라들었지만. 안에서 아무리 악착을 떨어도 그게 한번 독에 밑이 빠져버리면 다시 메꿀 수가 없는 거라."

얼굴은 넙데데한데 입이 너무 작은(입을 실로 꿰매 잡아당겨놓은 것처럼 보였다) 세호 엄마라는 여자가 말했다.

"그래도 난 그 여자 웃고 다니는 거 보면 좀 소름끼쳐요. 자기 딸을 잃어버렸는데 어떻게 그렇게 멀쩡하대? 나 같으면 머리 산발하고 미쳐 돌아다녔을 거야."

그러자 덩치 좋은 교감 사모가 나무라는 표정을 했다.

"그렇다고 여자가 정신 놓고 살면 되겠어? 남아 있는 다른 자식이 있는데. 애아버지가 그러고 다니는데 하나라도

정신을 차려야 살지. 그리고 숙이 엄마가 언제 웃고 다녔
어?"

"뭐… 울고 다니지는 않잖아요."

세호 엄마가 조그만 입으로 조그맣게 종알거렸다.

"모르는 사람들이야 이 말 저 말 하지만 솔직히 그 속이
어떻겠어? 똑같이 애 키우는 사람이 그렇게 입찬소리 하
는 거 아니야."

교감 사모가 길게 한숨을 쉬자 모인 여자들도 너도나도
한숨을 쉬었다. 교감 사모는 나이도 제일 많고 베풀기도
잘해서 동네 큰언니 노릇을 했다. 남편이 어디 야간학교
교감이라고 했다(교감 사모가 안 들을 때는 그 학교가 불량한
애들만 모이는 똥통 학교라고 했다). 나는 그 남편을 몇 번 본
적이 있는데 겉으로는 전혀 교감 선생님처럼 보이지 않았
다. 부인보다 훨씬 작은 키에 어디 잘못 부딪쳤다간 팍삭
부러질 것 같은 마른 몸을 가지고 있었다. 머리카락도 없
고 기운도 없는 것이 풍성한 것이라곤 얼굴의 주름뿐이었
다. 그 집은 부부만 살았다. 딸이 국민학교 선생인데 먼 시
골로 부임해갔고, 그 밑의 아들은 군대에 갔다고 했다.

그 집은 마당이 넓었다. 화단을 잘 가꾸어놓았는데 채송
화나 분꽃처럼 시골 미호댁네도 있던 꽃뿐 아니라 맨드라

미와 사루비아도 피었다. 맨드라미와 사루비아는 이름을
보니 미제 꽃인 모양인데 대부분의 미제가 그렇듯이 튼튼
하고 키도 컸다. 굵은 대에서 크고 색깔이 진한 꽃이 피었
는데 내 눈에는 별로 예쁘지 않았다. 그렇지만 연이는 사
루비아를 좋아했다. 금붕어처럼 생긴 꽃술을 따서 뒤꽁무
니를 쪽쪽 빨면 꿀이 나왔기 때문이다. 동네 아이들은 오
가다 교감댁네 마당에 들어가서 사루비아 꽃의 꿀을 따먹
었다. 아이들이 교감댁네 마당을 좋아하는 것은 그 집에
사는 개 깜순이 때문이기도 했다. 깜순이는 새카만 털에
눈 주변이 노란 개였는데, 몸집이 작아서 아이들이 무서워
하지 않고 잘 놀았다. 사실 그 개의 이름은 곰순이였다. 밥
을 주는 교감 사모가 곰순이라고 부르는 것을 보면 틀림
없었다. 그렇지만 아이들은 깜순이라고 불렀다. 아는 체하
기 좋아하는 아이가 "깜순이가 아니고 곰순이야"라고 몇
번 말했지만 그 때 반짝 곰순이라고 불렀다가 다음 날이면
또 '깜순이'라고 불렀다. 검정개는 '곰순아'든 '깜순아'든
부르면 꼬리를 흔들며 반갑게 달려왔다. 아이들은 교감댁
네 마당에 들어가서 깜순이 머리를 몇 번 쓰다듬고 사루비
아 꽃을 몇 개 따서 꿀을 빨아먹고는 다시 공터로 몰려갔
다. 교감댁네 대문은 늘 열려 있었고, 마당에 있는 큰 평상

에는 늘 동네 여자들이 모여 있었다. 평상에 앉아 열무를 다듬기도 하고 마늘을 까기도 했다. 여자들이 모여 앉아 하는 일은 많고도 많았다. 나물도 다듬고, 시레기도 벗기고, 도라지 껍질도 까고, 콩 꼬투리도 까고…. 집에서 혼자 하면 지겨운 일을 모여 앉아 수다를 떨면서 하면 시간 가는 줄 몰랐다. 또 마루에는 전화가 놓여 있었다. 동네에 전화 있는 집이 몇 집 되기는 했지만 동네 공중전화처럼 쓰는 전화는 교감댁네 전화뿐이었다. 전화가 없는 사람들은 시골 노인들에게 아주 급한 일이 있을 때는 이곳으로 전화하라고 교감댁네 전화번호를 알려주었다. 가끔 교감 사모가 대청마루 끝에 서서 '누구 엄마아~ 전화~!'라고 외치는 소리가 동네를 울렸다. 뱃구레가 커서인지 소리가 우렁우렁했다. 그 집에는 한 달에 한 번 아모레 아줌마가 다녀갔다.

"콜드크림 떨어졌지? 스킨이랑 로션은 좀 남았을 거고."

아모레 아줌마는 누구네 집에 어떤 화장품이 떨어졌는지 다 알고 필요한 것들을 챙겨서 늦지 않게 찾아왔다. 다른 집 여자한테 화장품을 팔 생각이어도 일단 교감댁네로 갔다. 그 집에 아모레 아줌마가 왔다는 소리가 들리면(누구 엄마아~ 아모레 왔다아!) 화장품 필요한 사람이 알아서 찾아왔다. 아모레 아줌마는 나이가 교감 사모랑 비슷했고 파마머리에 몸매가 퉁퉁한 보통 아줌마였지만, 같이 데리고 다니는 아가씨는 키가 훌쩍 크고 화장도 진한 예쁜 아가씨였다. 아줌마는 그냥 사복을 입었지만 아가씨는 회사 유니폼을 입고 머리도 단정하게 올렸다. 아줌마가 혼자 올 때도 있고 아가씨를 데리고 올 때도 있었는데, 아가씨를 데리고 오는 날은 피부 마사지를 해주는 날이었다. 동네 여자들을 주르륵 눕혀놓고 콜드크림 마사지를 해주고 눈썹도 뽑아주고 오이를 갈아서 팩도 해주었다. 마사지 값을 따로 받지는 않았지만 그 대신 화장품을 팔았다. 편하게 누워서 공짜 마사지를 받아놓고 아무것도 안 사는 것은 양심 없는 짓이라 화장품 살 생각이 없으면 마사지를 안 받는다고 했다.

"아유 괜찮아요. 담에 사면 되지. 얼른 누워요."

그러면 또 못 이기는 척 누워서 마사지를 받고는 꼭 필요하지도 않은 기미 없애는 크림, 안 번지는 립스틱 같은 것을 사기도 했다.

요리 강습도 교감댁네서 열렸다. 가전회사 직원들이 찾아와서 마늘, 콩, 쌀, 마른 고추까지 갈아주는 믹서기를 선전하기도 했고, 전기 프라이팬을 가지고 와서 전도 부치고 카스텔라를 만들기도 했다. 카스텔라를 다 나눠 먹고 아이들 손에 들려 보내기까지 하고는 막상 전기 프라이팬을 사겠다는 사람이 아무도 없어서 다들 조금 민망해했다. 바쁜 척하며 다들 돌아가 결국 교감 사모가 전기 프라이팬을 샀다. 그 집은 아이들이 없어서 필요도 없었는데 말이다.

셋집도 없이 넓은 마당을 혼자 쓰는데다 낮에는 교감 사모 혼자뿐이어서 동네 여자들은 편하게 그 집을 드나들었다. 어떤 때는 교감 사모가 시장 가고 없는 빈집에 다른 여자들만 모여 있을 때도 있었다. 교감 사모는 시장 갈 때도 누가 올지 몰라 대문을 잠그지 않았다.

13. 기석

정순은 기석을 '여보'라고 불렀다. 나는 한 번도 기석을 그렇게 불러본 적이 없었다. 하숙집에 있을 때는 특별히 부를 일이 없었고, 연애할 때나 결혼 초에는 '이봐요', '저기요' 하며 낯선 사람에게 말을 걸 듯했다. 연이를 낳은 뒤에는 당연히 '연이 아빠'라고 불렀다. 내 주변에도 자기 남편을 '여보'라고 부르는 사람은 별로 없었다. '여보'는 드라마에서나 쓰는 말 아니었나? 홈드레스를 입고 식모가 가져다주는 오렌지주스를 마시는 사모님들이 남편을 '여보'라고 불렀다. 그런데 정순은 기석을 '여보'라고 불렀다. 회사에서 사무 보던 여자라 그런지 아무래도 나와는 달랐다. 다른 사람들, 숙이 엄마나 동네 사람들은 모두 기석을 연이 아빠라고 불렀고, 미호댁도 '연이 애비'라고 불렀다.

나는 호칭에 신경을 곤두세우고 있었다. '연이' 애비란 그 호칭에. 정순의 배 속에 들어 있는 저 아이가 태어나면 연이 애비는 다른 애비로 바뀔까? 정순이 자기 아이 이름을 붙여서 '누구 아빠'라고 기석을 부를까? 동네 사람들은, 미호댁은 어떨까?

연이는 정순을 부르지 않았다. '엄마'라고도 하지 않고 '아줌마'라고도 하지 않았다. 그냥 부르지 않았다. 내가 살았을 때도 연이는 엄마를 많이 찾지는 않았다. 아기 때 제일 처음 한 말은 당연히 엄마였다. 울 때도 '음마음마' 하고 '맘맘맘맘' 하며 옹알이를 했는데 커가면서 점점 나를 부르는 일이 줄었다. 불러도 대답을 하지 못할 때가 많았고, 원하는 것을 들어줄 수 없을 때도 많았다. 그래서 점점 더 엄마라는 말을 하지 않게 된 듯했다.

연이는 종알종알 말이 많은 아이였지만 정순과는 별로 말을 하지 않았다. 연이는 숙이 엄마 부엌 앞에서 숙이 엄마 살림에 괜한 참견을 하거나 오가는 우체부와 열무 장수한테 말을 걸기도 했다. 미호댁한테도 '지집이 손이 바빠야지 주둥이가 바쁘면 안 된다'는 소리를 숱하게 들은 연이었지만 정순 앞에서만은 말수가 적어졌다. 정순에게 할 말이 있으면 그냥 그 앞으로 갔다. 정순 앞에서 기다리고 있으면 정순이 기척을 느끼고 "왜?"라고 물으면 자기 할 말을 했다.

정순도 연이를 "연아~"라고 부르지 않았다. 부를 때마다 "얘!"라고 했는데 그건 그냥 골목에서 놀고 있는 아이한테 길을 물어볼 때나 내 물건을 건드리려는 낯선 아이를 쫓아낼 때 쓰는 말이어서 차가웠다. 나는 들을 때마다 기분이 상했다. 정순은 아이가 멀리 있을 때는 "연이야~! 이리 와 봐"라고 했지만 눈앞에 있을 때는 "얘!"라고 했다. 그러면 연이는 "네?"도 "응?"도 하지 않고 그냥 쳐다봤다. 정순이 부르면 눈앞에 나타나는 것으로 대답을 대신했다. 다른 일을 하면서 연이를 부르다 아까부터 와서 기다리고 서 있는 연이를 그제야 발견하고 정순은 깜짝 놀라곤 했다. 둘이 하루 종일 같이 있어도 서로 주고받는 말은 많지 않았다. 하지만 종일 말이 없던 정순도 저녁 밥상에 기석과 마주 앉으면 말이 많아졌다.

"전기밥솥 하나 사면 안 될까? 그거 있으면 아침에 밥해 놓으면 저녁때까지 따뜻한 밥 먹을 수 있는데."

종일 말할 사람이 없었던 건 연이도 마찬가지였으므로 연이도 종알거릴 수밖에 없었다.

"아빠, 있잖아. 오늘 학교에서 어떤 애가 코피 나고 쓰러졌어. 조회 시간에."

"그랬어?"

"아이, 여보. 저 아랫집에 누가 일제 코끼리 밥솥 사왔다고 해서 다들 구경 갔었어. 밥이 따뜻하기만 한 게 아니라 맛까지 얼마나 좋은지 모른대. 우리도 사자. 연이가 따뜻한 밥 좋아하니까."

"난 찬밥도 좋아해요."

연이가 야무지게 항의했다. 따뜻한 밥이라니? 연이는 한 번도 밥이 차니 뜨거우니 토를 달아본 적이 없는데 이게 무슨 소린가 싶어 나도 억울했다. 정순이 어이없다는 표정으로 입을 벌리고 있는 동안 연이는 냉큼 자기 하던 말을 계속했다.

"그래서어, 그 애가 코피가 나는데 멈추지를 않아서어, 계속계속 흘렸어. 조회 끝나고 교실에 들어왔는데 그래도 피가 계속 났어."

"그랬어?"

기석은 건성으로 대답하고 정순 쪽으로 시선을 돌렸다.

"그게 일제라면서. 그런데 어떻게 사려고?"

"그거야 돈만 주면 사다주는 사람이 있지. 부탁해도 되고. 그 집 친척이 일본에 왔다 갔다…."

"그런데 걔는 죽을지도 모른대!"

연이가 급한 마음에 소리쳤다. 기석과 정순 둘 다 조용해지며 연이를 쳐다봤다. 정순의 목소리에 짜증이 묻었다.

"너 그게 무슨 소리니? 누가 죽네 사네 그런 소리 하는 거 아니야. 코피 났다고 안 죽어."

"아니에요. 피가 많이 나면 죽는댔어요. 그치 아빠? 코피가 계속계속 났으니까 안 멈추면 죽지? 그치 아빠?"

정순이 퉁을 놓았다.

"그래서 걔가 죽었니? 죽었어?"

죽지는 않았다. 담임 선생님이 양호실로 데려갔고 양호실에서 솜으로 코를 틀어막자 코피는 곧 멈추었다. 솜으로 코를 틀어막아 왕코가 된 그녀석은 금세 시시덕거리며 뛰어놀았다. 그때 그 왕코 녀석이 좀 더 피를 흘렸다면, 피를 흘리고 또 흘려서 교실이 피범벅이 되고 학교가 홀딱 뒤집어졌다면. 그럼 연이와 연이 아빠는 저녁을 다 먹을 때까지, 어쩌면 잠이 들기 전까지도 그 이야기를 계속 할 수 있었을 것이다. 어쩌면 그 이야기에 빠져서 연이 아빠는 연이를 데리고 잤을지도 모른다. 연이가 밥만 먹고 일어나 제 방으로 홀로 돌아와야 했던 것은 금세 코피가 멈춘 그

왕코 녀석 때문이어서 나는 그 아이가 진심으로 미웠다.

* * *

정순은 결혼을 하고도 기석의 관심을 끌려고 애썼다. 그런 여자들은 그전에도 있었다.

기석은 용모가 잘난 남자였다. 향토예비군 동원 훈련이 있을 때면 동네의 남자들이 군복을 입고 총을 멘 채 신작로를 열을 맞춰 걸었다. 양복 차림으로 출퇴근을 하는 남자와 늘 난닝구 바람인 남자를 평등하게 군복으로 갈아입히고 나면 용모가 제대로 비교가 되었다. 예비군들이 열을 맞춰 걸으면 동네 아이와 여자들이 구경을 나왔다. 아이들은 열을 따라갔고, 여자들은 대놓고 앞집 남편과 뒷집 남편을 비교하고 걸음걸이를 흉내내며 웃었다. 쭉 뻗은 다리로 성큼성큼 걷는 기석을 보고 "어머머머 연이 아버지 좀 봐"라며 노골적으로 웃음을 흘리는 노처녀도 있었다. 마당에서 연이 기저귀를 빨고 있으면 연이 아버지 지금 저 앞에 간다고, 빨리 나와 보라고 성화를 해대는 동네 여자들이 있었지만 나는 그냥 빨래만 했다. 나는 '그 연이 아버지 좀 있다 집에 오면 실컷 본다오'라며 콧노래가 절로 나왔다.

기석은 얼굴이 희고 어디 한군데 흠잡을 곳 없이 매끈했다. 더구나 기석은 양복을 입고 출근하는 사람이었다. 누구라도 양복을 입혀놓으면 보통 때의 두 배쯤은 잘나 보인다. 지금이야 기성복이 생겨서 양복이 흔해졌지만 신혼 때만 해도 양복 값은 공무원 한 달 월급만큼 비쌌다. 구두에 와이샤쓰, 넥타이까지 신사복 한 벌을 마련하려면 목돈을 쏟아 부어야 했다. 오래 입어서 양복천이 닳으면 라사집에 가져가서 우라까이를 했다. 양복을 다 뜯어서 겉과 속을 뒤집어 다시 재봉하는 것이었는데, 이렇게 우라까이한 양복은 새것과 다름없긴 했지만 왼쪽에 있던 포켓이 오른쪽으로 가는 것은 어쩔 수 없었다. 나는 결혼할 때 기석에게 양복을 한 벌 해주었는데, 정순이 결혼하며 신랑 양복을 또 한 벌 해주었다. 양복을 두 벌 가지고 있는 사람도 동네에 몇 없었을 것이다(결혼을 두 번 한 사람이 별로 없을 테니까). 술을 좋아하는 남자들은 술집에 양복 윗도리를 잡히고 술을 퍼마시기도 하는 모양인데 기석은 절대 그러지 않았다.

기석은 아침마다 빳빳하게 다린 와이샤쓰와 칼주름을 잡은 양복을 입고 반짝반짝 닦은 구두를 신고 출근했다. 기석은 서른이 넘은 지금이 젊었을 때보다 오히려 더 멋진 모습인데, 예전보다 볼에 살이 붙었기 때문인 것 같다. 또 예전보다 더 깨끗하게 손질한 옷을 입고 구두를 신었기 때문이기도 하다. 말하자면 아프지 않고 튼튼한 아내와 함께 살고 있기 때문이다. 나는 아침에 기석이 멋지게 차려입고 나서는 것을 보면 고개를 돌려 외면했다. 외면하면서 또 나도 모르게 힐끔거렸다. 다른 여자가 꾸며놓은 내 남편을 대놓고 쳐다보면서 '어머나, 참 멋지기도 해라'라는 생각을 하며 두근거리는 것은 뻔뻔한 일이었다.

아침에 말끔했던 기석은 저녁에는 후줄근해져 돌아왔다. 옷은 땀에 젖었고 구두는 먼지투성이가 되었다. 구두 바닥에 진흙을 잔뜩 묻혀오는 날도 있었다. 외근직이라 어쩔 수 없는 일이었다.

어느 날 기석이 퇴근길에 커다란 상자를 낑낑대며 들고 왔다. 한쪽 어깨에 가방을 둘러메고 반대쪽 어깨에 상자를 얹어서 지고 왔다. 마루를 닦던 정순이 깜짝 놀랐다.

"어머, 이게 뭐야?"

기석이 던지듯이 상자를 내려놓았다. 책 상자였다. 상자 위에 '소년소녀세계명작'이라고 크게 쓰여 있었다. 기석은 상자에 짓눌려 벌게진 어깨와 목을 손으로 주물렀다.

"책이다!"

옆에서 놀던 연이가 구르듯이 달려가 책 상자 위로 엎어졌다.

"안 돼!"

기석이 날카롭게 소리쳤다. 연이는 깜짝 놀라 기석을 쳐다봤다. 기석도 자기 목소리에 놀란 표정을 지었다.

"아, 그게 아니고 연아. 그거 만지면 안 되는 거야."

"책인데?"

"책이긴 한데… 그거 네가 보는 책이 아니야. 더 언니 오빠들이 보는 거야."

"나, 글자 다 아는데."

"그래, 아빠도 아는데. 어, 네 책은 아빠가 따로 사올게. 아무튼 그건 만지면 안 돼."

"그럼 만지지는 않고 그냥 보기만 할게. 아빠가 넘겨줘. 나는 그냥 눈으로 보기만 할게."

한발 물러선 연이의 제안도 기석은 단칼에 거절했다.

"안 돼. 한 번 펼친 책은 금방 표가 나. 사람들이 귀신같이 안단 말이야."

귀신이 그런 걸 안다고? 그럴 리가. 먹을 것은 누가 슬쩍 한 입 먹으면 표가 날 수도 있지만, 책은 누가 한 번 본다고 글자가 없어지는 것도 아니고 종이가 얇아지는 것도 아닌데 무슨 표가 난다는 말인가.

연이는 상심하고, 정순은 곱지 않은 눈으로 상자를 바라봤다.

"샀어?"

기석은 지친 목소리로 말했다.

"내가 산 거 아니야."

"그러면?"

"… 내가 산 거지만 다음 달에 다시 팔 거야."

정순의 눈이 동그래지자 기석이 조금 짜증스러워했다.

"그럼 어떡해. 이달 실적이 내가 꼬라빈데. 이거까지 해도 남들 한 거 절반도 될까 말까야. 오십 권짜리 들고 가라는 걸 그나마….*"

기석이 다니는 출판사는 책이 안 팔리면 회사 직원들에게 책을 떠넘겼다. 전에 내가 기석의 회사에 갔을 때 부장인지 전무인지 높은 사람이 기석의 동료에게 "책을 못 팔겠으면 너라도 사라!"고 하는 말을 들은 적이 있었다. 울며 겨자 먹기로 책을 떠안은 직원은 새 책이었지만 중고 가격을 받고 다른 사람에게 그 책을 넘기는 모양이었다. 상자를 뜯었거나 책을 들춰본 흔적이 있으면 거기서 또 값이 떨어진다고 했다.

기석이 파는 책은 이십 권, 오십 권, 많은 것은 백 권짜리도 있는 전집이었다. 당연히 비쌌다. 나는 백 권의 책을 한꺼번에 사는 사람이 있다는 사실을 믿을 수가 없었다. 백 권. 집에 읽을 책이 백 권이나 있다니! 정말로 그런 사람이 있을까? 한쪽 벽이 다 책으로 꽉 찬, 테레비에나 나오는 그런 방을 가진 사람이 정말로 있을까? 내가 알기로 기석에게는 그만한 책을 살 돈이 없었다. 돈이 있더라도 우선 쌀을 사야 하고, 연탄을 사야 하고, 김장 배추를 사야 했다. 정순은 사달라고 하는 것도 많았다. 정순은 저녁 밥상에 앉으면 늘 무언가 사야 한다는 말을 했다.

"곤로 하나 새로 사야겠어. 심지가 다 탔는지 불이 제대로 안 올라오고 냄새가 나."

"우리도 전화 놓자. 급한 일 있을 때는 그렇게 편할 수가 없대."

"여름 오기 전에 선풍기 하나 사야 하지 않나?"

연이도 질세라 무엇을 사야 한다고 말했다. 학교에 다니니 매일 준비물이 있었다. 크레파스도 사야 하고 화첩, 색종이, 연필, 공책, 찰흙, 수수깡, 심지어 걸레까지. 학교에서 가져오라는 것들은 많기도 했다. 책은 안 먹으면 죽는 쌀도 아니고 옷도 아니고 신발도 아니었다. 꼭 사야 할 것들을 사고 나면 남는 돈이 없으니 책 살 돈은 영영 없는 것이었다.

기석은 회사에서 어쩌다 한 권씩 연이에게 책을 가져다 주었다. 새 책이 아니어도 연이는 뛸 듯이 기뻐했다. 새 책이 아닌 건 아무 상관 없는 일이었다. 누가 보다 만 책이라고 해도 누가 먹다 남긴 빵하고는 다른 거니까. 책에는 글자와 그 글자로 만들어진 이야기만 제대로 들어 있으면 되었다. 연이는 아이들이 사탕이나 껌을 아껴먹듯이 책을 아껴 읽었다. 몇 장 읽고 책을 덮고 조금 참았다가 도저히 못 참겠다 싶으면 다시 펼쳐서 읽었다. 한꺼번에 후루룩 읽지 않았다. 연이는 이야기에 빠져 책을 읽다가 퍼뜩 정신을 차리고 책을 살펴봤다. 앞으로 남은 장수가 얼마나 되는지 넘겨본 뒤 얼마 남지 않았으면 더 읽고 싶어도 꾹 참고 책을 덮었다. 나중에 읽을 때는 처음부터 다시 읽기 시작했다. 그러고는 지난번에 읽었던 곳보다 조금 더 읽어 책 한 권으로 며칠을 버텼다. 그렇지만 책은 언제나 너무 짧았고 금방 읽었다. 연이는 다시 읽고 또 다시 읽었다. 연이가 가지고 있는 책은 여섯 권뿐이었는데, 그 정도는 사실 마음만 먹으면 하루에도 다 읽을 수 있었다. 그런 연이 앞에 던져진 서른여섯 권짜리 소년소녀세계명작 한 상자. 하루에

한 권씩 읽어도 한 달 넘게 읽을 수 있었다. 연이처럼 아껴 읽으면 어쩌면 1년을 읽을지도 모른다.

기석은 책 상자를 다락에 올려두었다. 나중에 팔 것이기 때문에 상자가 상하지 않도록 신문지로 잘 덮어두었다. 집에 꿀단지가 없으면 모르되 뻔히 있는데도 먹지 못한다니. 저 상자를 확 뜯어서 안에 있는 책들을 바닥에 다 쏟아놓고 뒹굴뒹굴하며 이 책 저 책 아무거나 집어 들고 볼 수 있다면 그게 바로 연이의 천국일 텐데.

14. 소영이

연이가 책 천국을 실제로 본 것은 얼마 뒤 소영이네 집
에서였다. 목욕탕에서 만났던 그 아이 말이다. 그 아이 엄
마랑 숙이 엄마가 대판 싸웠다는 걸 기억하는 사람은 나뿐
이었다.

소영이네 집은 길 아래에 있었다. 버스가 다니는 큰길에
서 스무 발짝 정도만 들어가면 소영이네 집이었다. 담장은
붉은 벽돌이었고 대문은 잠겨 있었다. 대문이 잠겨 있다는
것은 부잣집이라는 뜻이었다. 소영이 아버지가 학교 육성
회장이라고 했다. 모든 아이들이 육성회비를 안 내면 선생
님에게 혼이 났는데, 육성회가 뭐하는 곳인지는 아무도 몰
랐다. "누구 아버지가 육성회래"라는 말을 들으면 그 집이

부자라고만 짐작할 뿐이었다.

날이 더워졌을 때 소영이는 반 친구들을 집으로 초대했다. 사실 초대라고 할 것도 없었다. 소영이가 모여 있던 아이들에게 학교 끝나고 자기 집에 가서 놀자고 말하자 운동장 구석 흙바닥에서 사방치기를 하던 아이들이 좋다고 했다. 열 명이나 되는 여자아이들이 소영이네 집으로 몰려갔다. 중간에 소영이네 집에 간다고 하니 자기도 가겠다며 따라붙은 아이들이 있어서 수가 점점 늘었다. 짓궂은 남자아이들이 따라붙으려고 했지만 소영이는 선생님한테 이른다며 남자아이들을 쫓아버렸다.

소영이네 집은 진짜로 부자였다. 부자들에게 있는 모든 물건이 소영이네 집에 있었다. 큰 냉장고와 그 안에 들어 있는 주스(아이들이 너무 많았기 때문에 소영이 엄마는 주스 가루를 찬물에 타주었다. 집에 그렇게 많은 유리잔이 있다는 것도 놀라운 일이다), 마루에는 검게 빛나는 피아노, 그 피아노 위의 유리장에는 궁중 한복을 입은 인형이 들어 있었다. 그 옆에는 커다란 원기소 병이 있었는데 소영이는 원기소를 한 주먹 꺼내 아이들에게 나눠주었다. 원기소를 아이들 손이 닿는 곳에 두고 마음대로 꺼내먹게 하는 것을 보고 나도 놀랐다. 기석은 몸이 약한 내게 원기소를 사다

준적이 있었고, 미호댁도 원기소가 만병통치약이라도 되는
듯 벽장에 감춰두고 아껴서 먹곤 했었다. 연이가 배가 아프
다고 할 때나 똥을 못 누어 고생할 때 한 번씩 꺼내주곤 했
었는데 소영이는 개수도 세지 않고 한 움큼 멋대로 꺼내주
었다.

"와! 너네집 부자다"라고 떠들어대며 감탄하는 아이들
속에서도 담담한 표정을 유지하고 있던 연이는 소영이의
방문을 열고 들어가자마자 입을 딱 벌렸다. 분홍 이불이
깔린 침대도 침대지만 그 옆 벽면의 절반을 꽉 채운 책장
때문이었다. 책장에는 책이 가득했다. 소년소녀세계명작,
우리나라 전래동화, 위인전집들이 깔끔하게 꽂혀 있었다.
꽂꽂이 전집도 있었고, 요리책이나 세계의 문학이라는 두
꺼운 책들도 있는 것으로 보아 여기 있는 책들이 다 소영
이 것은 아닌 듯했지만 어쨌든 책이 많았다. 1번부터 순서
대로 깔끔하게 꽂혀 있는 책. 나부터도 당장 한 권 뽑아서
읽어보고 싶을 정도였으니 연이는 말해 뭐할까. 연이의 표
정이 간절해졌다. 목소리까지 작아졌다.

"나 이거 봐도 돼?"

소영이는 '음…' 소리를 내며 노골적으로 주저했다. 연
이가 초조하게 허락이 떨어지기만을 바라며 쳐다보자 소

영이는 얼굴에 웃음까지 머금고 계속 '어… 음…' 생각하는 척했다. 얄미운 계집애였다. 책 좀 본다고 닳냐? 보아하니 소영이는 책 보는 것을 좋아하지도 않는 것 같았다. 아이가 책을 자주 꺼내봤으면 책들이 1번부터 끝 번까지 그렇게 얌전히 꽂혀 있을 리가 없었다.

다른 아이가 소리쳤다.

"우리 나가서 고무줄 하자!"

"그래!" 하며 우르르 몰려나갔다. 된다 안 된다 말도 없이 소영이도 같이 달려나갔다. 연이는 방에 혼자 남았다. 일부러 남으려고 했다기보다는 그냥 좀 주저하는 사이에 아이들이 다 나가버렸다. 연이는 책장 앞에서 책을 꺼내지도 못하고 그렇다고 깨끗하게 돌아서지도 못한 채 붙박이처럼 서서 책을 바라보고만 있었다. 반짝반짝하는 연이의 눈이 책장을 구석구석 훑었다. 《삼총사》, 《15소년 표류기》, 《유리 구두》, 《소공녀》, 《소공자》…. 책을 꺼내서 펼쳐보지는 못하고 책등에 적힌 제목에 오래오래 눈길을 주었다. 하나를 보고 한참 생각하고 또 그다음 제목을 보고. 연이는 지금 책을 읽고 있었다. 제목만 볼 뿐이었지만 제목만으로 내용을 상상하며 즐거워하고 있는 것이었다. 내가 그러는 것처럼.

－《사랑의 학교》라. 학교에서 누구를 좋아하는 이야기인가?《정글북》, 난 정글이란 말 알아. 베트남 전쟁에서는 사람보다 정글이 더 큰 적이라고 했어. 이건 베트남 동화인가보다.《물과 원시림 사이에서》, 원시림이 뭐지? 원시림… 이건 좀 어려운 책인가 보네.

연이는 결국 참지 못하고 책 한 권을 빼냈다. 책이 너무 빽빽하게 꽂혀 있어서 빼내기가 힘들었다. 연이가 뽑아든 책은《엄마 찾아 삼만 리》였다. 책 표지에 배와 갈매기, 모자를 쓴 작은 남자아이 그림이 그려져 있었다. 연이는 책을 빼내 표지를 한참 들여다봤다. 책을 아껴 읽는 습관 때문인지 남의 책이라 그런지 선뜻 표지를 넘기지 못하고 있었다. 그나저나 저 남자아이의 엄마는 대체 어디를 갔기에 아이가 삼만 리씩이나 찾아다녀야 했던 것일까?

소영이 엄마가 갑자기 방으로 들어왔다. 책에 빠져 있던 연이와 나는 화들짝 놀랐다.

"여기서 뭐하니? 넌 안 놀아?"

"저는 고무줄도 재밌긴 한데요. 그래도 책 읽는 게 더 재밌어요."

소영이 엄마가 연이를 찬찬히 살펴봤다. 나는 소영이 엄마가 연이를 알아볼까 봐 조마조마했다. 연이 잘못은 없었지만 그래도 그때 목욕탕에서 숙이 엄마에게 당한 일로 괜히 연이에게 화풀이를 하면 어쩌지?

"그러고 보니 너…."

− 아이쿠야, 생각났구나.

"입학식 때 선생님 이름 읽었던 아이구나. 그치? 너 글자 다 알지?"

소영이 엄마는 함박웃음을 지었다. 모든 어른은 공부 잘하고 똑똑한 아이를 좋아한다. 다행히 목욕탕 일은 기억하지 못하는 모양이었다.

"우리 소영이도 유치원에서 한글은 다 배웠거든. 그런데 책 보는 건 아직도 재미없어 해. 소영이 아빠가 책이란 책은 다 사주는데. 네가 우리 소영이랑 같이 책 좀 읽을래?"

그때 소영이가 쿵쾅거리며 들어왔다.

"야! 홍연! 고무줄 안 할 거야? 너 땜에 한 명이 깍두기 해야 되잖아!"

소영이 엄마가 소영이에게 잔소리를 했다.

"이소영. 너도 맨날 놀지만 말고 책 좀 봐라. 얘는 고무줄보다 책이 훨씬 재밌다잖아."

소영이는 더 심통이 나는 모양이었다.

"홍연. 안 놀 거면 너 가!"

소영이는 방문을 쾅 닫고 가버렸다. 소영이 엄마가 미안한 표정을 지었다.

"쟤가 왜 저래. 근데 얘…. 너 이름이 홍연이야?"

"네."

"으응… 네가 연이구나."

네 엄마가 새엄마라면서? 그때 입학식 때 왔던 그 엄마가 새엄마니? 친엄마는? 아빠는? 이 여자는 뭐 이런 것들을 묻고 싶었을 것이다. 정순이 새엄마인 것은 입학하고 얼마 되지 않아 학교에 소문이 다 났다. 연이가 소문을 내고 다녔기 때문이다. 연이는 정순이 새엄마인 것을 숨기지 않았다. 말하지 않아도 될 때에도 그 말을 했다.

선긋기가 끝나고 국어, 산수 외에 미술, 음악도 배우게 되자 학교에 거의 매일 준비물을 가져가야 했다. 선생님은 준비물을 가져오지 않은 아이들을 일으켜 세워서 혼을 냈다.

"사비(4B) 연필 안 가져온 사람 일어나. 준비물 안 갖고 오는 건 전쟁에 나가면서 총을 안 갖고 나가는 거랑 똑같

아. 그런 정신머리로 어떻게 공부를 해?"

선생님은 짧은 나무 막대기로 서 있는 아이들의 머리통을 콩콩 때리며 다가왔다. 연한 머리통을 얻어맞은 아이들은 손바닥으로 머리통을 문지르며 울음을 터뜨렸다. 일어서 있는 연이에게 다가온 선생님은 머리통을 때리려던 막대기를 멈추고 연이를 쳐다봤다.

"사비 연필 없어?"

머리통을 맞기 싫었던 연이는 얼른 변명했다.

"얘기했는데 새엄마가 안 사줬어요."

선생님이 연이의 눈을 들여다봤다.

"말씀은 드렸어?"

"네, 정말이에요. 근데…."

연이는 거짓말한 게 들킬까 봐 긴장했다. 너무 긴장하자 얼굴이 빨개지고 눈에 눈물까지 차올랐다. 선생님은 한숨인지 신음인지 '음 –' 하는 소리를 내뱉고는 교탁으로 가서 연이에게 사비 연필 하나를 건네주었다.

"이거 써라."

그것을 아이들이 다 보았다. 준비물을 가지고 오지 않아도 선생님이 때리지 않는 아이. 오히려 선생님 것을 쓰라고 주는 아이. 엄마가 계모인 아이. 동화책에 나오는 아이

처럼, 콩쥐처럼, 신데렐라처럼, 헨젤과 그레텔처럼 특별한
아이.

"내가 비밀 하나 알려줄까? 우리 엄마 새엄마야."

그러면 아이들은 단박에 눈이 커다래졌다. 미국에 고모
가 사는 소영이나 시험만 봤다 하면 백 점을 맞는 인철이,
자기 생일에는 선생님까지 집으로 초대하는 재선이는 특
별했다. 그렇지만 계모와 함께 사는 연이만큼 특별하지는
않았다. 연이가 복도를 지나가면 아이들이 뒤에서 수군거
렸다.

"쟤네 엄마 새엄마래."

다가와서 진지하게 묻는 아이도 있었다.

"학교는 어떻게 다녀? 새엄마가 학교 보내줘?"

연이는 새엄마와 살고 있다.

그렇지만 연이 곁에 내가 함께 산다는 것을 아는 사람은
아무도 없었다.

15. 일수놀이

여름이 되면서 정순의 배는 말 그대로 남산만해졌다. 원래 작은 체구가 아닌데다 임신 달수가 차면서 점점 몸이 났다. 앉았다 일어설 때마다 '끙' 하는 소리를 냈고, 집안일을 하는 것도 힘들어졌다. 밥하고 빨래하는 것은 그냥저냥 했는데 제일 힘들어하는 게 쓰레기 버리는 일이었다.

쓰레기차는 저녁나절에 왔다. 쓰레기를 실어가는 트럭은 새벽종이 울리고 새 아침이 밝았다는 노래를 귀청이 터지도록 크게 튼 채 골목 공터까지 올라왔다. 쓰레기차가 오는 시간은 해가 뉘엿할 때였지만 그래도 노래에서는 새 아침이 밝았다고 외치고 있었다. 도시 아이들은 '새마을 노래'를 쓰레기차 노래로 알고 있었다. 대통령님이 만든 노래라는데 쓰레기차 노래로 알고 있다니. 이 노래가 들리면 동네 여자들은 하던 일을 모두 멈추고 쓰레기통을 들고 공터로 종종걸음을 쳐 달려갔다. 쿵짝거리는 음악과 시끌벅적하게 뛰어가는 어른들의 발자국 소리는 아이들을 흥분시켰다. 동네 여자들을 따라 아이들도 달려가고, 아이들을 따라 개들까지 다 달려가니 동네가 온통 난리 법석이었다. 동네 사람들은 쓰레기통으로 쓰는 커다란 고무통, 널빤지로 만든 사과 상자를 들고 뛰었다. 배부른 정순도 뛰어야 했다. 쓰레기 버리는 일을 거르면 내일은 쓰레기통이 더 무거워지기 때문에 거를 수가 없었다. 트럭 짐칸에는 이미 악취를 풍기는 쓰레기가 가득 쌓여 있고, 그 위에는 고무장화를 신고 긴 고무장갑을 낀 아저씨가 버티고 서 있었다. 아저씨 한 사람은 트럭 밑에서 또 한 사람은 쓰레기 더미 위에서 여자들이 가져온 쓰레기통을 비웠다. 아저씨들이 쓰레기를 비운 빈 통을 다시 아래로 던져주면 먼지가 풀풀 날렸다. 연탄재에 배추껍데기, 쉰밥, 과자 봉지가 마구 뒤섞였다. 쓰레기차가 다시 새벽종을 울리며 떠나가면 동네 사람들은 머리와 옷을 탁탁 털었다. 트럭은 이미 떠났는데 그제야 쓰레기통을 들고 달리며 "아저씨, 잠깐만요!"를 외치는 아줌마들이 한 명씩은 꼭 있었다. 가끔 숙이 엄마가 정순을 도와주기도 했다. 숙이 엄마는 작고 깡말랐지만 팔뚝에는 힘줄이 울근불근했다. 그 팔뚝으로 연이네 쓰레기통을 가볍게 날라다주고는 또 어찌나 생색을 내는지 정순은 고맙다는 말을 하려다가도 그 말이 쏙 들어간다고 했다. 숙이 엄마는 말끝마다 주인집을 들먹였다. 주인집에서 세들어 사는 사람을 도와주는 것이 당연하다는 식으로 말했는데, 단칸방에 수도도 없는 부엌을 쓰면서 어떻게 그런 말이 나오는지 나도 어이가 없었다.

'주인집 아저씨'가 도와준 적도 있었다. 희숙이 아버지 말이다. 희숙이 아버지는 도대체 집에 들어오기는 하는 건지 통 얼굴을 볼 수가 없었는데 어쩌다 집에 오는 날은 늘 취해 있었다. 희숙이 아버지가 집에 온 다음 날이면 숙이 엄마는 남편이 토해놓은 옷이며 이불을 빨면서 욕을 해댔다.

"아이고 내 팔자야. 귀신은 뭐하나 몰라, 저런 인간 안 잡아가고."

나는 못 들은 척했다. 뭐 어쩌라는 거야? 나도 바쁜데.

희숙이 아버지 정신이 말짱한 어느 보기 드문 날 연이네 테레비가 고장이 났다. 소리는 나는데 화면이 나오지 않았다. 휴일이어서 〈형사 콜롬보〉 재방송을 보려던 기석은 낙

담했다. 사람을 부르니 마니 전파사에 들고 가니 어쩌니 시끄러워지자 희숙이 아버지가 좀 보자고 하며 나섰다. 동네 여자들 말이 손재주가 좋아 못 고치는 게 없다고 하더니 과연 희숙이 아버지가 테레비 뒤를 뜯어 손보기 시작한 지 5분도 안 되어 화면이 나왔다. 큰 기대 없이 희숙이 아버지가 하는 양을 지켜보던 기석은 '어라?' 하며 기뻐했다.

"안테나도 좀 볼게요. 이게 화질이 영…."

희숙이 아버지는 옥상 위로 올라갔다. 처음 이사 왔을 때 안테나를 매단 사람은 기석이었다. 기다란 금속 막대가 가로세로로 엮여 있는 안테나를 장대에 묶어서 높이 세워 두었었다.

희숙이 아버지는 옥상 턱에 올라섰다. 아무것도 잡을 것 없는 턱에 올라선 것을 보고 나는 깜짝 놀랐다. 기석은 저기까지는 못 올라갔다. 팔다리가 길어서 단단히 서 있는 느낌이 아니고 어딘지 허청대는 느낌이라 보는 사람이 더 위태위태했다. 희숙이 아버지는 안테나를 더 높이 세우고 이리저리 돌렸고, 기석은 방에서 테레비 상태를 살폈다.

"잘 나와요?"

"좀 흔들려요."

"이렇게 하면?"

"아! 나오네. 아니, 아니 금방이 더 좋았었는데. 아 그래! 지금 잘 나와요!"

옥상과 방에서 서로 소리치며 협동해서 안테나를 손봤다. 전보다도 더 높이 솟은 안테나를 보니 저렇게 눈에 띄게 해두어도 별 탈이 없을까 걱정이 되기도 했다.

이사 온 지 얼마 안 되었을 때 숙이 엄마와 정순이 마당 수도를 같이 쓰고 있었다. 정순은 부엌 수도는 밥하고 설거지할 때만 쓰고, 빨래나 배추 씻는 일처럼 물이 튀는 일은 밖의 수도를 썼다. 대문을 밀고 낯선 남자가 들어섰다. 대문은 늘 열려 있었지만 그래도 낯선 남자가 문을 두들기거나 '계세요?' 하지도 않고 이렇게 발부터 성큼 들이미는 일은 잘 없었다. 숙이 엄마도 정순도 엉거주춤 엉덩이를 들었다.

"시청료 받으러 왔습니다."

정순과 숙이 엄마는 둘 다 김이 팍 샜다. 참 당당하게도 돈을 받으러 왔네. 숙이 엄마는 도로 주저앉고 정순은 그대로 일어서 지갑을 가지러 들어가려는 참이었다. 그런데 숙이 엄마가 정순의 옷자락을 잡아 주저앉히며 말했다.

"이 집에 테레비 없는데요."

남자는 피식 웃는 기색이더니 그런 말 많이 들어봤다는

듯, 더 싸우기도 귀찮다는 듯 손가락으로 위를 가리켰다.
옥상 위에는 커다란 테레비 안테나가 달려 있었다. 안테나
가 있다는 것은 테레비가 있다는 증거였다. 그런데도 사람
들은 어떻게든 우기며 돈을 내지 않으려고 했다. 돈을 내
는 일은 모두가 싫어했다. 돈은 받는 것이 좋지, 내는 것을
좋아할 리 없었다. 안 내면 안 되는 돈, 이를테면 학교에서
내라는 돈인데 안 내면 아이가 친구들 앞에서 망신을 당한
다거나 벌을 서는 일이라면 알아서 돈을 냈지만 시청료 같
은 것은 모두 아깝게 생각했다. 시청료를 안 낸다고 해서
테레비가 안 나오는 것도 아니었으며, 주변에 시청료를 안
내는 집도 많이 있었다.

숙이 엄마가 시청료 수금원에게 딱 잡아뗐다.

"저건 옛날에 여기 살던 사람이 달아놓은 거고. 이 집은
새로 이사 왔는데 테레비가 없더라고."

"무슨 소리예요. 요즘 테레비 없는 집이 어디 있다고."

"여기 있잖아요. 우리 집에도 없는데? 이 집에도 없고."

"그럼 제가 들어가서 한 번 봐도 돼요? 정말 없는지?"

"집 안에 들어온다고? 어디 여자들밖에 없는 집에 남자
가 막 들어와? 안 돼요."

남자는 고개를 빼고 집 안을 들여다보려고 했다. 숙이

엄마가 그 남자를 몸으로 막았다.

"얼렁 나가요. 남의 집에 와서 왜 이런대?"

"그러니까 진짜 없는지 들어가서 보자고요."

"어딜 들어와? 들어만 왔단 봐라. 내가 뜨거운 물을 확
끼얹어버릴 테니까. 얼른 나가. 얼른!"

숙이 엄마는 몸으로 남자를 밀어붙였다. 정순은 보고만
있었다. 남자가 둘 중 더 순해 보이는 정순으로 상대를 바
꾸었다.

"아줌마, 정말 없어요?"

정순은 얼굴이 붉어졌지만 숙이 엄마와 남자가 몸싸움
까지 하게 된 마당에 산통을 깰 수 없어 조그만 소리로 '없
어요'라고 했는데 그건 내가 듣기에도 '사실은 있어요'라
는 소리로 들렸다.

"아줌마들이 뭘 몰라서 그러시나본데 시청료 안 내면
테레비 못 봐요. 방송 끊긴다구요."

"안 그래도 테레비 없어서 못 본다는데, 이 아저씨 왜 이
러실까? 나가요, 나가."

숙이 엄마는 남자를 대문 밖으로 밀어냈다. 남자가 고개
를 설레설레 저으며 돌아갔다.

남자가 나가자마자 숙이 엄마는 득의양양한 표정으로

정순을 쳐다봤다. 큰 싸움에서 이겼으니 대단하시다거나 고맙다거나 뭐 그런 치하의 말을 바라는 표정이었다. 정순은 입 속으로 웅얼거렸다.

"그냥 내도 되는데…."

숙이 엄마는 큰일날 소리 말라는 듯 손사래를 쳤다.

"아니, 생돈을 왜 내? 비싼 돈 주고 테레비 샀으면 그만이지, 왜 매달 돈을 또 내? 그리고 전기세는 안 내나? 테레비 볼 때 전기세도 내잖아. 그 잘난 테레비 하나 보는데 왜 돈을 이중으로 내래? 그리고 이게 한 번 주면 끝나는 건 줄 알아? 이달에 주면 담 달에 또 줘야 돼. 한 번 주기 시작하면 종신 줘야 되는 거라고. 두고 봐. 오늘처럼 이렇게 몇 번만 하면 이제 이 집에서는 돈 못 받는구나 하고 다시는 안 온다니까? 안 줘도 되는 돈을 왜 줘? 애 키우는 사람이 살림을 그렇게 하면 안 돼. 돈 무서운 줄을 알아야지."

정순은 뭐라 할 말이 없었는지 대답은 안 했지만 표정이 구겨졌다.

숙이 엄마는 매번 그런 식이었다. 방범비를 받으러 왔을 때도 동네 사람 밤길 편하라고 대문 앞에 밤새도록 방범등을 켜놓고 그 전기세를 이 집에서 물고 있는데 왜 방범비를 또 내느냐고 난리를 쳐서 그냥 돌아가게 만들었다. 그

때도 정순은 입이 댓 발 나왔었다. 숙이 엄마는 제 돈을 내가 벌어준 것이나 다름없는데 고맙다는 소리도 하지 않는다고 정순을 괘씸하게 생각했고, 정순은 남이 하는 살림에 이러쿵저러쿵 잔소리를 하니 자기가 시에미야 시누이야 하며 구시렁댔다.

* * *

처음에 이사 와서 들었던 대로 숙이 엄마는 작게 일수놀이를 했다. 숙이 엄마에게는 늘 현금이 있었다.

동네 여자들은 월급날이 가까워지면 돈이 씨가 말랐다. 동네 가게에 외상을 깔고 일주일에 한 번 오는 채소 구루마 아저씨에게도 외상을 했지만 아이들이 달라는 돈, 학교에 내야 할 급한 돈은 선생님에게 외상으로 하자고 할 수가 없었으니 현금이 있어야 했다. 집집마다 비슷한 때 돈이 떨어졌다. 보통 25일이나 말일에 월급을 받았기 때문에 월말이 가까워지면 모두 돈이 없었다. 그럴 때는 현금이 있는 숙이 엄마를 찾았다. 희숙이네는 방 한 칸에 온 식구가 함께 살았고, 부엌에 수도가 없어서 양동이로 물을 길어 부엌 안에 있는 독에 부어 썼고, 희숙이 아버지는 목공

기술을 가지고 있었지만 일은 작파한 지 오래된 것 같으니 돈을 번다고 할 수 없었고, 그 집 아들 희철이는 손목과 발목이 다 드러나는 깡뚱한 옷에 시커먼 얼굴을 하고 다녔다. 동네에서 가장 가난하게 보이는 집이 희숙이네였다.

그러나 숙이 엄마에게는 현금이 있었다. 동네 여자들은 '그 집에 현금이 있다'는 사실은 다 알고 있었지만 숙이 엄마에게 돈을 꾸는 것은 서로 감추고 말하지 않았다. 숙이 엄마에게 빌리는 돈은 목돈이 아니었다. 학교에 보낼 육성회비나 준비물 값, 말일까지 내야 하는 공과금 등의 적은 돈이었다. 큰돈이 아니었으므로 담보도 없고 따로 차용증을 쓰지도 않았다. 그저 숙이 엄마가 주머니에 늘 가지고 다니는 땀에 절어 누렇게 된 수첩에 '누구, 얼마, 언제까지'라고 쓰는 것이 전부였다. 언제부터 썼는지 알 수 없는 너덜너덜한 수첩에 숙이 엄마가 액수를 쓰고 돈을 빌리는 사람이 슬쩍 넘겨다보면 그것으로 끝이었다. 숙이 엄마는 돈을 꾸어줄 때 생색내지 않고 아무것도 따지는 것 없이 순순히 빌려주었다. 빌리는 사람도 아쉬운 소리 하지 않고 오히려 당당했다. 지금 마침 현금이 떨어져서 그렇지 사는 형편이 숙이 엄마보다 어렵지 않았기 때문에 돈을 빌릴 때도 꿀릴 것이 없었다. 그리고 숙이 엄마한테 꾼 돈은 말이

나지 않았다. 돈을 꾼다는 것은 자랑스러운 일이 아니었기 때문에 여기저기 소문이 나면 곤란했다. 숙이 엄마는 누구에게 돈을 꾸어주었다는 소리를 절대 하지 않았다. 그러니까 제때 원금과 이자를 갚기만 한다면 말이다.

숙이 엄마 돈은 이자가 있었다. 월 2부 이자를 날짜를 쳐서 받았다. 만 원을 꾸어 한 달을 쓰면 갚을 때는 만 이천 원을 갚아야 하는 식이었다. 보름 만에 갚으면 만 천 원. 닷새만 쓰고 준대도 반드시 이자를 주어야 했다. 공일에 사람은 놀아도 이자는 놀지 않는다는 것이 숙이 엄마가 늘 하는 말이었다. 돈을 빌린 사람이 '말일까지 돈을 주겠다'고 약속을 하면 그날이 되었을 때 숙이 엄마는 마치 평생 오늘만을 기다렸다는 듯이 행동했다. 식전부터 그 집에 찾아가 '오늘'이라고 말했다. 돈을 갚는 날이라고 아침나절부터 알려주는 것이었다.

"아유, 알았어요. 아침부터 웬 독촉이람. 그깟 애들 과자 값 가지고."

"그깟 과자 값 갚는 날이 오늘이요."

숙이 엄마는 그렇게 말하고 장사를 나갔다. 저녁에 숙이 엄마가 돌아올 때쯤에는 돈을 빌린 사람이 부리나케 달려가 원금과 이자를 갚아야 했다. 갚기로 한 날짜에 돈을 갚지 않으면, 그러니까 깜빡 잊었거나 미처 준비를 하지 못했을 뿐 떼어먹을 생각이 아니었는데도 숙이 엄마는 마치 천하의 사기꾼 대하듯 사람을 잡았다. 단란하게 저녁을 먹고 있는 그 집 대청으로 쳐들어가는 것은 당연했고, 왜 여편네 시켜 돈을 빌려 쓰고 사내놈이 불알 값을 못 하느냐며 그 집 남자의 멱살을 잡은 적도 있었다.

남자의 멱살을 잡은 것은 어쩌면 그날 한 번뿐이었을 테지만 숙이 엄마의 용맹함은 동네에 전설로 남았다.

16. 방학

저녁 밥상에서 정순이 말했다.

"연이 방학했어."

"아, 그래?"

기석이 사랑스러운 눈으로 연이를 보며 머리를 쓰다듬
었다.

"좋겠네. 내일부터는 힘들게 학교 안 가고, 공부도 안 하
고 맨날 놀겠네?"

정순은 입이 뾰족해졌다.

"1학년이 뭐 공부를 하면 얼마나 한다고."

기석은 들기름을 발라 구운 김 한 장을 밥 위에 얹어서
젓가락으로 솜씨 좋게 밥을 감쌌다. 기석이 그 밥을 연이

입에 넣어주자 정순이 또 끼어들었다.

"아유, 당신이나 어서 먹어."

정순은 손으로 김을 반으로 찢어 밥을 조금씩 싸서 연이의 밥그릇 위에 얹어주었다. 정순이 살뜰하게 아이를 챙겨주는 것인지 아니면 기석이 연이 입에 밥을 넣어주는 것이 눈꼴시어서 그러는 것인지 알 수 없었다. 김을 반으로 찢는 것도 아이가 먹기 편하라고 그러는 것인지 김이 아까워서 그러는 것인지 알 수 없어서 나도 입이 뾰족해졌다.

연이는 김에 싼 밥을 집어서 냠냠 잘도 먹었다. 연이가 김을 좋아하는 것은 나도 알고 기석도 알고 있었다. 정순도 이제는 알게 된 모양이었다. 기석은 연이와 같이 밥을 먹다가 연이의 젓가락이 자주 가는 반찬이 있으면 그 반찬에는 손대지 않았다. 연이가 좋아하는 반찬은 김, 오뎅, 계란이었다. 계란은 후라이도 좋아했고 찜도 좋아했고 계란말이도 좋아했다. 그렇지만 정순은 계란 반찬을 자주 하지는 않았다. 오히려 미호댁이 매일 연이에게 계란을 먹였다. 시골집에는 계란을 낳는 암탉이 있었기 때문이지만 그래도 나는 미호댁이 연이에게 계란을 먹일 때마다 고마웠다. 계란은 귀한 음식이었기 때문에 시골에서는 잘 모아두었다가 짚으로 열 개씩 엮어서 장에 내다 팔았다. 이웃집에 큰일이 있을 때 부조를 하기에도 계란이 딱 좋았다. 그래도 미호댁은 연이가 계란 먹는 것을 아까워하지 않았다. 대신 하루에 하나씩만 주었다. 어쩌다 닭이 계란을 여러 개 낳는 날은 연이 몫으로 하나를 떼어두고 남는 계란은 시렁에 매달린 철사로 된 바구니에 넣어두었다.

정순이 기석에게 말했다.

"쉬는 날에 연이 시골에 데려다주면 어때? 여기서는 연이가 뭐 하고 놀 것도 없고. 시골이 애들 놀기에 좋잖아. 방학 끝나면 데려오고."

기석이 정순을 쳐다봤다.

"방학 내내?"

"내내라고 해봐야 뭐 얼마 되나? 그래 봐야 한 달이지. 어머니도 적적하시잖아."

기석은 대답 대신 연이의 밥그릇 위에 놓인 김에 싸놓은 밥을 젓가락으로 집어 다시 연이 입에 넣어주었다. 정순은 눈살을 찌푸렸다.

기석은 그 주 토요일에 연이를 데리고 시골 가는 버스를 탔다. 동화책 한 권과 여름옷 몇 벌을 넣어 빵빵해진 책가방도 들고 갔다. 할머니 선물로는 초코파이 한 상자를 샀다. 연이는 차를 타면 항상 멀미를 했다. 버스가 낡아 기름 냄새가 나면 더 심하게 멀미를 했다. 여름이라 창문을 활짝 열고 가니 좀 괜찮은가 싶었지만 역시나 연이가 토하고 싶다고 해서 기석은 목적지보다 훨씬 전에서 내려야 했다. 미호댁네는 버스에서 내린 뒤에도 십 리 길을 걸어 들어가야 하는 곳이었는데 그보다 일찍 내렸으니 훨씬 더 먼 길을 걸어야 했다.

연이는 얼굴이 빨갛게 되어 땀을 뻘뻘 흘리면서도 타박타박 잘 따라 걸었다. 포장도로를 벗어나 돌이 많은 흙길로 들어서자 기석이 나뭇가지 하나를 길게 꺾었다. 그리고 길쭉한 나뭇잎 몇 장을 따서 이리저리 엮어 성냥갑만한 네모진 모양을 만들어 나뭇가지 끝에 빠지지 않게 잘 끼웠다. 그것은 자동차가 되었는데, 조종은 나뭇잎 상자와 연결된 나뭇가지로 하면 되었다. 기석은 연이에게 나뭇가지를 쥐어주었다.

"자동차 갑니다. 빵빵! 비키세요."

연이는 나뭇가지 끝을 잡고 신중하게 자동차를 몰았다. 길은 울퉁불퉁하고 돌이 많았다. 조금 큰 돌이 있으면 옆으로 잘 돌아서 가고, 작은 돌은 타고 넘었다. 웅덩이는 아주 작은 것이라도 조심해야 했다. 기석이 옆에서 중계를 하며 따라왔다.

"잘 갑니다. 아, 빠릅니다. 앗! 앞에 커다란 바위가 있네요. 조심해야 돼요."

연이는 빙긋 웃고는 가지를 들어올려 나뭇잎 자동차가 큰 돌을 훌쩍 뛰어넘도록 했다.

"우와아, 이제 보니 날아가는 자동차였네요."

연이가 깔깔대며 웃었다. 아빠와 이렇게 장난을 치며 걸으면 십 리 길이 멀지 않았다. 거의 다 와 지칠 때쯤 한 번의 고비가 있었다. 완만하던 평지에서 갑작스레 오르막길이 나타났다. 바로 모새고개였다. 모래가 많아 발이 미끄러졌다. 고갯마루에 올라서면 양달뜸, 응달뜸 할 것 없이 온 마을이 훤히 내려다보였다. 그 고갯길은 어른도 걷기 쉽지 않았다. 연이가 어릴 때는 내가 등에 업거나 기석이 안고 고개를 올랐고, 그때(내가 죽었을 때) 기석이 연이를 시골집에 데려다줄 때는 아이가 안쓰러워 그랬는지 기석이 십 리 길을 내내 업고 갔다.

양달뜸 두 어른은 오랜만에 본 손녀딸을 서운하지 않을 만큼 반가워해주었다.

기석은 다음 날 집으로 돌아가면서 다음 주에 회사에 휴가를 내고 다시 오겠다고 했다. 나와 연이만 남았다. 살던 곳에 오니 좋았다. 시골은 여름철이면 모든 곳이 활짝 열려 있었다. 열린 문이 혹시 바람결에 닫힐까 봐 문을 끈으로 묶어놓기도 했는데, 내 입장에서는 시골살이가 훨씬 편했다. 어디든 갈 수 있었고, 어딘가에 갇힐 걱정을 하지 않아도 되었기 때문이다. 이 동네는 모르는 곳이 없었다. 하루 종일 연이를 보고 있지 않아도 마음이 편했다. 혼자서 뒷산 그늘에 한동안 앉아 있다 와도 연이에게는 아무 일도 생기지 않았다. 미호댁은 계란이랑 쌀밥으로 아이에게 밥을 먹였고, 또 어쩌다 못 먹였다 하더라도 괜찮았다.

여름 해는 길었고 연이는 마당의 평상에 엎드려서 책을 읽었다. 연이가 읽고 있는 글자가 많은 책을 보고 미호댁은 깜짝 놀랐다.

"이 글씨를 죄다 아는겨?"

"다 알아요. 전에부터 애기였을 때부터 다 알았어요."

"얼라려… 그렸어?"

미호댁의 주름진 입가가 살짝 올라갈락 말락 하는데

"할머니는 몰라요?"

미호댁의 입매가 다시 쑥 내려가 심술궂어졌다.

연이는 이렇게 많은 글자를 다 읽을 수 있다는 것을 증명하듯 큰 소리로 책을 읽기 시작했다.

"아버지는 이 집 저 집 돌아다니며 콩쥐에게 동냥젖을 얻어먹여야 했습니다. 아버지 혼자서 아기를 키운다는 것은 정말 힘든 노릇이었습니다."

미호댁은 귀 기울여 들었다. 가끔 고개를 끄덕이며 입속말로 '그렇지… 맞네… 저런 망할…'이라고 중얼거리기도 했다. 미호댁이 몽당숟가락으로 감자 한 바가지를 다 벗기는 동안 연이는 계속 책을 읽었고, 콩쥐는 원님의 아들과 행복하게 살게 되었다.

일주일 만에 기석이 다시 왔다. 회사가 여름휴가여서 토요일 하룻밤만 자고 가는 것이 아니라 며칠 있겠다고 했다.

"아빠랑 천렵가자."

기석은 시골에 내려오면 동네 친구들과 함께 큰 개울이 있는 다른 동네로 천렵을 가곤 했다. 여름에는 은어를 잡고, 겨울에는 빙어를 잡아 매운탕을 끓여먹었다. 물고기는 족대나 통발로 잡았다. 물에 밧데리를 넣어 쏘가리를 잡는 방법도 있었지만 그것은 쏘가리뿐만 아니라 송사리, 피라미까지 온 개울의 물고기 씨를 말리는 일이었기 때문에 동네 어른한테 걸리면 혼쭐이 났다. 배를 허옇게 뒤집고 물위에 떠오른 물고기를 보는 것도 기분 찜찜한 일이었다. 기석은 물고기는 잡을 때 퍼덕거리는 손맛으로 잡는 것이지 죽은 고기를 건져내는 것이 무슨 재미냐며 전기로 고기 잡는 사람들을 욕했다.

결혼한 지 얼마 안 되었을 때 기석은 천렵에 나를 데리고 가려 했지만 미호댁이 못 가게 한 적이 있었다. 남정네들이 웃통 벗고 팬티 바람으로 왔다갔다하는데 따라갈 마음을 믹는 나를 얼척없게 보았다. 기석 혼자 가는 것이 아니라 그의 친구들이 함께 간다는 말에 나도 포기했었다. 이제 기석은 연이를 데리고 천렵을 가겠다는 것이다. 기석은 아이랑 같이 고기를 잡아서 매운탕을 끓여먹겠다는 생각에 아주 신이 났다. 미호댁이 채비를 해주었다. 양은 도시락에 밥 한 그릇을 담고, 된장도 따로 담았다. 텃밭에서 풋고추 몇 개를 뚝뚝 딴 뒤 통발을 챙겼다. 기석은 국민학교 동창에게 자전거를 빌려서 짐받이에 연이를 앉혔다. 쇠로 된 짐받이에 앉아 있는 말캉한 연이의 엉덩이가 걱정이 되었는지 기석은 잠시 머뭇거렸다.

"조금 멀리 가야 되니까."

기석은 짐받이 위에 홑이불을 착착 접어 방석처럼 깐 뒤 이불이 떨어지지 않도록 끈으로 단단히 묶었다. 짐받이가 폭신해졌다. 그 위에 연이를 앉히고 양은 냄비며 숟가락, 어탕을 끓일 양념을 챙겨 넣은 봉지는 자전거 손잡이 쪽에 단단히 묶었다. 기석이 드디어 자전거 위에 올라앉았다.

"꼭 잡아라."

연이가 아빠의 허리를 잡았다. 나는 연이 뒤에 바싹 붙어 앉아 연이를 가운데 둔 채 기석의 허리를 꽉 끌어안았다. 내가 뒤에서 이렇게 잡고 있으면 연이가 더 안전할 것 같기도 했다.

자전거가 시골길을 달렸다. 자전거가 끼익끼익하는 소리, 손잡이에 걸린 냄비며 그릇들이 왈가닥달가닥하는 소리, 우악스런 매미 소리가 들렸다. 자전거의 속도 때문에 나는 눈을 꼭 감았다.

"연이 무섭지 않니?"

앞에서 기석이 소리쳤다.

"안 무서워!"

연이는 안 무서워도 나는 무서워서 기석의 허리를 더 꼭 잡았다. 허리가 조금 늘었나? 원래 몸피가 작은 사람인데 새 각시를 맞더니 슬슬 살이 좀 붙는 모양이었다.

자전거로 한참을 달려도 기석이 말한 물 반, 고기 반이라는 개울은 좀체 나타나지 않았다. 안 그래도 더운 여름에 처자식까지 싣고 자전거를 굴리려니 기석은 땀에 흠뻑 젖었다. 목덜미로 땀이 줄줄 흘러내리는 것이 보였다. 부채질이라도 좀 해주었으면 좋겠는데. 나는 안타까워서 입을 오므려 뜨거운 밥을 식힐 때처럼 기석의 목덜미에 대고 호호 불었다. 기석의 뒷머리가 조금 흔들리는 것처럼 보였는데, 내가 입으로 분 바람 때문인지 그때 마침 진짜로 바람이 살짝 불었기 때문인지는 모르겠다.

도착한 개울은 넓고 물도 많았다. 그늘이 있는 곳으로 가려면 산길을 조금 올라가야 해서 기석은 자전거에서 내려 자전거를 끌고 갔다. 자전거에, 짐에, 어린 딸까지 건사하느라 고생이 이만저만이 아니어서 고기 잡을 힘이 남아 있을 것 같지도 않았다. 숲이 우거진 곳까지 가니 물은 더 세차게 흘렀다. 개울 덕분인지 숲 그늘 덕분인지 그곳은 다른 곳과는 비교도 안 되게 시원했다. 물이 맑아 헤엄치는 물고기들이 훤히 들여다보였다. 연이는 물 밖에서 물고기를 들여다보다 한 발 두 발 들어오더니 몸이 푹 잠기도록 개울 안으로 들어가 물고기를 구경했다.

"아빠, 저기 고기 있어. 저기도! 와아, 진짜 크다!"

기석은 물속에 된장 넣은 통발을 던져 떠내려가지 않도록 돌로 단단히 고정시켰다. 그러고 나서 물속에 버티고 서서 족대질을 했다. 연이가 물고기를 몰아주었다. 발로 물을 첨벙첨벙하고 물가의 수풀을 흔들었다.

"여기, 여기! 그렇지, 잘한다!"

기석이 소리쳤다. 기석은 족대를 들고 물고기를 쫓아가다 몇 번이나 물속에 털썩 주저앉았다. 앞으로 엎어져 얼굴부터 풍덩 빠지기도 했다. 연이는 그런 기석의 모습을 보며 자지러지게 웃었다. 나도 웃음이 났다. 기석은 물에 젖어 거치적거리는 윗도리를 벗어버렸다. 햇빛 아래 있으니 젖은 몸이 반짝거리는 것처럼 보였다. 나도 열심히 고기를 몰았다. 손으로 물을 뿌리고 발로 물을 찼다. 나는 소리치고 허리를 꺾으며 웃어댔다. 내가 물속에서 첨벙거려도 물은 잔잔히 흘러갈 뿐이었고, 내가 소리치는 것을 아무도 듣지 못했지만 나는 즐거웠다. 이렇게 즐거운 날이 있었나? 살아 있는 동안에 이렇게 재미있는 날이 있었나? 기석과 나와 연이 셋이 살 때 우리는 왜 이런 곳에 와서 이렇게 놀아보지 못했을까? 나 때문이었겠지. 나는 늘 아파 이곳까지 올라올 기력이 없었으니까. 어쩌다 괜찮아져 기운이 나면 얼른 아이에게 밥을 먹이고 집을 치워야 했지. 기석이 쉬는 날이 되어도 아픈 안사람과 아기를 데리고 이런 곳에 놀러 올 수는 없었겠지. 사는 동안에는 사느라고 기운을 다 써버려 놀지도 못하다가 죽고 나서 귀신이 되어 이런 곳에서 이렇게 깔깔대며 웃고 있다니. 나는 처음 웃어보는 것처럼 웃었다. 처음 뛰어보는 것처럼 뛰었다. 큰 소리로 말하고 박수치며 기석이 말하면 내가 말하고, 연이가 묻는 말에 내가 대답했다. 셋이서 아무렇지 않게 어울렸다. 우리는 가족이니까, 이렇게 셋이 진짜 식구니까 우리 셋이 이렇게 즐거운 것은 당연했다.

족대질은 영 신통치 않았지만 통발에는 물고기가 많이 잡혔다. 쪼그려 앉아 통발을 들여다본 연이가 엉덩이를 들썩이며 좋아했다. 나도 같이 박수쳤다. 기석은 물고기 이름도 잘 알았다.

"요거는 꺽지, 요거는 돌고기. 돌고기 이거 맛있어. 기름이 잘잘 흘러서 기름치라고도 하거든. 이거는 빠가사리인가 퉁가리인가, 어? 만지면 안 돼. 가시에 찔려."

기석은 크기가 알맞은 돌을 가져와 작게 화덕을 만들고 그 위에 냄비를 얹었다. 배를 가르고 내장을 제거한 물고기들과 된장을 냄비에 넣은 뒤 고추도 뚝뚝 잘라 넣었다. 삭정이들을 모아 불을 피우니 냄비 안의 재료들이 금세 바글바글 끓었다. 연이도 기석도 팬티만 입고 다 벗었다. 널찍한 바위 위에 젖은 옷들을 펼쳐서 널었다. 도시락에 담아온 밥이랑 어탕을 먹었다. 제대로 끓인 탕이 아닌데도 물놀이 끝이라 배가 많이 고팠는지 연이는 잘 먹었다. 기석도 마치 딸아이와 다투듯이 어탕을 먹은 뒤 바위 위에 드러누웠다. 자전거 타고 이곳까지 와서 고기 잡는다고 또 불 피운다고 그 난리를 쳤으니 지치기도 했을 것이다.

"연아, 너도 여기 와서 누워."

연이가 키득거리며 아빠 옆에 누웠다. 나도 슬며시 그 옆에 누웠다. 바위는 따뜻했다. 바위에 누우니 하늘에 흘러가는 구름이 보였다. 개울물 소리도 들렸다. 구름을 바라보며 물소리를 듣고 있으니 그 소리가 마치 구름이 흘러가는 소리처럼 들렸다. 가끔 새도 울었다. 여기서 이렇게 기석과 연이와 함께 우리 식구 셋이서 바위 위에 누워 평생을 이렇게 보낼 수는 없을까? 따뜻한 바위에 누워 물소리, 새소리를 들으며 배부르게 먹고 낮잠도 자면서….

연이는 이내 잠이 들었다. 잠들지 않을 수 없는 햇볕과 바람이었다. 가느다란 앞 머리카락이 보일 듯 말 듯 살짝 흔들렸다. 그런 딸아이의 머리카락을 쓰다듬다가 기석도 잠이 들었다. 잠들지 않을 수 없는 햇볕과 바람이었으니까.

이렇게 평화롭고 행복한 시절이 있었나… 내가 살았을 때도 말이다. 살면서 크게 행복한 날이 있었나? 나는 조실부모한 가난한 여자가 살 법한 인생을 살았다. 책을 읽는 남자와 결혼을 했을 때는 좋았나? 좋았다. 그렇지만 마

음은 편치 않았다. 듣고 있으면 몸이 쪼그라들다 못해 녹
아 없어질 것 같은 미호댁의 말이 새끼줄처럼 나를 꽁꽁
옭아맸다. 아무것도 가진 것이 없는데 하다못해 성한 몸
뚱이 하나 마저도 없는 주제였기 때문에 나는 언제나 마
음을 졸였다. 내가 기석의 마음에 들지 않을까 봐, 가진 것
없고 병들어 쓸모없는 나를 지친 기석이 어느 날 내다버릴
까 봐, 그래서 거리에서 죽게 될까 봐 기석이 아무리 잘해
주어도 불안했다. 겨우 낳은 딸마저 제대로 먹이고 입히지
못하는 것이 어쩌나 미안하던지, 아무리 미안해도 할 수
있는 일이 없어서 나는 불행했다. 있어도 소용없는 나는
그냥 없어지고 나니, 죽어버리고 나니 오히려 마음이 편했
다. 내가 엄마로 아내로 있으면서 아무 일도 하지 못하는
것보다 차라리 죽어 없어져버린 것이 더 속 편했다. 내가
없어짐으로써 내 딸과 남편에게 튼튼한 엄마와 아내가 새
로 생긴 것이었다. 그래서 나는 죽고 나서야 비로소 행복
할 수 있었다.

그런데… 그 탓이었나 보다. '오늘이 제일 좋아. 오늘이
제일 행복해'라고 생각한 것이 사단이었다. 내가 좋아하며
웃고 즐거워했기 때문에. 내 주제에, 아이를 낳아놓기만
하고 제대로 키우지도 못하고 죽은 주제에 '아아 좋아, 계

속 이랬으면'이라고 생각했기 때문에 그런 일이 생겼을 것이다. 내 탓이었다.

연이가 먼저 잠에서 깨었다.

"오줌…."

기석의 무거운 눈꺼풀은 떠지지 않았다.

연이는 일어나서 주위를 둘러보았다. 연이는 햇볕이 쨍쨍한 곳에서 엉덩이를 내놓기가 그랬는지 바위에서 내려와 수풀이 우거진 비탈 쪽으로 들어갔다. 이쯤이면 되겠다 싶은 곳에서 연이는 오줌을 누었다. 낙엽이 폭신하게 깔린 곳이어서 오줌 줄기는 길게 이어지지 않고 바로 땅속으로 스며들었다. 연이는 볼일을 보고 조심조심 비탈을 내려왔다. 올라갔던 그 길로 그대로 내려오면 안전하게 아빠 곁에 가서 다시 누울 수 있었을 것이다. 아빠를 깨워서 이제 그만 돌아가자고 말할 수 있었을 것이다. 연이는 발밑을 조심하느라 땅을 내려다보며 다음 발 디딜 곳을 찾으면서 비탈을 내려왔다.

─ 거기, 아니 거기 말고. 아, 그 옆쪽이 더 좋았을 걸. 그래, 조심해서 천천히 내려와.

연이는 개울가로 다시 내려왔지만 아빠가 누워 있는 바위와는 좀 떨어진 곳이었다. 기석이 잠들어 있는 바위 쪽으로 가려면 물을 건너야 했다. 물속의 돌을 몇 개 밟고 서너 걸음? 대여섯 걸음만 이쪽으로 옮기면 금방이었다. 나는 왠지 조마조마해서 연이 뒤에 바짝 붙어 섰다. 내가 단단히 붙들어줄 수 있다면 좋았겠지만. 이쪽이 아니라 저쪽으로 가면 된다고 말해줄 수 있다면 좋았겠지만. 그늘진 곳에 있는 돌에는 이끼가 끼어 있었다. 연이는 시골에 오기 전 신발 가게에서 빨간 여름 샌들을 샀다. 시골에는 이런 반짝이는 샌들을 신은 아이가 아무도 없었다. 도시 아이들은 여름에는 샌들, 겨울에는 털부츠를 신었는데, 시골에서는 아직도 여름에 고무신을 신었다. 그 샌들은 어른 구두를 흉내내어 굽이 높지는 않았어도 바닥이 평평하지 않고 약간 뾰족했다. 사다리꼴 모양의 굽이 달려 있었다. 젖은 샌들 바닥이 미끄러웠는지 연이가 비틀거렸다. 나는 가슴이 철렁했는데 연이는 풀썩 주저앉으며 겨우 중심을 잡아 물속에 엎어지지는 않았다. 다행이라고 생각하기 무섭게 연이는 놀라는 표정을 지었다. 뭐지? 그 순간 내 눈에 개울물에 떠내려가는 연이의 빨간 샌들이 보였다. 미끄러지면서 연이의 신발이 벗겨진 모양이었다.

"내 신발!"

연이는 벌떡 일어나 떠내려가는 샌들을 따라갔다. 연이의 시선은 빨간 샌들에 고정되어 있었다. 가벼운 샌들은 물 위에 떠서 유유히 흘러갔다. 아이가 흐르는 물속을 걸어서 그 샌들을 잡을 수는 없었다. 샌들은 그냥 포기해야 했다. 아니면 소리쳐서 아빠를 깨웠어야 했다. 아니면… 아니면 엄마를 불렀어야 했다. 엄마! 엄마! 부르며 울었어야 했다. 아이들은 위급한 상황에 엄마를 부른다. 돌부리에 걸려 넘어지거나 깜짝 놀라면 '엄마야!'라고 한다. 엄마! 엄마야! 무슨 일이 있으면 엄마가 해결해주니까. 엄마가 배고프면 밥 주고, 울면 달래주니까. 다른 아이들은 다 그랬다. 그런데 연이는 그러지 못했다. 연이는 엄마라는 말을 제일 처음 배웠지만 곧 엄마를 불러도 엄마가 금세 달려오지 못한다는 사실을 알게 되었다. 엄마가 누워 있는 이부자리 옆에서 연이가 울어도 나는 자리를 박차고 일어나 안아주지 못한 적도 많았다. 그래서 연이는 넘어져도 엄마를 찾지 않는 아이가 되었을 것이다. 그리고 지금 엄마를 찾는다고 해도 무슨 소용이 있겠는가!

연이는 샌들을 잡으려고 허우적대며 쫓아갔다. 나는 물속으로 뛰어들었다. 내가 저 샌들을 잡아줄 수 있었으면,

내가 자고 있는 기석을 깨울 수 있었으면, 내가 연이의 어깨를 잡아 세우고 신발은 놔두라고 엄마가 또 사주겠다고 더 예쁜 것으로 사주겠다고 말할 수 있었으면. 흐르는 물을 멈출 수 있었으면! 내가 다시 살아날 수 있었으면! 그래서 한 번이라도 제대로 엄마 노릇을 할 수 있었으면!

그곳에는 물빛이 다른 곳이 있었다. 개울물은 연이 허리보다 낮은 깊이였지만, 수풀 아래 어디쯤에는 흰 물빛이 아니라 조금 더 푸른빛인 것도 같고, 초록빛이거나 약간 검은 빛조차 도는 소沼가 있었다. 연이의 빨간 샌들은 연이를 꼬여내듯이 그곳 한가운데로 흘러가 빙글빙글 돌고 있었다.

연이는 그곳으로 향했다. 내가 소리쳤다.

– 연아! 연아! 가지 마!

연이가 돌아본다고 생각했다. 내 말을 들었다고 생각했다. 그 순간 연이의 발목을 잡아채는 무언가가 보였다. 어떤 손이었다. 푸른빛이 도는 소의 한가운데서 마르고 흰 손이 뻗어 나와 연이의 발목을 잡았다. 연이는 저항하지도 못하고 넘어졌다. 푸른 소는 연이의 키보다 훨씬 깊었다. 연이는 물에 빠졌다!

나는 비명을 지르며 푸른 소로 뛰어들었다. 연이는 소리도 내지 못하며 허우적거렸다. 사방은 조용했고 물 흐르는 소리와 연이가 허우적대며 내는 첨벙첨벙 소리만 들렸다. 나는 연이의 팔을 잡았다. 내가 잡고 있는 이것은 연이의 팔인가? 미끌미끌한 하얀 손. 연이의 다리를 잡고 끌어당기고 있는 손. 물속에 무언가 있었다. 긴 머리카락을 물풀처럼 너울거리고 있었다. 꿈에 나타날까 무서운 얼굴의여자가, 눈자위는 빨갛고 낯빛은 하얀 여자가 억센 손으로연이 발목을 잡고 있었다. 나는 그 여자의 손을 움켜잡았다. 손가락을 잡아 뜯어냈다. 여자가 안간힘을 쓰며 놓지않으려고 했다. 나는 여자의 팔뚝을 이로 물어뜯었다. 여자가 캭! 소리를 냈다. 나는 이로 여자의 살점을 뜯어내고뼈를 부숴버릴 기세로 달려들었다. 손톱과, 송곳니, 어금니, 그리고 발길질로 공격했다.

– 내 딸이야! 놔! 내 딸이야!

물속의 여자가 이를 드러내며 웃었다. 이 사이에 푸른이끼가 끼어 있었다. 손가락을 뒤로 꺾어 연이에게서 여자의 손을 떼어낸 순간 연이가 물 위로 쑥 들려 올라갔다.

"연아!"

연이를 물속에서 끌어올린 사람은 기석이었다. 혼비백산한 기석이 연이를 건져내 물가에 눕혔다.

"연아, 연아!"

연이는 축 늘어졌다. 숨을 쉬고 있는지, 심장이 뛰고 있는지 알 수 없었다. 기석은 연이를 흔들고 배를 누르고 팔다리를 비비고 연이 입에 숨을 불어넣으며 연이를 계속 불렀다. 그 모습을 지켜보는 나는 이미 죽었는데도 또다시 죽을 것 같은 고통이 밀려왔다.

그때 연이가 꿈틀하는 것이 보였다. 연이가 일어섰다.

– 엄마!

연이가 나를 불렀다. 나를 보았다. 내게 다가왔다.

– 엄마….

아아, 얼마 만에 들어보는 소리인지, 나를 쳐다보는 연이의 눈길은 또 얼마 만인지. 저 풀싹 같은 머리카락, 통통한 종아리, 열 손가락 끝에 달려 있는 꽃잎같이 연한 손톱까지…. 나는 두 팔을 벌렸다. 연이가 뛰어와 내 품에 덥석 안기면 으스러지게 끌어안고 등을 쓰다듬으며 엉덩이를 토닥이고 머리를 쓸어내리고 싶었다. 나는 연이를 너무나 만지고 싶었다. 연이가 한 걸음씩 내게 다가왔다. 너무나 그리운 목소리….

그러나 그 순간 나는 휘청했다. 벼락같이 깨달았다. 기석은 여전히 물가에 쓰러진 연이를 흔들고 있었다. 내 앞으로 다가오는 또 하나의 연이는? 연이가 내게 오는 것은…? 내가 연이를 맞는 것은…!

– 오지 마, 오지 마라! 연이야, 오지 마!

연이가 주춤했다. 연이 눈에 서운함이 떠올랐다.

– 엄마….

낳기만 하고 제대로 키워주지 못한 엄마. 배고플 때 때맞춰 먹여주지 못한 엄마. 재워주고 씻겨주고 놀아주지 못한 엄마. 이런 때 안아주지도 않아? 이렇게 오랜만인데? 물속에서 얼마나 무섭고 힘들었는데. 나를 안아주지도 않

246

아? 나는 뒤로 한 걸음 물러섰다. 그러자 연이가 한 걸음 더 다가왔다. 내가 자꾸만 뒤로 물러서도 연이는 손을 뻗으며 애타게 나를 부르며 다가왔다.

　－엄마, 엄마….
　－연아 오지 마!

더 물러설 곳이 없었다. 연이는 바로 내 앞까지 다가왔다. 연이를 끌어안고 볼을 비비고 싶어 가슴이 미어졌다. 내게 안기려는 연이 어깨를 잡아 세웠다. 연이 얼굴에 원망이 떠올랐다.

　－가!
　－싫어, 안아줘.

나는 연이 뺨을 맵게 때렸다. 철썩! 하는 소리가 숲을 울릴 만큼 크게 들렸다.

　－아빠한테 가!

나는 연이 어깨를 잡아 매몰차게 돌려세웠다.

기석이 보였다. 얼굴이 시뻘게진 기석이 물가에 늘어져 있는 연이의 뺨을 찰싹찰싹 때렸다. 연이 배와 가슴을 누르고 입에 숨을 계속 불어넣었다. 나는 연이의 등을 떠다밀었다. 내 손에 잡혔던 연이 어깨가 스륵 빠져나가는 느낌이 들었다. 누워 있던 연이가 물을 토해내는 것이 보였다. 연이는 쿨럭쿨럭 기침을 하며 물을 토해냈다. 기석이 연이를 일으켜 꼭 안고 볼을 비볐다. 연이는 울음이 터졌다. 기석이 연이보다 더 크게 목놓아 울었다.

나는… 통곡했다.

17. 장마

비는 고마운 존재다. 비가 오지 않으면 땅에서 나는 먹을 것들이 자라지 않고, 저수지도 말라버린다. 우물이 마르고 수돗물이 끊기기도 한다. 가물면 누구든 살기가 힘들다. 그러니 내리는 비를 원망해서는 안 된다. 그렇지만 이왕에 올 비라면 좀 골고루 오면 좋지 않을까 싶다. 천천히 차분히 조금씩. 이렇게 쏟아붓듯이 오는 비는 아무래도 고마워할 수가 없다.

무슨 외국 여배우 이름 같은 태풍이 왔다고 하는데 그 여자 성깔이 보통이 아닌지 비바람이 엄청났다. 비가 위에서 아래로 내리는 것이 아니라 옆으로 이리저리 몰려다니는 것 같았다. 물벼락이라는 말이 있듯이 아랫동네에서는 진짜로 벼락을 맞은 것처럼 물난리가 났다.

이 집에도 작은 난리가 났다. 연이가 나오지 않는 테레비 앞에서 폭발하고 말았다. 요즘 연이가 무슨 일이 있어도 놓치지 않는 일이 저녁 6시에 하는 인형극을 보는 일이었다. 그날 하필이면 제일 좋아하는 〈부리부리박사〉를 하는 날이었다.

"나는야 부리부리 부리부리 박사, 도토리 세알에다 장미꽃 한 송이, 달님 속 계수나무 별똥별 하나~."

연이는 부리부리 박사가 하는 노래를 큰 소리로 따라 불렀다. 연이는 노래하고 춤추며 재롱부리는 아이가 아니었다. 연이가 노래하는 것은 학교 음악 시간이랑 부리부리 박사를 볼 때뿐이었다. 노래 후렴은 부리부리 훌타인지, 부리부리 불따인지 알 수가 없었다. 매번 정신을 똑바로 차리고 잘 들어보려고 귀를 기울였지만 어느 날은 훌타로 들리고, 어느 날은 불따로 들렸다. 연이는 부리부리 훌딱이라고 했다. 훌딱은 아닌 것 같아서 웃음이 났다.

훌타든 훌딱이든 아무튼 그날은 비바람 때문에 테레비가 제대로 나오지 않았다. 방송국에서 소리와 그림을 하늘로 날려 보내면 그것을 집집마다 설치된 안테나가 잡아채서 방에 있는 테레비로 보내주는 것이라고 기석이 설명

해주는 것을 나도 들은 적이 있었다. 비바람이 부는 날에는 날아다니는 것들을 잡기가 당연히 어려웠다. 그날 안테나는 부엉이 박사를 자꾸만 놓쳤고, 놓친 부엉이를 잡아줄 희숙이 아버지도 며칠째 집에 들어오지 않고 있었다. 부엉이 박사가 노래를 한 소절 하다 말고 사라지고, 실험실에서 연기가 피어오르다 말고 지지직거리자 연이는 끝내 울음을 터뜨렸다. 이러다간 발명품이 무엇인지 보지도 못하고 극이 끝나게 생겼다. 비는 세차게 내렸고 연이는 세차게 울었다. 정순은 짜증을 냈다.

나는 안타까운 마음을 어찌지 못하고 밖으로 나왔다. 옥상을 올려다보고는 깜짝 놀라고 말았다. 비가 장대처럼 내리꽂히는 옥상에 희철이가 서 있었다. 희철이가 입은 하얀 러닝사쓰는 이미 푹 젖어서 윗도리를 아예 안 입은 것처럼 보였다. 바지도 다 젖어서 종아리에 감겼다. 안테나에 키가 안 닿는 희철이는 위험하게도 옥상 턱에 올라서서 안테나를 돌리려 애쓰고 있었다. 나는 가슴이 조마조마해서 두 손을 모은 채 고개를 빼고 희철이를 바라봤다. 희철이가 안테나를 돌려 방향을 바꿔놓고는 부리나케 아래로 뛰어내려왔다. 늘 테레비를 훔쳐보던 그 자리에서 안을 들여다보았다. 테레비가 잘 안 나오면 다시 뛰어올라갔다. 희철이는 오르락내리락 몇 번이나 반복했다. 다섯 번째인가 부엉이가 드디어 화면에 나타나서 춤을 추었고 울던 연이도 조용해졌다. 연이가 노래를 따라 부르고 인형극이 끝나자 희철이는 그제야 자리를 떴다. 비가 여전히 세차게 내렸다.

* * *

정순은 막달이 되면서 밤마다 배가 아프다고 했다. 낮에는 멀쩡하다가 사람들이 다 자고 있는 새벽녘만 되면 안방에서 부스럭부스럭, 두런두런하는 소리가 들렸다. 불이 켜지고 '아프냐', '애가 나올 것 같다', '통금이 풀릴 때까지만 기다려보자', '통금이 언제 풀리냐'며 징징대는 소리가 들렸다. 그러다 또 조용해졌다. 기석은 잠을 설쳐서 아침이면 얼굴이 꺼칠했다.

"장모님 언제 오셔?"

"급한 일만 해놓고 올라오신대."

나는 기석의 입에서 나오는 장모님 소리에 획 돌아봤다. 기석은 장인이고 장모고 가져본 적이 없었으니 정순의 어머니가 첫 장모였다. 사위 사랑은 장모라는 말을 나도 알고 있었다. 장모라…. 기석의 장모는 내가 무당 집에서 봤던 그 여자였다. 수더분하고 사람이 나쁘지는 않게 생겼었다. 솔직히 말해서 미호댁보다는 훨씬 마음 좋게 생긴 할머니였다.

연이의 친할머니인 미호댁은 그리 친절한 심성은 아니었다. 내게도 모질고 무서운 말을 많이 했다. 연이를 친할머니 집에 보낼 때 나는 울면서 따라갔다. 연이가 무서운 할머니 밑에서 천덕꾸러기로 자랄까 봐 걱정이 되었다. 그렇지만 미호댁은 상냥하게 말을 하지 못할 뿐이지 연이에게는 잘해주었다. 쓰잘데기 없는 딸년이니, 박복한 년한테 태어나 박복할 것이 분명하리라는 악담도 간혹 했지만 무엇이든 먹을 것이 생기면 챙겨두었다가 연이에게 주었다. 밭에 김매러 가는 길에 알밤이나 대추가 떨어져 있으면 주워 고쟁이 주머니에 넣었다가 연이에게 주었고 고구마, 감자, 배추 꽁다리, 콩, 연시 등 무엇이건 챙겼다가 연이 입에 먼저 넣어주었다. 옥수수를 가루 내어 술빵을 쪄주기도 했다. 옥수수 술빵은 손이 많이 가는 일이라 미호댁이 바쁜 와중에 빵을 찌고 있으면 괜히 내가 송구스러웠다. 연이는 어린애니까 당연히 가끔씩 저지레를 했는데, 작은 저지레에 너무 가혹하게 야단을 치기는 했다.

그런데 이 할머니는 어떨까? 정순의 친정엄마 말이다.

연이에게는 외할머니가 되었다. 연이도 외할머니가 없었으니 이 할머니가 첫 외할머니였다. 기석도 '장모님'이라는 말을 처음 입에 올려봤을 것이다.

엄마 생각이 났다. 우리 부모님은 지금 어디에 계실까? 내가 마음을 바꿔먹으면 나는 이제라도 우리 부모님을 만날 수 있을 것이다. 잘은 몰라도 내가 여기 있지 않고 떠나면, 내가 가야 할 곳으로 가면 그곳에 우리 부모님이 계실 것이다. 우리 부모님은 나를 기다리고 있을까? 어서어서 올 것이지 거기서 무얼 하고 있느냐고 채근하는 마음일까? 아직도 나를 찾지 않는 것을 보면 우리 부모님도 이미 나를 잊은 것일까?

우리 엄마가 살았다면 연이에게 좋은 외할머니가 되었을 텐데. 그렇지만 살아 있어야 좋은 외할머니든 뭐든 될 수 있는 것일 테지. 아이에게 좋은 사람이 되려면 살아 있어야 한다.

* * *

연이는 잠을 잘 자지 못했다. 정순은 어린 게 저렇게 잠귀가 옅은 것만 봐도 애가 얼마나 까탈스럽고 별난지 알

만하지 않으냐고 말했다. 연이는 개 짖는 소리에도 깨고 누군가 곁에서 뒤척이는 기척에도 깼으며, 때로는 아무 일이 없는데도 제 숨소리에 놀라 깨곤 했다. 자면서 팔이나 다리를 푸드득 움직이기도 했다.

달이 없는 시골의 밤은 완전히 깜깜했다. 눈을 부릅뜨고 눈앞에 손바닥을 갖다대도 보이지 않았다. 좋은 김처럼, 털이 반들반들한 새끼 염소처럼 까맸다. 어둠이 무서워 연이가 칭얼거리면 미호댁은 "저기 개장수 온다"라고 말했다. 아이들이 떼를 쓰면 보통 어른들은 "저기 망태 할아버지 온다"고 겁을 주곤 했다. 커다란 망태를 등에 지고 다니는 무서운 할아버지가 우는 아이들을 집게로 집어 망태에 넣어서 데리고 가버린다고 했다. 아무리 망태 할아버지라고 해도 그렇게 매일 밤 집집마다 다닐 수는 없으련만, 어른들은 하나같이 망태 할아버지를 불러댔다. 그렇지만 연이는 망태할아버지보다 개장수를 더 무서워했다. 시골에는 개장수가 다녔다.

"개 팔아요~ 개!"

자전거에 실린 커다란 철망 속에 옴짝달싹할 틈도 없이 갇혀 있는 누렁개나 검정개들을 봤을 때 연이 얼굴에는 놀라움과 무서움이 가득했다. 그다음부터 "개 팔아요~"소

리만 들리면 놀다가도 미호댁의 치마폭으로 와락 달려들
곤 했다. 미호댁은 치사하게도 연이가 칭얼대면 연이가 제
일 무서워하는 사람을 불러댔던 것이다. 그래도 미호댁은
똑같이 잠귀가 옅어 연이가 잠에서 깨면 금방 같이 깼났
다. 같이 깨어주는 할머니가 있어서 연이는 안심하고 다시
잠들 수 있었다. 연이를 다시 재우고도 미호댁은 한참을
뒤척거렸는데 그런 날이면 콩을 까다 말고도 졸고, 아궁이
에 불을 때면서도 졸았다.

도시에 와서도 연이는 한밤중에 깨곤 했다. 연이가 잠
에서 깨어도 기석과 정순은 깊이 잠들어 일어나지 못했다.
같은 방에서 자는 것도 아니니 더 그랬다. 그나마 다행인
것은 도시의 밤은 시골처럼 깜깜하지는 않았다. 등화관제
훈련을 하는 날만 아니면 도시는 밤도 희끄무레했다.

그러니 그날 밤 연이가 깨어난 것은 새삼스런 일도 아니
었다. 어쩌면 당연한 일이었고 충분히 짐작할 수 있는 일
이었다. 그날 밤이라면 아마도 연이 또래의 아이들뿐만 아
니라 어른들 절반 정도는 한밤중에 잠에서 깨지 않았을까
싶다. 그러니까 그날은 천둥이 무섭게 치던 밤이었다.

비가 오고 번개가 번쩍거렸다. 커다란 개도 꼬리를 말
아 넣고 개집 구석에 가서 웅크리는 천둥 번개 치던 날. 번

쩍! 할 때 눈을 떴는지, 우르르쾅! 할 때 눈을 떴는지 알 수 없었지만 어쨌든 연이는 눈을 떴다. 이렇게 소란스러운 밤이라니. 망태 할아버지 백 명, 개장수 백 명이 몰려와 너를 잡아가겠다고 소리치는 것보다 더 겁나는 밤이었다. 연이는 귀를 막고, 눈을 꼭 감고 머리끝까지 이불을 뒤집어쓰고는 이불 속에서 온몸에 힘을 주며 소리쳤다.

"아빠!"

아빠, 아빠, 아빠! 몇 번이고 불렀다. 안방까지 들리고도 남았지만 아무도 달려오는 사람이 없었다.

"아빠, 아빠! 으아아아앙!"

다시 천둥이 치고 비가 세차게 내리면서 바람이 슝슝 불고 밤은 와와와 소리쳤다. 소란한 밤. 견딜 수 없이 소란한 밤. 연이는 더이상 참지 못하고 울며 마루로 뛰쳐나갔다. 벌컥 문을 연 안방에는 아무도 없었다. 텅 비어 있었다. 연이는 그 자리에 털썩 주저앉았다. 원래부터 없었던 것과 원래는 있었는데 어느 순간 사라진 것은 엄연히 달랐다. 없는 것과 없어지는 것은 천지 차이였다. 그것은 잃는 것이었다. 가졌던 것을 잃으면 섭섭하고 슬프고 억울하고 허전할 것이다. 아랫목에 누워만 있는 엄마라도, 놀아주지 않는 엄마라도, 먹을 것을 주지 않는 엄마라도 그런 엄마라도 있는 게 좋았을까? 내가 사라져버렸을 때 우리 연이는 어땠을까? 엄마는 죽고 아빠랑은 떨어져 시골에서 살때도 밤에 깨면 할머니가 옆에서 연이에게 '더 자라'고 말해줬는데. 그런데 지금 한밤에 깨어서 보니 집이 텅 비어 있었다! 연이의 울음소리가 집 안을 울렸다. 나는 연이를 끌어안았지만 연이는 내 품에 잡히지 않았다. 괜찮다고 엄마가 있다고 아무리 달래도 연이는 숨이 넘어가게 울었다.

연이의 울음소리, 빗소리, 바람소리, 천둥소리 속에 '쾅쾅' 문을 두들기는 소리까지 섞였다. 연이는 까무러치게 놀랐다. 밖에, 밖에 누가 있어. 누구야. 이 한밤중에. 망태할아버지, 개장수, 귀신, 도깨비? 아니면 아이를 잡으러 왔나? 아이가 집에 혼자 있다는 것을 알았나? 자기 울음소리와 비명을 지르는 소리 때문에 혼이 쏙 빠져버린 연이 앞에 마루의 소파가 움직이는 것이 보였다. 소파가 움직여! 소파가 저절로 움직여!

연이는 기절초풍해서 뒤로 엉덩방아를 찧었다. 소리치며 눈을 꼭 감았다. 나는 연이 위로 엎어졌다. 내 몸으로, 치맛자락으로 연이를 폭 덮어씌웠다. 그때 누군가 연이의 어깨를 꼭 잡았다. 연이를 강하게 끌어안았다. 연이는 계속 소리쳤지만 누군가의 품에 얼굴이 푹 파묻혀서 비명소

리는 탁해졌다. 시간이 조금 흐르자 연이는 조금씩 진정이
되었다. 어떤 손바닥이 연이의 등을 계속 쓸어내렸고, 어
떤 소리가 계속 귓가에 들렸기 때문이다. 그 소리는 세찬
빗소리, 천둥소리와는 비교도 되지 않을 만큼 작고 약했지
만 바로 귓가에서 들렸고 끊일 듯하면서도 끊이지 않고 들
렸다. 너무 작은 소리여서 연이의 높고 째지는 울음소리
때문에 그 소리가 잘 들리지 않았지만 그래도 연이는 이게
무슨 소리인가 하고 차츰 조용해졌다. 연이가 울음 끝이
남아 끅끅거리며 잘 들어보니 그건 '쉬이- 쉬이-' 하는 바
람 빠지는 소리였다. 어릴 때 듣던 소리. 오줌을 누려고 쪼
그리고 앉을 때마다 옆에서 조그맣게 속삭여주던 소리. 배
고파서 졸려서 슬퍼서 아파서 연이가 울 때마다 조그맣게
들리던 소리. '쉬이-.'

연하게 입 냄새, 땀 냄새를 풍기며 누군가 살아 있는 팔
로, 가늘지만 힘줄이 울근불근한 팔로 연이를 꼭 안고 등
을 문지르며 귀에 대고 '쉬이-' 하는 소리를 내주었다. 지
친 연이는 그 품에서 여전히 끅끅거리면서도 조금씩 잠 속
으로 빠져들었다.

초록색 소파를 밀어낸 채 열린 문 뒤로 빛이 새어나왔
다. 비가 세차게 내리고 있었다.

18. 찬이 할머니

아침이 되자 해가 났다. 화단에 있던 꽃들의 꽃대가 다 부러지고, 마당의 세숫대야며 비눗갑들이 다 내동댕이쳐져 있었지만 하늘은 시치미를 떼듯 말짱했다.

얼굴이 벌겋게 상기된 기석이 아침에 헐레벌떡 집으로 들어왔다. 그때 연이는 학교에 가려고 부엌에서 세수를 막 마친 참이었다. 세수를 했어도 퉁퉁 부은 눈이 가라앉지 않았지만 기석은 그런 기미조차 알아채지 못했다.

"엄마 아기 낳았다."

기석은 싱글벙글했다. 연이의 부은 눈을 보며 다시 말했다.

"연이 동생 생겼네."

연이는 동생이 생겼다고 해서 덩실덩실 춤출 기분이 아

니었다.

"남동생이야."

그러니 어쩌라고? 남동생은 더 골치 아프다.

연이는 아빠에게 마음이 상했다. 당연했다. 나도 섭섭했다. 평소 같았으면 딸내미가 삐친 기색을 알아챘을 텐데 기석은 지금 제정신이 아닌 모양이었다. 하긴 그 비바람과 통금을 뚫고 배 아프다고 뒹구는 만삭의 여자를 건사해야 했으니 혼이 빠졌을 것이다. 전혀 잠을 못 잤는지 얼굴이 꺼칠했다. 기석이 연이에게 뭔가 내밀었다.

"이거 먹고 학교 가라."

기석이 연이에게 준 것은 보름달 빵이었다. 커다랗고 안에 크림이 가득 든 빵. 내가 살아 있을 때, 살아 있어도 아무 소용이 없는 엄마였을 때 기석이 연이에게 사다주던 그 빵이었다. 보름달 빵을 보자 가슴이 미어졌다. 눈물이 펑펑 솟아올랐다. 아픈 엄마가 죽고 새로 엄마가 생겼는데도 또 보름달 빵이라니. 새엄마가 자기 친자식을 갖게 된 첫날에 연이는 다시 보름달 빵을 먹어야 하는 신세가 되었다. 보름달 빵을 보면 연이는 내 생각이 나지는 않을까? 친엄마가 사무치게 보고 싶어지지는 않을까? 청승을 떨며 울고 있는 나와는 달리 연이는 아무렇지 않은 듯 우유랑 같이 보름달 빵을 맛나게 먹었다. 어릴 때는 한 번에 한 개는 다 못 먹더니 이제는 빵 하나, 우유 한 병을 거뜬히 해치웠다.

기석은 회사에 가고 연이는 학교에 갔다. 그리고 그날 저녁에 택시를 타고 정순과 정순의 친정엄마가 싸개로 꽁꽁 싸맨 갓난아이를 안고 집으로 돌아왔다. 갓난아이는 주먹을 꼭 쥐고 있었다.

갓난아이를 보니 나도 모르게 탄성이 나왔다. 까만 머리카락이 수북해서 깜짝 놀랐다. 연이는 처음 낳았을 때 머리카락도 별로 없고 눈썹도 없었는데. 정순의 아이라니 괜히 미운 마음이 들지 않을까 생각했지만 갓난아이는 귀엽고 기특하기만 했다. 그런데 내가 곁에 가서 좀 들여다보려고 하면 아기가 울어댔다. 갓난아이는 눈이 잘 보이지 않는다는데 그래서 오히려 더 나를 볼 수 있는 것인지 아기는 내가 나타나기만 하면 질색을 했다. 정순도 내가 곁에 가면 목덜미를 움츠리는 것을 보면 역시 찬 기운을 느끼는 모양이었다. 나는 체온을 가진 육신이 없었으니 내 존재가 따뜻하지 않은 것은 어쩔 수 없는 일이었다. 갓난아이를 향한 내 마음이 아무리 따뜻해도 말이다. 나는 이 아이랑 연이가 잘 지내면 좋겠다고, 이 아이가 누나를 괴

롭히지 않는 착한 동생이 되었으면 좋겠다고, 조금 더 자라면 누나를 도와줄 줄도 아는 힘센 동생이 되었으면 좋겠다고 생각했다.

정순은 젖몸살로 고생을 했다. 정순의 친정엄마가 딱딱해진 정순의 젖을 말랑하게 풀어주고 젖길을 뚫어주느라 안간힘을 썼다. 해산바라지를 해주러 올라온 정순의 친정엄마에게 나는 신경이 곤두섰다. 연이를 구박하지나 않을까 걱정이 되었기 때문이다. 정순의 친정엄마가 이 결혼을 반대했던 것을 나는 알고 있었다. 나이가 좀 차기는 했어도 정순은 처녀인데 사별하고 딸도 있는 남자에게 시집보내기 싫었을 것이다.

정순의 친정엄마. 뭐라고 불러야 할까? 연이 외할머니라고는 부르기 싫었으니 '찬이 할머니'라고 불러야겠다. 정순이 낳은 갓난아이 이름이 찬이었다. 홍찬. 홍연 동생 홍찬. 이름을 찬이로 짓는다고 했을 때 나도 그 이름이 마음에 들었다. 누나인 연이가 부르기에 좋을 것 같았다. 나는 찬이 할머니 양 볼에 늘어진 심술보가 있는지부터 살폈다. 다행히도 그런 것은 보이지 않았다. 쪽진 머리를 한 미호댁과 다르게 찬이 할머니는 곱슬곱슬하게 파마를 했다. 일을 많이 한 여자들이 다 그렇듯이 손가락 마디마디는 굵게

툭툭 불거졌고 손톱은 누렇고 두터웠다. 손바닥도 거칠고 손톱 주변에 거스러미가 많아서 찬이 할머니는 찬이를 만지기 전에 양손을 비비곤 했다. 거친 손에 갓난아이의 연한 볼이 긁히기라도 할까 걱정하는 마음에서였다. 찬이를 그토록 염려하는 모습에 나는 마음이 저렸다. 연이는 저런 외할머니를 가져본 적이 없는데. 찬이 할머니가 온기 없는 눈으로 연이를 쳐다볼까 봐 나는 신경을 곤두세웠다. 그리고 잔뜩 별렀다. 정순과 정순의 아들과 정순의 엄마가 한 집에 있으니 말이다. 그렇지만 이렇다 할 꼬투리를 잡지는 못했다.

* * *

장마 뒤 볕이 좋은 날이 이어졌다. 마당은 매일 숙이 엄마가 널어놓은 것들로 가득 찼다. 호박 썬 것과 가지 썬 것, 그리고 고구마 줄기와 토란대가 플라스틱 채반에 담겨 말라갔다. 채반이 부족하면 밀가루 포대를 뜯어 뒤집어서 그 위에도 뭔가를 말렸다. 마당을 가로지른 빨랫줄에는 기저귀가 말라갔다. 이리저리 헤치고 다녀야 할 정도로 많은 기저귀 빨래가 마당을 가득 메우고 햇살을 다투었다. 연이가 마당에 고무줄을 매거나 사방치기 금을 그으면 숙이 엄마와 찬이 할머니는 싫은 얼굴을 했다. 그래도 연이는 마당을 포기하지 않았다.

연이가 오후반이던 날, 숙이 엄마는 장사 나가고 찬이 할머니가 기저귀를 걷어가자 연이는 마당에 있는 수도꼭지에 고무줄을 묶었다. 다른 한쪽은 마땅히 묶을 곳이 없어 두리번거렸다. 늘 담장가 단풍나무에 묶곤 했는데 그날 숙이 엄마는 하필 바로 그 자리에 돗자리를 깔고 호박을 썰어 널어놓았다. 이 호박은 변소 지붕에서 딴 것인데, 변소 옆 화단에 뿌리를 내린 호박은 벽을 타고 덩굴을 뻗더니 변소 지붕 위에서 열매를 맺었다. 고무줄 한쪽 끝을 잡고 넓지도 않은 마당에서 방황하던 연이는 호박오가리를 널어놓은 돗자리를 한쪽으로 잡아당겨 치웠다. 그러자 고무줄을 하고 놀 만한 작은 공간이 생겼다. 연이는 '금강산 찾아가자 일만이천봉~' 하다가 어느 순간 미끈했다. 신나게 놀다 보니 돗자리 가장자리의 호박을 발로 쿡 밟았던 모양이다. 연이는 가만히 쳐다보다가 밟혀서 뭉그러진 호박을 집어냈다. 그리고 계속 놀았다. 호박을 또 밟았다. 밟힌 호박을 다시 집어냈다. 몇 번 그렇게 하다 보니 호박오가리 빈 것이 금세 표가 났다. 연이는 말라가던 호박오가리를 조금씩 간격을 두어 떨어뜨렸다. 뭐 그럴듯했다. 처음에 널었던 돗자리와 나중의 돗자리를 나란히 놓고 비교해보면 달라진 걸 눈치챌 수 있겠지만 따로 보아서는 큰 차이가 없어 보였다. 집어낸 호박은 변소에 버렸다.

숙이 엄마가 연이네 현관문을 두들긴 것은 저녁을 먹고 나서였다. 연이는 테레비 앞에 앉아 있었고, 찬이 할머니는 저녁상을 치우느라 부엌에 나가 있었다. 정순은 방금 젖을 먹인 찬이를 세워 안고 젖이 잘 내려가라고 등을 쓸어주고 있었다. 기석이 늦는다고 해서 여자들끼리 미역국에 밥 말아서 간단하게 때운 참이었다. 숙이 엄마는 무슨 큰 사단이라도 난 것처럼 들이닥쳤다. 찬이를 안은 채 문을 열어준 정순이 주춤 뒤로 물러섰다. 숙이 엄마는 문간에 서서 눈을 희번덕거리더니 테레비 앞에 앉아 있는 연이의 등을 쏘아보았다.

"얘, 마당에 호박 니가 그랬지?"

연이는 뒤돌아보지 않았다. 아무 대꾸 없이 테레비만 보았다. 시원한 청량음료 광고가 바다를 배경으로 펼쳐지는 중이었다. 정순은 어리둥절해서 물었다.

"무슨 소리예요?"

"호박 말이야, 호박. 썰어서 말려놓은 거. 내가 그거를 지금 며칠째 그냥 그 정성을 다해서 이리 옮기고 저리 옮기고 곰팡이 날까 봐 애지중지하며 거진 다 말려서 이제 먹기만 하면 되는 거를. 해 잘 받으라고 이리 뒤집고 저리 뒤집고 고생고생해서 다 해놓은 거를."

연이는 테레비에만 집중했다. 광고는 얼굴에 바르는 기미 크림으로 넘어갔다.

"호박을 뭐 어쨌다고요?"

"이 집 애가 마당에 있는 호박을 건드렸다니까. 갖다가 어쨌는지 절반은 없어졌어."

정순의 시선이 연이의 등에 와서 박혔지만 연이는 꼼짝도 하지 않았다. 안절부절못하는 것은 곁에 앉은 나뿐이었다. 정순이 무어라고 하든 숙이 엄마가 무어라고 떠들든 연이는 듣지 않았다. 안 들리는 척하는 것이 아니라 정말로 안 들리는 것 같았다. 연이는 다른 생각에 빠지면 그래서 골똘해지면 앞에서 일어나는 일도 보지 못하고 듣지 못했다. 연이가 고집스럽게 광고를 보고 있는 동안 다시 정순의 말소리가 들렸다.

"어린애가 호박을 뭐 어쩌겠어요? 걔가 그거 가져다 뭐 해먹을 것도 아니고. 쟤는 입이 짧아서 호박 같은 건 먹지도 않아요. 더구나 말린 걸."

"호박이 없어졌다니까."

"아니, 그러니까 그걸 왜 우리집에 와서 얘기하냐고요."

정순은 혹시라도 자신을 의심하는 것은 아닌가, 그까짓 말린 호박 따위 몰래 가져다 먹었다고 생각하는 것은 아닌가 싶은지 입이 또 뾰족해졌다. 그러자 숙이 엄마가 손에 들고 온 호박오가리 하나를 높이 쳐들었다. 이것을 보라고 외치기라도 하듯, 깃발을 들듯 높이 쳐들었다.

"이거 뭐 같아?"

"뭐가요?"

"여기 이거. 발자국 맞지? 신발 자국이잖아."

정순이 호박오가리를 들여다보았다. 나도 궁금함을 참지 못하고 옆으로 가서 들여다보았다. 희미하게 무슨 물결무늬 같은 게 찍혀 있었다.

"내가 우리 집 신발을 일일이 다 확인해봤는데 이런 무늬의 신발은 없어. 그리고 봐. 반만 찍혔어도 작은 신발이잖아. 이런 신발 누가 신어? 어? 우리 희철이는 벌써 이백사십 신어. 지금은 더 컸을 걸? 올 초에 운동화 사준 게 벌써 작다고 난리야."

호박오가리에 찍힌 이것은 연이의 에나멜 구두 발자국일까? 바닥의 그 물결무늬가 찍혔을까? 발이 편하지도 않고 무겁고 딱딱해서 고무줄 하기에 불편한 신발인데. 다른 때는 고무줄할 때 신발을 벗고 맨발로 하더니 오늘따라 왜 그 구두를 신었을까. 벗고 했으면 고무줄도 더 잘되고 이런 증거도 남지 않았을 텐데. 아, 어쩌나. 명백한 증거 앞에서 연이는 테레비 속으로 들어갈듯이 더 집중하며 귀를 닫아버리는 것밖에는 방법이 없었다.

두 여자가 연이의 등판에 시선을 꽂았다. 연이의 등이 딱딱해지는 것 같았다. 연이를 곤란에서 구해준 사람은 찬이 할머니였다. 찬이 할머니가 옷자락에 손을 닦으며 부엌에서 나왔다. 목소리가 우렁우렁했다.

"얼레? 이것이 시방 머여? 긍게, 시방 넘으 집 손녀딸한티 머라는겨?"

숙이 엄마가 대답을 못 하고 눈을 크게 떴다.

"와따시메. 문간방 식구덜 유세 잠 보소. 우덜 때는 쥔집 마당에 머시를 너른다는 거는 생각을 못 해부렀어. 넘으 땅에 머시를 널어? 아칙에 일어나믄 식전부터 쥔집 마당 싹싹 비질해놓고 그랬제. 그려도 맘대로 밟고 다니지도 못혔어. 시절이 좋아져서 인저는 문간방 사람덜이 마당을 막 써도 암말또 안 하는 거를 고맙다고는 못 하고 쥔집 딸랑구한티 시방 멋하는 건지 몰르겄네에?"

찬이 할머니가 엄청난 사투리를 써가며 소리를 높이지도 않은 채 따졌다. 숙이 엄마는 이게 무슨 소린가 싶은지 대답을 못 하고 눈을 뒤룩뒤룩 굴렸다. 정순과 숙이 엄마 눈이 마주치자 정순의 얼굴이 새빨개졌다.

"오메, 뭔 말도 안 되는 소리를 해쌓소. 얼렁 드가소."

정순이 친정엄마를 방으로 밀어넣고 문을 닫았다. 정순이 사투리를 쓰는 것도 처음 보았다. 정순은 호박오가리를 들고 있는 숙이 엄마와 눈을 맞추지 못하고 안절부절못했다.

"아무튼 알겠어요. 연이한테 조심하라고 할게요. 호박 값은 제가 다른 걸로… 물어드릴게요."

숙이 엄마 입가에 피식 웃음이 흘렀다. 아하, 나는 정순이 친정에다 집이 있는 남자한테 시집간다고 거짓말한 것임을 눈치챘다. 마누라 죽고 애까지 딸린 남자인데 집도 셋집이라고 말할 수는 없었나보다. 방 두 개에 부엌에 수도까지 있는 집에 살고 있는 딸을 보면서 그래도 시집을 영판 잘못 간 것은 아니라고 찬이 할머니는 생각했을 것이다. 숙이 엄마도 사정을 눈치챘을 것이다. 그런데도 토를 달지 않고 그냥 돌아갔다. 그 여편네 그래도 신통한 구석이 있네 싶었다. 찬이 할머니가 연이 역성을 들며 '넘으 집 손녀딸'이라고 하던 말도 그 밤 내내 생각이 났다.

19. 문방구

찬이가 살이 통통 오르고 정순의 몸도 웬만큼 회복되자 찬이 할머니는 집으로 돌아갔다. 연이는 꾸준히 학교에 다녔다. 아침에 오라면 아침에 가고, 점심 먹고 낮에 오라고 하면 낮에 갔다. 이제는 희철이가 자기를 버려두고 앞서 가든 말든 상관하지 않았다. 집에서 학교 가는 길이 훤할 뿐 아니라 가는 길에 어디 들러 잠깐씩 딴짓을 하다가 가도 길을 잘 찾아갈 수 있었다. 딴짓이라고 해봤자 문방구에 잠깐 들르는 정도였지만 말이다.

학교 앞에 낡은 문방구가 있었다. 아이들에게 필요한 것이면 무엇이든 팔았다. 연필, 지우개, 도화지, 색종이 외에도 훌라후프나 줄넘기 같은 체육 시간 준비물도 있었다.

선생님이 내일까지 가지고 오라고 한 준비물은 문방구에서 먼저 알고 준비해두었다. 공부하는 데 필요한 것뿐 아니라 노는 데 필요한 것, 교실이 아니라 복도나 층계참, 운동장 구석 철봉가에서 필요한 물건들도 팔았다. 그러니까 딱지나 구슬, 실핀, 종이인형 같은 것들 말이다. 쫀드기와 사탕, 풍선껌도 있었다. 이것들을 사들고 학교에 가면 단박에 자기 주변에 열 명은 모을 수 있었다. 문방구에 간판은 없었다. 원래 가게 용도로 지은 건물은 아니고 길가에 있는 무척 오래된 기와집을 조금 고쳐서 가게로 쓰고 있었다. 가게 앞 매대로 쓰고 있는 것은 사실 그 집의 툇마루였는데, 툇마루 가운데를 잘라내 안으로 들어가는 통로로 썼다.

문방구는 문턱이 높았다. 물건 값이 비싸다거나 손님을 가려 받는다는 뜻이 아니라 실제로 가게에 들어가려면 높은 문턱을 넘어가야 했다. 예전에는 방으로 쓰였을 그곳에 지금은 사방에 선반이 달리고 물건이 천장까지 쌓여 있었다. 높이 쌓인 물건이 빛이 들어올 곳을 막아 안은 어두침침했고, 어디에 무엇이 있는지 손님은 절대 찾을 수가 없었다. 문방구 여자는 아이들이 문방구 문턱을 넘어오는 것을 질색했다. 원하는 것을 말하면 문방구 여자가 찾아주었다. 여러 가지 물건 중에서 내 마음에 드는 것을 고르는 것이 아니라 문방구 여자가 주는 것을 사야 했다. 색깔이 마음에 안 들거나 뭔가 다른 게 있지 않을까 싶어 "딴 건 없어요?"라고 물으면 문방구 여자는 무조건 없다고 했다. 나중에 학교에 가서야 마음에 안 드는 희멀건 색의 피리 대신 짝꿍이 분홍 피리를 산 것을 보고 땅을 쳐봤자 소용없는 일이었다. 문방구 여자는 남학생에게 파란색, 여학생에게 분홍색을 골라주는 정도의 성의는 보였지만 나중에 파란색이 떨어지면 남학생에게도 분홍색 피리를 주었다. 남자아이들은 피리를 안 가져가면 선생님한테 혼날 게 뻔하고, 지금 이 분홍색 피리를 사면 언제까지고(학교 졸업할 때까지 또는 피리로 칼싸움을 해서 피리를 부러뜨리기 전까지) 써야 하니 속이 상할 수밖에 없었다. 그렇다고 어디다 대고 불평할 수도 없었다. 애초에 학교 앞 문방구도 하나뿐이었다. 아이들에게는 물건을 고른다는 일 자체가 낯설었다. 물건을 살 수 있느냐 없느냐가 문제였지 무엇을 살까 고민하는 일은 많지 않았다. 돈 십 원이 생기면 사탕을 살까, 쫀드기를 살까 정도를 고민했는데 이것도 빨리 결단을 내리지 않고 매대 앞에서 조금이라도 미적거리면 당장에 안 살 거면 저리 비키라는 아줌마의 호통을 들어야 했다. 어른들은 불친절한 문방구 여자를 욕했지만 문방구를 주로 이용하는 사람은 어른들이 아니라 아이들이었고, 아이들은 호통을 듣는 일이 일상이었으므로 문방구 여자의 그런 행동에 전혀 개의치 않았다.

가끔은 문방구에서 아폴로나 딱지를 훔치다가 걸린 아이들이 총채로 두들겨맞는 것을 볼 때도 있었다. 두셋이 걸려도 문방구 여자는 두셋을 한꺼번에 다 잡지 못하기 때문에 그중 발이 느린 한 아이만 붙잡았다. 재수 없이 붙잡힌 아이는 그동안 없어진 물건을 몽땅 다 물어내라는 닦달을 받았지만 그동안 무엇이 얼마나 없어졌는지는 문방구 여자도 알지 못했다. 물건이 몇 개가 들어와서 몇 개가 팔리고 몇 개의 재고가 남아 있는지 주인도 파악하지 못하고 있기 때문이다. 그저 많이 있었는데 어느새 없어졌다든가, 분명 금방 있는 걸 봤는데 잠깐 돌아선 사이에 없어졌다든가 하는 것만 알고 있었다. 문방구 여자가 물건을 찾으러 잠깐 안으로 들어가는 그 순간을 노리는 아이들이 많이 있었는데, 문방구의 높은 문턱은 문방구 여자에게도 걸림돌이었다. 문방구 여자는 바깥 매대의 물건을 잡아채 도망가는 아이들을 쫓아가려다 문턱에 걸려 자빠진 적도 많았다. 애당초 가게를 혼자 지키는 일은 쉽지 않았다. 문방구 여자에게는 늘 술이나 잠, 둘 중 하나에 취해 있는 남편이 있

었는데, 여자는 아이들과 싸우는 와중에 간간히 이 웬수와
도 싸우느라 진을 빼곤 했다.

*　*　*

한 반에 아이들이 칠십 명씩 모여 있다 보면 짓궂은 아
이들도 있기 마련이었다. 특히 남자 아이들은 혼자 있을 때
는 숙맥이어도 서넛만 모이면 못된 용기가 생기는지 가만
있는 여자아이를 공연히 괴롭혔다. 연이를 괜히 놀려대는
아이도 있었다. 엄마가 계모라고 해도 연이가 그 사실을 부
끄럽게 생각하는 것도 아니고 비밀로 하는 것도 아닌데 같
은 반의 석구는 그걸 가지고 연이를 줄기차게 놀려댔다.

"쟤네 엄마 계모래요~!"

그래서 뭐? 연이는 분하고 약올라서 울기는커녕 들은 척
만 척 아무렇지도 않아 하는데 석구는 놀리고 또 놀리고
매일같이 열심히 놀려댔다. 연이가 화를 내지 않으니 약이
오르는 쪽은 오히려 석구였다. 연이가 동무들과 고무줄을
하고 있으면 석구가 달려와서 고무줄을 끊고 가고, 공기놀
이를 하면 공중에 뜬 공깃돌을 잡아채 도망갔다. 연이는 엄
마가 계모라서가 아니라 공깃돌을 빼앗겨서 울었다.

그런데 석구가 연이만 보면 슬슬 피하는 일이 생겼다. 만나지 말아야 할 곳에서 연이를 만났던 것이다.

젖먹이 아이가 딸린 바람에 정순이 계속 목욕탕에 가지 못해서 연이까지 덩달아 꼬질꼬질해졌다. 정순은 날을 잡아 연이와 함께 목욕탕에 갔다. 찬이는 교감 사모에게 맡겼다. 여탕에 들어가니 전에 만난 적이 있는 뒤통수가 깨진 여자 귀신이 여전히 온탕의 턱 위에 앉아 있었다. 벌거벗은 것을 보니 이 여자는 여기서 목욕 하다 죽은 것이 틀림없었다. 비눗물에 미끄러져 뒤통수를 부딪쳤나? 그게 언제인지는 몰라도 여전히 억울한 마음을 풀지 못하고 거기 앉아있었다. 자기가 이곳에서 죽었는데도 아무 일 없다는 듯이 목욕탕을 계속하는 것이 억울한지도 몰랐다.

나는 그 여자를 피해 반대편 구석으로 갔다. 거기서 석구를 보았다. 구석 자리에서 누가 등짝을 철썩철썩 때려가며 아이를 씻기고 있었는데, 제 엄마한테 허벅지며 등짝을 맞아가며 때를 밀고 있는 남자아이는 분명 석구였다.

"이게 사람 새끼여 까마귀 새끼여. 봐라 봐. 이거 갖다가 메밀국수 말아먹어도 되겠다."

석구 엄마는 끊임없이 잔소리를 하며 때수건을 낀 손으로 석구를 북북 밀었다. 온몸이 시뻘겋게 된 석구가 아파서 몸을 뒤틀거나 뻗대면 석구 엄마는 때수건을 끼지 않은 다른 손으로 석구 몸에 매운 손자국을 남겼다. 목욕탕 타일 바닥에 아이를 눕혔다 앉혔다 일으켰다 하며 사타구니 밑까지 북북 밀어대고 있는데 연이가 당당하게 그 앞으로 걸어왔다. 잔뜩 울상을 하고 서 있던 석구는 연이를 보더니 깜짝 놀라 잉증맞은 고추를 손으로 가리고 주저앉았다. 한창 토실한 엉덩이를 새빨개지도록 밀고 있던 석구 엄마는 석구를 일으켜 세우려고 했지만 아이가 일어나지 않고 버티자 엉덩짝을 세게 때렸다.

"일어나 이놈아!"

석구는 일어선 것도 아니고 주저앉은 것도 아닌 엉거주춤한 자세로 섰다. 손으로 고추를 가려봤지만 때를 밀던 석구 엄마가 야멸치게 손을 쳐버렸다. 연이는 가만히 서서 석구의 고추를 빤히 쳐다봤다. 석구는 얼굴이 새빨개지다 못해 터지기 일보 직전에 연이에게 소리를 질렀다.

"야! 꺼져!"

그러자 목욕탕에 있던 사람들이 모두 돌아봤다. 석구 엄마도 연이를 쳐다봤다. 석구 엄마는 자식의 심정은 조금도 몰라준 채 연이에게 친근하게 물었다.

"우리 석구 친구냐?"

연이는 돌아서며 냉정하게 말했다.

"친구 아니에요."

연이는 자기 자리로 돌아왔다. 아이를 다 씻긴 석구 엄마가 이제 본격적으로 자기 몸의 때를 벗겨내는 동안 석구는 내내 물장구도 못 치고 목욕탕 한구석에 있는 듯 없는 듯 쪼그리고 앉아 있었다. 연이가 목욕탕을 떠나고 나서야 석구는 구겨졌던 몸을 조금이나마 펼 수 있었다.

20. 마론인형

그 인형을 처음 본 것은 학교에서였다. 소영이가 인형을 학교까지 들고 왔다. 그런 인형은 처음 보았다. 이제까지 아이들이 가지고 놀던 인형은 머리가 크고 팔다리가 짧고 통통한 귀여운 아기 모습이었다. 연이의 자장이도 마찬가지였다. 그런데 소영이가 들고 온 인형은 어른 여자의 모습이었다. 팔다리가 길쭉하고 허리가 날씬했다. 소영이는 인형의 무릎을 구부려 책상에 걸터앉게 만들었다. 무릎이 구부러지는 인형도 처음이었다. 여자아이들이 삼시간에 소영이 주위로 몰려들었다. '뭔데?', '우아' 하는 소리가 번져나갔다. 소영이는 아무 설명도 없이 인형을 집어 들더니 다시 인형의 다리를 쭉쭉 폈다. 구부러져 있던 인형 다리가 쭉 펴졌다. 무릎뿐만 아니라 팔꿈치도 구부렸다 폈다 할 수 있었다. 다시 감탄의 소리가 번졌다. 소영이는 말없이 인형의 옷을 벗기더니 다른 옷으로 갈아입혔다. 옷을 다 벗길 수 있는 것도 신기한데 다른 여벌의 옷이 있다는 건 더 신기했다. 연이는 숨죽인 채 인형을 바라봤다. 다른 아이들이 마음에서 우러나오는 감탄사를 뱉고 있을 때도 꿋꿋하게 버텼다. 그러나 소영이가 마침내 인형의 발에서 손톱만한 구두를 벗겼을 때는 연이도 감탄사를 내뱉었다.

"우아, 세상에…!"

그게 마론인형이었다. 이 인형은 옷도 있고 신발도 있고 핸드백도 있고 목걸이, 팔찌까지 있었다. 인형이 자기 물건을 가지고 있었다.

"우리 고모가 미국에서 보내줬어."

소영이는 미국을 강조했다. 미국에서나 팔지 우리나라에는 없는 것이었구나. 미국에는 세상 모든 신기한 것들이 다 있었다. 미제 학용품, 미제 초콜릿. 미제 물건은 뭐든 크고 좋았다. 미국에 친척이 있는 그래서 그 친척이 미국에서 선물을 보내주는 아이들은 특별했다. 부잣집 아이들에게는 꼭 미국에 사는 친척이 한 명씩은 있는 것 같았다.

소영이의 인형은 담임 선생님조차 신기하게 여겼다. 학

교에는 원래 장난감을 가지고 오면 안 되었다. 쉬는 시간에 교실에서 딱지치기나 구슬치기를 하다가 걸리면 선생님에게 빼앗겼다. 선생님은 아이들이 여러 날에 걸쳐 따내고 모은 것들을 간단하게 빼앗아갔다. 아이들이 울고불고 해도 냉정했다. 그렇지만 소영이의 인형은 빼앗지 않았다. 소영이의 인형은 비싼 것이었고 미제였으니까. 빼앗으면 강도였다. 그걸 선생님도 알고 아이들도 알았다.

마론인형은 화려한 파티복으로 갈아입고 구두 신고 주렁주렁 장신구를 달고 파티에 간다. 파티에서 돌아오는 길에 신발이 벗겨질 수도 있다. 신발 한 짝을 잃어버려 훌쩍거리며 울 수도 있다. 반팔, 반바지로 갈아입혀 모자를 씌우면 소풍도 갈 수 있다. 잠옷을 입히고 눕혀 손수건을 덮으면 실감나게 재울 수 있다. 이 인형은 자기 침대도 있다. 물론 비싸다. 옷과 신발을 정리할 수 있는 옷장도 있다. 인형이 그것들을 원하고, 그건 인형 주인에게도 당연하게 느껴지는 것이다. 이렇게 예쁜데. 공주처럼 생긴 인형이 맨바닥에서 잔다는 것은 말도 안 되지 않나? 인형에겐 침대도 옷장도 화장대도 필요하다. 그렇기 때문에 인형을 가지는 데서 끝나는 것이 아니라 인형을 위한 물건을 계속 사들여야 했다. 아이들은 장난감에 금세 싫증을 냈지만 이

인형은 싫증을 낼 틈이 없었다. 계속해서 가지고 싶은 것, 인형에게 사주고 싶은 것이 생겼기 때문이다.

미국에만 있고 우리나라에는 없다던 그 인형은 조금 지나자 백화점과 시장의 장난감 가게를 휩쓸더니 그해가 가기 전 학교 앞 문방구에도 나타났다. 물론 소영이 것과는 다른 조금 어설픈 모습이었다. 그렇지만 무릎이 구부러지고 옷을 갈아입힐 수 있는 것은 똑같았다. 미국에만 있는 물건이라면 부러워만 하고 말겠지만 학교 앞 문방구에 수수깡이나 쫀드기와 함께 진열된 인형은 당장 가질 수 있고, 꼭 가져야만 하는 물건이 되었다.

"사줘!"

"나도 사줘!"

"나도!"

"나도!"

부모들은 '사줘'보다 '나도'라는 말이 더 마음에 걸렸다. 물건을 사는 것, 돈을 쓰는 것은 무조건 반대하고 보는 너나없이 가난한 시절이었다. 그렇지만 그래서 더, 남이 무엇을 가지고 있는지, 나와 내 새끼들만 무엇이 없는지 신경 쓰였다. 너나없이 가난했지만 그중에서도 더 표나게 가난해 보이는 것은 원치 않았다. 그래서 연이네 반 여자아이들은 하나둘씩 마론인형을 갖게 되었다. 복난이도, 명숙이도 제일 앞에 앉는 꼬마 지은이도. 그제야 선생님은 학교에 인형을 가지고 오면 뺏어버리겠다고 엄포를 놓았다.

연이도 간절히 인형을 원했다. 나는 친구가 가지고 있는 인형을 부러운 듯 바라보는 연이를 보면 가여워서 가슴이 무너졌다. 연이는 무엇을 사달라고 조르지 않는 아이였다. 조르면 된다는 생각을 하지 못하는 아이인가? 정순을 엄마라고 부르지도 않고 먼저 말을 붙이지도 않는 아이였으니 무엇을 사달라고 조르는 일은 생각도 못 할 것이다.

기석은 연이랑 말을 주고받을 새가 없었다. 매일 매순간 찬이에게 홀딱 빠져 있었다. 작은 발, 꼬물거리는 작은 손, 분홍색의 투명한 손가락, 그 끝마다 달려 있는 벚꽃 잎 같은 손톱, 한 번도 땅을 디뎌본 적 없는 말랑한 발바닥, 찹쌀떡 같은 엉덩이… 그런 것들을 들여다보느라 바빴다. 연이에게도 다 있던 것들인데. 거기에 찬이는 상수리 열매만 한 고추도 있었다. 찬이는 정순의 아들이었다. 내 아들은 아니었다. 그렇지만 내 남편인 기석의 아들이었다. '허 참! 그럴 수가 있나?' 싶었다. 어쩌다 일이 이렇게 되었을꼬. 기석이 찬이 손을 잡아주고 찬이가 버티며 매달리는 것을 보고 감탄하면 '흥, 우리 연이도 그 즈음에 다 했던 건데',

우는 찬이를 안아 달래는 것을 보면 '울기도 잘 운다. 우리 연이는 울음 끝이 짧았는데' 하는 생각이 들었다. 기석은 찬이가 방귀 뀌는 소리만 듣고도 박장대소를 했다. 소리내서 웃는 기석을 보는 것은 참 드문 일이었는데, 나는 웃음소리에 깜짝 놀라 돌아봤다. 내가 놀라 돌아보면 연이도 얼이 빠진 표정으로 웃는 아빠를 보고 있었다. 연이의 그런 텅 빈 표정을 보면 나는 또 가슴이 쿵 내려앉곤 했다.

21. 도둑

숙이 엄마가 뒷마당을 돌아와 연이네 부엌문 안으로 고개를 쓱 들이민 것은 친목계 전날이었다.

명색이 친목계인데 숙이 엄마는 계모임에 잘 나가지 않았다. 곗돈도 마직막으로 탄다고 했다. 친목계는 곗돈 타는 사람이 한턱내는 것이라 동네 중국집에서 짜장면을 먹었다. 숙이 엄마는 낮에 장사를 가야 했기 때문에 곗날도 빠졌다. 돈은 다른 사람에게 전해달라고 부탁했는데, 정순이 계에 끼고부터는 정순에게 맡겼다.

계모임에 나오지 않으니 곗돈 타는 사람이 내는 짜장면도 매번 먹지 못했다. 매달 얻어먹을 수 있는 짜장면을 먹지 않으면 손해가 아닌가? 숙이 엄마가 그런 손해를 볼 리 없었다. 숙이 엄마는 지난번 계에서 마지막으로 곗돈을 탔을 때도 짜장면 한 그릇 내지 않고 돈만 받고 입을 씻었다고 한다. 그동안 얻어먹은 것이 없으니 음식을 내지 않는다고 해도 욕할 수는 없다고 했다(동네 사람들은 욕할 수는 없다고 하면서도 여편네가 지독하다느니, 그러니까 친한 사람이 없다느니 하며 입을 삐쭉거렸다).

정순은 부엌에서 저녁 준비를 하고 있었다. 무생채를 무치는 중이라 손에 고춧가루 양념이 잔뜩 묻어 있었다. 고개를 드니 눈앞에 숙이 엄마가 얼굴을 들이밀고 있어서 깜짝 놀랐다. '숙이 엄마는 볼일이 있으면 부르거나 무슨 기척을 내는 게 아니라 일단 들어오고 본다'고 정순은 싫어했다.

"놀래라, 왜요?"

숙이 엄마는 말없이 만 원짜리 몇 장을 쓱 내밀었다.

"뭐예요? 곗돈이요?"

"응."

"알았어요."

정순은 손이 양념 범벅이라 손가락 끝으로 조심스레 돈을 받았다. 그러고는 부뚜막 위에 그냥 놓아두었다.

"세어 봐야지. 오만 원."

"맞겠죠."

"그러면 안 되지. 돈이라는 게 첫째도 신용, 둘째도 신용 인데. 나중에 모자라네 남네 하지 말고 같이 있는 데서 확 실하게 세어 봐."

"아이, 손이 이래서 그런데. 아줌마가 세어 봐요."

"나야 세어 봤지. 나는 맞게 세어왔지만 둘이 있는 데서 연이 엄마가 다시 세어 봐야 확실하잖아."

"아이구 참, 오십만 원도 아니고 오만 원을…."

정순은 부뚜막에 올려둔 만 원짜리를 집어 들지 않고 바 닥에 둔 채 집게손가락으로 하나씩 밀어서 셌다. 돈에 손 가락으로 콕콕 찍은 고춧가루 자국이 생겼다.

"맞네요. 오만 원."

"돈을 그렇게 둘 거야?"

숙이 엄마가 부뚜막에 놓인 돈을 참 아깝다는 듯이 쳐다 보며 말했다. 정순은 한숨을 내쉬고는 수돗가에서 손을 씻 었다. 젖은 손을 옷에 쓱쓱 문질러 닦고 찬장을 열었다. 부 뚜막의 돈을 집어서 찬장에 포개져있는 접시들 사이에 집 어넣었다. 지폐를 반 접어 접시 위에 놓고 그 위에 다른 접 시들을 올려놓으니 감쪽같이 안 보였다. 정순이 찬장문을 닫고 돌아서자 그때까지도 문간에 서있던 숙이 엄마는 그제야 자리를 떴다.

정순이 숙이 엄마 뒷모습에 대고 눈을 흘겼다. 숙이 엄마는 정순에게 심부름 시키는 입장이면서도 마치 제 돈을 거저 주는 것처럼 굴었다. 돈을 좋아하는 사람이라 돈이 손에 들어올 때는 좋아서 가슴이 벌벌 떨리고, 돈이 나갈 때는 아쉬워서 손이 벌벌 떨린다고 했다. 정순은 석유곤로 위에서 끓고 있는 국의 간을 보고 행주로 상을 훔쳤다. 정순은 석유곤로 위에서 끓고 있는 국의 간을 보고 행주로 상을 훔쳤다.

나는 마루에서 부엌으로 통하는 문턱에 앉아 있었다. 마루에서는 연이가 찬이랑 놀아주고 있었다. 연이가 정순이 저녁 준비를 하는 동안 착하게 동생을 돌봐주었다. 연이는 찬이를 안아서 납작하고 푹신한 베개 위에 올려놓았다. 찬이는 작아서 베개에 키가 딱 맞았다. 베개 귀퉁이를 잡고 이리 흔들 저리 흔들 시소를 타는 것처럼 흔들어주면 찬이는 방긋방긋 웃으며 좋아했다. 조금 흔들다 멈추면 기대에 찬 눈으로 누나를 쳐다봤다. 다시 흔들어주면 까르륵 소리까지 내며 웃었다. 찬이는 아직 기지는 못해도 엎드려서 가슴을 번쩍 들고 이리저리 둘러볼 정도로 컸다. 정순은 저녁 준비를 하면서도 연이가 찬이를 잘 데리고 노는지 자주 눈길을 주었다.

기석이 퇴근해 저녁을 먹고 일찍 자리를 깔았다. 아기 키우는 일이 힘든 정순은 드라마도 다 보지 못하고 곯아떨어지곤 했다. 찬이를 가운데 눕히고 정순과 기석은 자리에 누웠다. 그렇게 세 식구가 함께 잠을 잤다.

연이는 제 방에서 혼자 잤다. 연이가 데리고 자던 자장이는 어느새 찬밥 신세가 되었다. 손가락으로 밀어 띄우고 감겨야 하는 왼쪽 눈은 이제 아무리 해도 뜬 상태로 버틸 수가 없게 되었다. 언제나 외눈박이 신세였다. 머리카락은 부스스해져서 빗으로 빗길 수도 없었다. 연이는 자장이를 더이상 좋아하지 않았다. 언제나 안고 잠들었는데 이제는 아무렇게나 팽개쳐두었다. 연이가 잠드는 것을 가만 보고 있으면 연이는 뭔가 골똘하게 생각하는 것처럼 보였다. 나는 그런 연이를 무슨 궁리를 저리 하나, 뭐가 그렇게 심각한가 들여다보곤 했다. 연이는 깜깜해도 눈을 뜨고 있었는데, 잠들기 직전까지 눈을 뜨고 있다가 어느 순간 획 잠들어버렸다.

나는 연이의 꿈에 나타날 수도 있지 않을까? 어떻게 하면 내가 연이의 꿈속에 들어갈 수 있을까? 그것은 연이의 마음에 달려 있었다. 마음. 그놈의 마음. 마음대로는 절대 안 되는 마음. 내가 그 속으로 들어가려면 어떻게 해야 하나. 나는 자고 있는 연이의 작은 몸 위에 올라탄 적도 있었다. 나는 연이를 세게 끌어안고 얼굴과 가슴을 맞대고 있으면 내가 그 속으로 스며들어갈 수도 있지 않을까라고 생각했다. 하지만 그때 연이는 가위에 눌려 팔다리가 딱딱하게 굳어서 괴로워했다. 나는 그 이후 다시는 그런 짓을 하지 않았다.

* * *

어느 집이나 아침 시간은 바빴다. 아침 시간이 바쁜 제 아빠나 누나의 사정을 어린 찬이는 봐주지 않았다. '너희가 바쁘고 그런 건 난 모르겠고 우선 내 배부터 채우라'고 소리를 질러댔다. 정순은 우는 찬이를 업고 흔들어 달래가며 아침상을 차렸다. 아침상을 방으로 들여가고 나면 기석이 가지고 갈 도시락을 쌌다. 나와 살 때 기석은 점심으로 시장에서 구운 가래떡을 사먹거나 아니면 대충 굶었다. 그렇다고 아침과 저녁을 제대로 얻어먹는 것도 아니었다. 나는 툭하면 자리보전하고 드러눕기 일쑤여서 내가 기운 없이 "밥은?" 하고 물으면 기석은 "먹었지. 걱정 마. 먹었어"

라고 답했다. 이제 생각해보니 먹었을 리가 없었다. 기석은 주변머리가 없어 혼자 식당에 들어가 밥을 사먹지도 못하는 사람이었다. 아이들이나 먹는 군것질거리를 사람들이 안 보는 데서 후다닥 먹으면 모를까.

정순과 같이 살면서 기석은 아침과 점심, 저녁 세끼를 꼬박 정순이 해주는 밥을 먹었다. 그것은 내 딸 연이도 마찬가지였다. 정순은 솥에 안친 밥에 뜸을 들이고, 곤로 위에서 끓고 있는 찌개의 간을 보고, 바가지에 쓱쓱 나물 무치는 일을 한꺼번에 했다. 매일같이 함지박 가득 나오는 찬이의 기저귀를 빨고, 기석의 양말이며 와이샤쓰를 빨고 다리고 라면 부스러기를 튀겨서 연이 간식을 만들어주었다. 찬이가 이불에 오줌이나 똥을 묻혀도 정순은 싫은 기색도 없이 그저 쓱쓱 이불 홑청을 벗겨서 찬물에 담가 북북 문질러 빨았다. 무거운 솜이불도 번쩍 들고 나가 햇볕에 널었다. 비눗물을 푼 다라이 속에 들어가 이불을 밟아댈 때 힘줄이 서는 정순의 종아리는 튼실해 보였다.

기석과 연이가 안방에서 아침밥을 먹는 동안 정순은 아궁이의 솥에서 뜨거운 물을 퍼냈다. 수돗가의 대야에 뜨거운 물을 담고 찬물을 섞어서 온도를 맞추었다. 그동안에도 등에 업힌 찬이는 계속 칭얼거렸다. 새벽녘에 한 번 젖을 주었을 텐데 그게 모자랐나? 정순은 대개 아침 밥상을 치우고 나서 조금 한가해진 시간에 다시 한 번 젖을 주었다. 찬이는 제 어미의 젖통을 양손으로 잡고 꾹꾹 눌러가며 오래 느긋하게 젖을 빨곤 했는데 오늘은 그때까지 기다릴 수 없었던 모양이다.

급하게 세숫물 준비를 해놓고 정순은 포대기를 끄르며 방으로 들어갔다.

"연이 다 먹었으면 얼른 나가서 세수해. 이도 닦고. 책가방은 챙겼어?"

기석이 출근하고 정순은 먹은 밥상을 안방에 그대로 놓아둔 채 찬이 젖을 먹였다. 연이는 부엌으로 나갔다. 하루가 다르게 추워지는 날씨에 안에서 따듯한 물로 세수를 할 수 있다니 얼마나 다행스러운지 몰랐다. 옆집 희철이는 따듯한 물을 쓰기는 했지만 세수는 추운 밖에서 해야 했다. 세수하는 모습을 자주 볼 수 없는 걸 보면 매일같이 세수를 하지는 않는 모양이었다. 연이는 바쁜 일 없다는 듯이 천천히 비누칠을 했다. 비누를 오래 문질러 거품을 내고 손등에 정성스럽게 발랐다. 연이의 손이 하얗게 되었다. 연이는 쪼그리고 앉아서 손을 바라보았다. 역시 또 뭔가 골똘히 생각하고 있었다. 연이는 가끔 다른 세상에 가 있는 것처럼 보였다. 작은 머릿속에 어떤 세상이 들어 있는 것일까?

연이가 갑자기 일어났다. 손에는 비누가 묻어 있는 채였다. 정순은 안방에 있었다. 연이가 성큼성큼 두 발짝을 걸어 찬장으로 갔다. 찬장을 열고 포개놓은 접시들 밑에 있던 돈을 꺼냈다. 어제 숙이 엄마가 주고 간 곗돈이었다. 정순이 생채를 무치던 손으로 세어보느라 고춧가루 양념 자국이 콕콕 찍힌 만 원짜리 다섯 장. 연이는 아무 표정도 없이 그 돈을 바지 주머니 속에 집어넣었다! 그러고는 다시 앉아서 이번에는 급하게 푸푸 세수를 했다. 나는 가슴이 두방망이질쳤다.

— 뭐하는 거야, 연아? 지금 뭐한 거야?

안방에서 정순이 찬이를 어르는 소리가 들렸다.
"어이구, 그렇게 배가 고팠어? 응? 배고픈데 젖도 빨리 안 주고. 울 애기가 화가 났어요. 그치?"
나는 안절부절못했다.

— 얼른, 빨리… 무엇을 빨리? 아무튼 빨리 부엌에서 나

293

가 연아!

내 말을 들은 것처럼 연이는 서둘렀다. 비눗물로 부옇게
된 세숫대야의 물도 버리지 않고 그냥 일어섰다. 연이는
줄에 걸린 수건을 잡아채 얼굴을 닦으면서 자기 방으로 들
어갔다. 수건은 방바닥에 아무렇게나 놓고 옷을 갈아입었
다. 연이는 옷을 갈아입기 전에 바지 주머니에 있는 돈을
꺼내어 책가방 앞주머니에 소중하게 넣었다. 그러면서 흘
끔 뒤를 돌아봤다. 연이는 지금 자기가 하는 행동이 어떤
것인지 정확히 알고 있었다. 연이는 돈을 훔쳤다.

정순이 찬이를 들여다보며 젖을 먹이는 동안 연이는 돈
을 훔치고 세수를 하고 옷을 갈아입고 머리를 빗고 책가방
을 등에 멨다.

"다녀오겠습니다."

"응, 가방 잘 챙겼어? 준비물은 없어? 학교 끝나면 집으
로 바로 와야 돼."

연이는 대답도 제대로 하지 않고 밖으로 나갔다. 나는
연이를 따라 학교에 가야 할지, 오늘은 집에 남아야 할지
몰라서 허둥거렸다. 집에 남아서 돈이 없어진 것을 정순이
언제 알아차리는지 봐야 할까? 아침상을 치우고 나면 집

안 정리를 한 뒤 옷을 갈아입고 화장을 조금 하고는 계모임에 나갈 텐데. 아이를 데리고 가야 하니 아기 기저귀며 손수건 등을 챙겨야 할 텐데. 아기 물건을 챙기면서 자기 소지품도 챙기고 그리고… 돈을 챙길 텐데. 계모임은 돈을 가지고 가는 모임이니까. 자기 돈과 숙이 엄마의 돈까지. 숙이 엄마가 어제 맡긴 돈. 아침에 연이가 가지고 가버린 그 돈 말이다.

　나는 정순이 어제 그 돈을 잘 챙겨놓지 않고 아침까지도 그냥 접시 밑에 놔둔 일에 화가 났다. 어쩜 그리 조심성이 없을까? 작은 돈도 아닌데. 숙이 엄마가 정순을 보며 혀를 쯧쯧 차는 이유를 충분히 이해할 수 있었다. 시청료를 받으러 와도 그렇고, 방범비를 받으러 와도 그렇고 싸워볼 생각도 안 하고 달라면 달라는 대로 주는 것을 보면 돈 귀한 줄 모르는 듯했다. 돈 귀한 줄을 모르니 돈을 아무렇게나 두었겠지. 왜 그런 것을 거기 그냥 두느냐 말이다. 정순이 돈을 그곳에 두었다는 것은 누가 알고 있을까? 그 자리에 있던 정순과 숙이 엄마가 안다. 나도 그때 부엌 문간에 앉아 보았지만 내가 그걸 보았다는 사실을 그 둘은 꿈에도 몰랐을 것이다. 연이가 그 모습을 보았다는 것은 나도 몰랐다. 연이는 마루에서 찬이랑 놀고 있었는데. 마루에서 부엌으로 통하는 문이 활짝 열려 있었으니 연이가 그 모습을 볼 수도 있었다. 그렇지만 연이가 볼 수도 있다는 사실을 정순은 정말 모르고 있을까? 나는 몰랐는데. 아아… 정순은 그 사실을 몰라야 하는데.

나는 우왕좌왕하다가 연이를 따라 뛰쳐나갔다. 정순이 그 사실을 언제 알게 되느냐보다 연이가 그 돈을 어떻게 하는지가 더 걱정되었다. 연이가 그 돈을 계속 가지고 있으면 들키는 것은 시간문제였다. 다른 곳에 감추거나 표시나지 않게 써야 했다. 아… 나는 지금 뭐하는 거지? 연이가 도둑질을 해서 속상한 것보다 연이가 들킬까 봐 더 걱정하고 있었다. 내가 엄마라면. 죽은 엄마가 아닌 살아 있는 진짜 엄마라면 나는 연이를 호되게 혼내고 다시는 그런 짓을 못 하게 했을 것이다. 그렇지만 지금 내가 할 수 있는 일은 아무것도 없다. 어떡해야 좋을지를 모르겠다.

연이는 타박타박 걸어 학교에 갔다. 특별히 기분이 좋아 보이지도 않았고, 그렇다고 큰 걱정이 있어 보이지도 않았다. 학교에 있는 내내 안절부절 어쩔 줄 몰라 한 것은 연이가 아니라 나였다. 연이는 한 번도 책가방에 돈이 잘 들어 있는지 확인하지 않았다. 나 같으면 '가방에 돈이 있다'는 생각을 단 한순간도 잊어버리지 못했을 텐데. 연이는 새끼

새처럼 입을 쫙쫙 벌려 책을 따라 읽고 노래를 하고 쉬는 시간에는 교실 바닥에서 공기놀이를 했다.

드디어 학교가 끝났다. 연이는 느릿느릿 책가방을 챙겼다. 아이들이 다 빠져나간 교실에서 마지막으로 나왔다. 그리고 천천히 걸었다. 그 돈 생각을 하고 있는 것이 분명했다. 어떻게 해야 할지 정하지 못한 것 같았다. 어쩌면 연이는 그 돈을 다시 갖다둘 생각을 하고 있는 것은 아닐까? 연이는 지금 후회하고 걱정하고 있는 것일 게다. 그래 잘되었다. 정순은 아마 그 돈은 생각지도 못하고 그냥 계모임에 갔을지도 모른다. 그 돈을 거기 둔 것을 까맣게 잊고 갔다가 나중에 생각이 났을 것이다. 이왕 계모임에 간 것이니 짜장면을 먹고 오후에 돌아올 것이다. 돈은 저녁에 계주인 교감댁네에게 가져다줄 생각일 것이다. 그러니 연이가 어서 집으로 가서 돈을 찬장 접시밑에 다시 넣어두면 되었다.

- 어서 빨리 집에 가라 연아. 제발.

터벅터벅 걷던 연이는 문방구 앞에서 발걸음을 멈추었다. 문턱이 높은 그 문방구 말이다. 문 앞 매대에 종이딱지와 종이인형들을 죽 늘어놓았다. 아이들이 구경할 수 있는 것은 아이들이 가진 돈으로도 살 수 있는 값싼 것들이었다. 아무리 구경해보았자 마음대로 살 수 없는 비싼 것들은 안에 모셔두었다. 그러니까 마론인형 같은 것.

문방구 여자가 연이를 쳐다봤다. 연이는 망설이지도 않고 말했다.

"인형 주세요."

"무슨 인형? 골라."

문방구 여자가 턱으로 매대에 놓인 종이인형을 가리켰다. 하지만 연이는 고개를 꼬아서 미닫이문 안쪽을 들여다보았다.

"마론인형이요. 저기 있는 것."

미닫이문 안쪽 선반에 딱딱한 비닐 상자에 포장되어 있는 인형들이 나란히 서 있는 것이 보였다. 만질 수도 없고 실컷 볼 수도 없는 곳에 있었다. 인형은 세 개였다. 수영복을 입은 것과 짧은 치마를 입은 것, 몸에 붙는 중국풍의 원피스를 입은 것이 있었다. 치마폭이 풍성한 드레스를 입은 인형은 없었다. 레이스와 반짝이가 달린 공주 드레스는 별도로 사야 하는 것이었다. 비싼 것은 옷값이 인형 값과 비슷했다. 문방구 여자는 의심스런 표정으로 연이를 쳐다봤다.

"너 돈 있어? 저건 비싼데."

연이가 꼬물꼬물 가방 앞주머니에서 만 원짜리 한 장을 꺼내 보여줬다. 문방구 여자의 표정이 밝아졌다.

"들어와서 골라볼래?"

문 앞에 버티고 섰던 여자가 몸을 돌려 비켜주었다. 연이는 양쪽으로 나뉜 매대 사이를 걸어서 미닫이문 안으로 들어갔다. 밖에서 보는 것보다 안은 훨씬 넓고 없는 것 없이 다 있었다. 피리, 소고, 줄넘기 줄, 훌라후프 같은 학교 준비물뿐 아니라 인형과 장난감 자동차가 종류별로 있었고 아이들 실내화, 신발주머니, 책가방까지 있었다. 연이는 다른 것은 구경하지 않고 인형만 쳐다봤다. 문방구 여자는 연이를 문턱 안으로 들여보내주기는 했지만 선반에서 인형을 내려주지는 않았다. 연이는 고개를 뒤로 꺾고 인형들을 올려다보았다. 그 사이에 다른 아이들이 와서 문방구 여자는 밖에 있는 아이들을 상대해야 하고 또 연이를 틈틈이 살펴보기도 해야 해서 눈이 바빴다. 연이는 세 개의 인형 중에서 어느 것을 사야 할지 얼른 정하지 못하고 있었는데, 마음이 급한 것은 문방구 여자였지 연이가 아니었다. 아이들이 몰려오자 문방구 여자가 급기야 짜증을 냈다.

"다 똑같아. 어차피 옷은 따로 사야 하는 거야."

연이는 원피스를 입은 인형을 골랐다.

"드레스는 안 사?"

문방구 여자가 비닐 포장이 되어 있는 드레스들을 보여주었다. 상자에 가득한 드레스 중에서 연이는 하늘색 드레스를 골랐다. 당연히 금색과 은색의 반짝이와 레이스가 붙어 있었다.

− 사실 나는 공단 느낌이 나는 빨간색 드레스가 더 예쁜 것 같았는데. 아니 이게 아니지. 연아, 너 그러면 안 돼….

연이는 돈을 내고 물건을 건네받았다. 인형과 드레스는 손에 들고 거스름돈을 받아서 책가방 앞주머니에 넣었다. 연이가 밖으로 나가자 매대 근처에서 왁자하던 아이들이 연이를 쳐다봤다. 문방구 미닫이문 안에 들어가는 아이는 뭔가 특권을 가진 아이이기 때문에 아이들이 쳐다보는 것은 당연했다. 연이 손에 포장도 뜯지 않은 마론인형과 드레스가 들려 있었으므로 여자아이들이 비켜서서 순식간에 길을 열어준 것도 당연한 일이었다. 연이는 그 누구에게도 눈길을 주지 않은 채 천천히 걸어서 그 자리를 빠져나왔다.

연이는 그 뒤 돈을 조금 더 썼다. 길에서 도나쓰를 하나 사서 설탕에 묻혀 먹었고, 구멍가게에서 풍선껌과 캬라멜을 샀다. 연이는 느긋하게 풍요를 즐겼다.

연이는 학교 뒷산에 올랐다. 산이라고 하기는 뭐하고 그냥 언덕이었다. 학교 쓰레기장에서 쓰레기 태우는 연기가 그대로 넘어오고, 변변한 나무 없이 관목 덤불만 조금 있는 그런 곳이었다. 잘 찾아보면 볕이 잘 드는 바위도 있었고 나름대로 아늑한 곳도 있기는 했지만 그런 곳에는 예외 없이 막걸리 병이나 과자 봉지가 나뒹굴고 있었다. 연이는 한곳에 자리를 잡았다. 아무도 방해하지 않는 곳. 마음 놓고 인형 포장을 뜯어서 옷도 갈아입히고 놀이를 할 수 있는 곳을 찾았다. 딱딱한 비닐 포장을 벗길 때는 곁에서 들여다보는 나도 가슴이 두근두근했다. 예쁘긴 예쁘다 싶었고, 어서 옷을 갈아입히고 싶었고, 머리를 빗겨보고 싶었고, 파티에 참석해 춤을 추게 하고 싶었다. 그러니까 그냥 될 대로 되라는 마음이었다. 이왕 엎질러진 물이었다.

가을 해는 짧았다. 학교 파하고 얼마 되지 않은 것 같은데 벌써 그림자가 길어졌다. 연이는 인형의 이름을 짓지도 못했다. "안나, 파티 시간에 늦겠어" 하다가 "비비안, 저녁은 어디서 먹을까?" 하다가 "세라, 이 옷이 마음에 들어?"

라고 했다. 마지막에는 계속 '세라'로 불러서 이제 세라로 결정했나 싶었는데 금세 또 '샐리'로 바뀌었다. 이름이 세라인지 샐리인지 연이도 계속 헷갈려했다.

더 늦으면 집에 가서 혼날 텐데 싶은 시간에 딱 맞춰 연이는 일어섰다. 인형과 인형옷, 먹다 남은 캬라멜과 껌을 책가방에 넣었다. 가방 앞주머니에는 여전히 남은 돈이 들어 있을 터였다.

연이는 어스름해지기 직전에 집에 도착했다. 대문이 활짝 열려 있었다. 대문이 열려 있는 것이야 늘 있는 일이었으니 놀라울 것이 없었다. 연이네 현관 앞마당에는 동네 여자들이 모여 있었다. 동네 여자들이 모이는 일도 매일같이 있는 일이었으므로 특별할 것이 없었다. 동네 아이들도 모여 있었다. 동네 아이들은 원래 모여 있는 것이 정상이었다. 그런데 분위기가 심상치 않았다.

책가방(인형과 돈이 든 책가방)을 메고 주춤주춤 들어서던 연이는 대문을 넘어서자마자 걸음을 우뚝 멈추었다. 연이의 시선이 멈춘 곳을 보니 여자들이 모여선 곳 가운데에 낯선 사람이 서 있었다. 진한 남색 제복을 입은 남자. 경찰!

- 숨이 턱 막힌다는 건, 아아, 이런 거였구나. 그냥 그런 느낌을 말하는 거라고 생각했는데, 깜짝 놀라면 정말로 숨이 턱 막히는구나. 정말이네. 와, 책에서만 나오는 말인 줄 알았는데.

나는 턱 숨이 막혀서 어깨가 바싹 올라간 채 그런 생각을 하고 있었다.

경찰이 왔어! 왜? 당연히 도둑이 들었기 때문이지. 돈이 없어졌기 때문에 정순이 신고를 한 것이었다. 오만 원은 큰돈이었다. 오만 원은 숙이 엄마가 한 달 내내 일하며 일수놀이를 해서 벌벌 떨며 아껴 모은 그 여자의 한 달 곗돈이었다. 십 대 여공들이 공장에서 재봉틀 바늘에 찔려가며 옷과 가방을 만들고 받는 한 달 월급이었다. 숙이 엄마는 도대체 어떻게 그만한 곗돈을 매달 마련할 수 있는 것일까? 어째서 나는 이제 와서야 그런 생각이 든 것일까. 그 돈이 숙이 엄마의 돈이었다는 것. 숙이 엄마는 무거운 보따리를 이고 다니며 장사를 해서 돈을 번다는 것. 희숙이 아버지는 딸아이를 찾아 헤매는 일과 술 마시는 일 외에는 돈벌이를 하지 않는다는 것. 희철이는 지난 겨울 이사 올 때 보았던 초록색 쉐타를 찬 바람이 불자 다시 꺼내 입었다는 것. 그때도 짧았던 소매가 더 짧아져 이제는 긴팔 옷이라고 볼 수도 없다는 것. 이제야 그런 것들이 떠올랐다.

아이들이 하도 시끄럽게 떠들어대서 어른들이 무슨 말을 하는지 들리지 않았다.

"저 아저씨가 형사지? 그치?"

"저 아저씨는 형사 아니야. 높은 형사는 바바리 입고 졸자들은 잠바 입는데, 저 아저씨는 경찰 옷을 입었잖아."

"형사는 안 와?"

"형사는 나중에 올 걸? 와서 이제 지문 검사도 하고 그러면 도둑은 다 잡혀. 내가 수사반장에서 봤어."

"지문 검사가 뭔데?

"야! 넌 그것도 모르냐? 지문 검사하면 이제 우리도 다 종이에다 지문 찍어야 돼."

아이들은 자기 엄지손가락을 자세히 들여다보고 서로 다른 아이들 것과 비교했다. 내 지문은 동글동글한데 네 것은 길쭉하다느니, 동그란 사람이 머리가 좋은 사람이라느니, 말도 안 된다느니 하며 떠들어댔다.

"야야, 니들은 좀 나가라!"

반장 아줌마가 아이들을 몰아냈다.

연이는 후딱 대문 옆에 있는 숙이 엄마네 부엌으로 숨었다. 연이는 거의 숨도 쉬지 못하는 것 같았다. 덩달아 나도 같이 숨었다. 연이가 부엌 벽에 착 붙어 있는데 경찰이 마당을 성큼성큼 가로질러 대문 밖으로 나가는 것이 보였다. 어떻게 된 일인지 궁금한 나는 얼른 따라나갔다.

아이들이 경찰에게 달라붙었다.

"아저씨, 도둑 잡았어요?"

"아저씨, 지문 검사는 안 해요?"

경찰은 아이들을 손짓으로 쫓았지만 아이들은 경찰을 에워싸고 골목 끝까지 따라갔다. 여자들은 대문을 나와서도 흩어지지 않고 골목 귀퉁이에 서서 다시 수군거렸다.

"밖에서 든 도둑은 아니야. 도둑이 어떻게 고것만 그렇게 날름 집어갔겠어? 뒤진 흔적도 없다는데."

"거기 돈이 있다는 걸 아는 사람인 거지."

"아무도 본 사람이 없다면서. 숙이 엄마가 돈 줄 때 말이야."

"내 말. 거기 돈 있는 건 연이 엄마랑 숙이 엄마 둘밖에 모르는 거라고."

뚱뚱하고 입이 조그만 세호 엄마가 목소리를 낮추었다.

"둘밖에 모르는 일이면 둘 중 하나 아니야? 근데 연이 엄마는 자기 돈 자기가 훔쳤을 리가 없잖아."

"그럼 숙이 엄마라고? 아이고, 그건 아니야. 그이가 성질은 좀 사나워도 돈 관계는 정확하잖아."

교감 사모가 나무라는 표정을 지었다.

세호 엄마는 샐쭉해졌다.

"그럼 연이 엄마가 자기가 훔쳐놓고 쇼하는 거라고? 경찰에 막 신고하고?"

"누가 그렇대?"

"둘 다 아니면 그럼 누구야?"

"그러니까 귀신이 곡할 노릇이라는 거지."

아아, 정말로 곡을 하고 싶은 심정이었다. 이 노릇을 어찌하면 좋을까?

세호 엄마가 다시 교감 사모에게 물었다.

"그래서 오늘 숙이 엄마 곗돈은 어떻게 했어요?"

"일단 미수지 뭐⋯."

"그럼 어떻게 해? 그 돈 연이 엄마가 물어내나?"

여자들은 또 각각 떠들어댔다.

"도둑맞은 건 숙이 엄마 돈인데, 그걸 왜 연이 엄마가 물어내?"

"숙이 엄마가 가만 안 있을 텐데. 그럼 이거 어떻게 되는 거야? 응?"

"숙이 엄마는 왜 여태 안 들어와? 이렇게 사단이 났는데."

머리가 아파왔다. 여자들이 저녁한다고 각자 흩어지고 나도 서둘러 집으로 돌아왔다. 연이는 여전히 숙이 엄마네 부엌에 숨어 있었다. 등에 멘 책가방 어깨끈을 꼭 잡고 있었다. 그 안에 무엇이 들어 있는지 나도 아는 터라 지금 저 가방이 얼마나 무거울지 짐작이 갔다. 가방 안에 들어 있는 것이 마치 폭탄이라도 되는 것처럼 느껴졌다.

숙이 엄마네 부엌은 날림이었다. 문도 달지 않은 것은 둘째치고 일단 벽이 똑바르지 않고 뒤로 슬쩍 기울어져 있었다. 그냥 보면 잘 모르지만 쌓여 있는 연탄을 보면 벽이 기운 것을 알 수 있었다. 바닥부터 층층이 연탄을 쌓아올렸는데, 바닥에 있는 연탄은 벽에 착 붙었지만 위로 올라갈수록 약간씩 틈이 생기면서 맨 위쪽은 벽하고 거의 한 뼘 정도는 떨어져 있었다. 연이는 그 틈을 쳐다봤다. 그러고는 책가방에서 인형을 꺼내 연탄과 벽 사이 빈 틈으로 던져 넣었다. '스윽, 툭' 하는 소리를 들으니 몸의 솜털이 다 곤두서는 느낌이었다. 남은 돈도 지폐, 동전 구분하지 않고 다 던져 넣었다. 동전이 연탄과 벽 사이 틈에 끼였는지 땡그랑 소리도 들리지 않았다. 연이는 조금도 주저하지 않았다. 세라인지 샐리인지는 연탄 사이에 처박혔다. 마론 인형의 반짝거리고 사각거리는 하늘색 드레스는 온통 시커메질 것이다.

연이는 나지막히 한숨을 한 번 쉬고는 희숙이네 부엌을 나갔다. 집에 들어가보니 정순은 시름에 겨운 얼굴로 찬이를 재우고 있었다. 연이가 들어서며 "다녀왔습니다"라고 인사를 해도 짧게 "응"이라고 대답할 뿐 "왜 이리 늦었냐"거나 "점심은 먹었냐"는 말은 묻지도 않았다. 다른 때 같았으면 아이가 먹는지 굶는지 관심도 없이 제 새끼만 싸안고 있다고, 팥쥐 엄마랑 다를 게 뭐냐고 욕을 했겠지만 이날은 다행스럽기만 했다. 배 안 고프냐, 왜 안 고프냐, 뭘 먹었느냐, 무슨 돈으로 그런 걸 사먹었느냐 따지기 시작하면 골치 아프다. 말을 잘하는(사실 거짓말도 잘한다) 연이지만 아무렇지 않게 그 고개를 다 넘을 수 있을지 자신이 없었다.

정순이 별다른 말을 하지 않아 다행스러웠던 것은 그때뿐 얼마 지나지 않아 집은 또 한 번 난리가 났다. 기석이 퇴근해 들어오고 정순이 저녁 밥상을 차려서 막 들고 오려는 참이었다. 밖에서부터 시끄러운 소리가 들려오더니 현관문이 벌컥 열리고 얼굴이 시뻘게진 숙이 엄마가 삿대질을 하며 고래고래 소리를 질러댔다.

"나와! 이리 나와 보라고! 어디 사람을 도둑년으로 몰아. 하이고 기가 막혀. 세상 나처럼만 살라고 해, 나처럼만!"

"아유 왜 이래요? 무슨 소리예요?"

정순이 급하게 뛰쳐나갔다. 숙이 엄마를 데리고 밖으로 나가려고 했지만 숙이 엄마는 정순의 손을 거칠게 뿌리치며 악을 썼다.

"돈 간수 못 한 년은 따로 있는데, 왜 내가 도둑 누명을 써? 응? 가자. 같이 경찰서 가자고. 가서 누가 도둑인지 따져봐. 거기 찬장에 내 지문 있나 없나 검사해보면 다 나와."

기석이 나섰다.

"무슨 일이십니까? 고정하세요. 여보, 무슨 일이야?"

저녁잠을 자던 찬이가 깨어 울었다. 연이는 눈을 동그랗게 뜨고 방구석에 서서 꼼짝도 하지 않았다. 정순은 곧 울음이 터지기 직전이었다.

"거기 돈 있는 거 아는 사람이 거기랑 나랑 둘뿐이라고 했다면서? 그럼 그 소리가 뭐야? 제가 한 짓은 아니라고 했을 테니 내가 도둑년이란 소리 아니야? 아이고, 아부지. 나는 못 사네. 억울해서 못 살아. 아이고, 아이고오!"

숙이 엄마는 주저앉아 땅을 치며 울부짖었다.

"아니에요, 그게 아니라고요."

숙이 엄마를 달래던 정순도 같이 주저앉아 울음을 터뜨렸다. 찬이는 더 크게 울어댔다. 기석은 셋 중 누구를 달래야 할지 몰라 우왕좌왕했다. 나는 동네 아이들과 숙이 엄마가 말하는 대로 그 지문 검사인가 뭔가를 하면 금세 연이의 지문이 발견되는 것은 아닌가, 경찰이 와서 숙이 엄마 부엌의 연탄을 들어내고 거기서 시커멓게 숯검정이 묻은 세라인지 샐리인지를 찾아내는 것은 아닌가, 고춧가루 양념이 콕콕 찍힌 만 원짜리들을 고스란히 들키는 것은 아닌가 싶어서 하늘이 노래졌다. 여자 둘과 아기 하나가 울어대고, 남자 어른과 여자 귀신 하나가 망연자실해 있는 동안 연이는 안방으로 가서 우는 찬이를 안아 올려서 달랬다. 그나마 그 속에서 정신을 제대로 차리고 있는 것은 연이 하나뿐이었다.

22. 부엌

나는 시간만 나면 숙이 엄마네 부엌으로 갔다. 나는 할
일이 있었다. 연이가 숨겨둔 인형을 찾아야 했다. 숙이 엄
마네 부엌의 연탄 더미 뒤. 기울어진 벽과 연탄 틈새 어디
쯤에 쭉 뻗은 다리를 가진 인형이 쑤셔 박혀 있었다. 시커
먼 연탄 가루가 묻어 다리고 얼굴이고 엉망이 되었겠지.
인형은 어디쯤 있을까? 벽에 뺨을 대고 연탄 뒤의 틈을 들
여다보려고 해도 도무지 보이지 않았다. 높은 곳에 올라서
서 봐야 보일 것 같은데 어디 올라설 곳이 없었다. 맞은편
부뚜막 위로 올라가보았지만 연탄 더미 뒤는 보이지 않았
다. 사다리라도 갖다놓고 살펴볼까 싶었지만 집 안에는 그
런 것이 없었고, 있다 해도 내 손으로 옮길 수도 없었다.

─ 아니, 사다리고 뭐고 간에 귀신이면 훌쩍 날아올라서 볼 수 있어야 되는 것 아니야? 연탄 뒤에 있든 땅속 깊이 파묻었든 보려고만 하면 척척 보여야 되는 것 아니야? 그까짓 인형 하나쯤 없애든지 만들든지 그런 건 식은 죽 먹는 것처럼 쉬워야 하는 것 아니야?

내 자신이 한심하기 이를 데 없었다. 멀찌감치 떨어져서 살펴보니 인형은 연탄이 밑에서부터 여섯 단쯤 쌓인 곳에 걸려 있는 것 같았다. 인형 몸피를 생각해보면 틈이 좁아서 더 밑으로는 내려가지 못했을 것이다. 연탄을 세어보니 옆으로 열두 줄, 위로는 열한 줄이 쌓여 있었다. 나는 인형이 언제쯤 발견될까 계산해보았다.

─ 숙이 엄마네는 연탄 아궁이가 한 개뿐이고 또 늘 아궁이 불구멍을 틀어막으니까 하루에 연탄을 두세 장쯤 쓰려나? 아니, 그래도 설마 서너 장은 쓰겠지? 그러면 인형 있는 곳까지 연탄을 쓰는 데 얼마나 걸리려나?

그런데 숙이 엄마는 연탄을 위에서부터 한 장씩 쓰는 것이 아니라 손에 잡히는 대로 쓰는지 쌓여 있는 연탄 모양이 네모가 아니라 비뚤어진 세모였다. 그냥 연탄집게가 가는 대로 아무렇게나 순서 없이 쓰고 있다면 이런 계산은 다 쓸데없는 짓이었다. 언젠가 저 인형이 발견되는 것은 불 보듯 뻔했다. 며칠 후가 될지 아니면 한 달이 될지 알 수 없었지만 숙이 엄마는 꾸준히 연탄을 때고 있었고, 날은 계속 추워지고 있었으니 인형이 발각되는 것은 시간문제였다.

근심스럽게 희숙이네 부엌을 들여다보는 눈이 또 하나 있었다. 당연히 연이었다. 연이도 걱정이 많이 되는 모양이었다. 연이도 사리분별을 할 줄 알았다. 인형이 발견되면 당장에 자기가 의심받는다는 것을 알고 있었다. 또한 그곳에는 인형뿐만 아니라 돈도 있었다. 오만 원에서 인형 값과 군것질 값을 제하고 남은 돈 말이다. 고춧가루 양념이 묻은 바로 그 돈. 아무리 생각해도 빠져나갈 구멍이 없었다.

나는 틈만 나면 들여다보고 한밤중에도 숙이 엄마네 부뚜막에 앉아 골똘히 연탄을 들여다보는 와중에 몇 번이나 근점이를 만났다. 검정 몽당치마 아이 말이다. 근점이는 어디든지 갈 수 있었다. 물건도 움직이고, 동에 번쩍 서에 번쩍 할 수 있었다. 그런데도 좁은 숙이 엄마네 부엌에서 밤을 보냈다. 이 아이는 희숙이가 아니고 근점이라면서 왜 숙이 엄마네 부엌 귀퉁이에 터를 잡고 있는 것일까?

– 여기가 우리 집이니까.

내가 물었더니 근점이가 대답했다.
이 터에 희숙이네가 살기 전에 근점이네 집이 있었던 모양이다. 그리고 보니 근점이는 언제 죽었을까?

– 전쟁이 났대.

아아… 전쟁. 전쟁에서 사람들이 엄청나게 죽었지. 흔히 전쟁이라면 총에 맞아 죽는 것만 생각하지만 겪어본 사람은 그게 아니라는 것을 잘 알고 있다. 나는 전쟁에서 총에 맞아 죽은 사람은 알지 못하지만 굶어 죽고, 얼어 죽고 병들어 죽은 숱한 사람을 알고 있었다.

– 나는 다섯 살이었어. 저녁 먹다 말고 엄마, 아부지가 짐을 쌌어. 이불보에다가 옷이랑 살림살이랑 막 이것저것 넣어서 아버지 등에 멨어. 오빠도 룩색에다가 숟가

락이랑 뭐뭐 넣어 메고, 엄마는 포대기로 동생을 업었지. 산 너머에서 꿍! 꿍! 하는 소리가 들렸어. 그런데 이상하게 엄마가 솥에 해놓은 밥을 다 먹지도 않았는데 안 가져가는 거야. '엄마, 저거 밥 남은 거 가져가지.' '엄마, 저거는 왜 안 가져가?' 몇 번이나 물어도 엄마는 대답을 안 하는 거야. 그러면서 '근점아, 밥 남은 거 먹고 있어라. 착하게 밥 남은 거 먹고 있어라. 열무랑 짠지랑 먹어라' 하는 거야. '엄마랑 아부지는 어디 가는데? 오빠는 어디 가는데?'라고 물으니 '금방 오니까 너는 집에 있어라' 하는 거야. 엄마는 근학이는 데려가면서 나한테는 '있어라, 근점아, 집에 있어라' 했어. 나는 혼자서 집을 볼 수 있거든. 그전에도 오빠는 놀러 가고, 근학이는 엄마가 업고 가고 나 혼자 집에서 놀았거든. 전에도 맨날 그랬거든. 나는 애기가 아니니까.

너는 아기가 아니라는 말. '너 애기야?'라고 윽박지르는 것은 세상 참 편리한 말이었다. 무서워하지도 말고, 울지도 말고, 엄마를 그리워하지도 말라고 할 때 하는 말이었다. 어른들이 저 좋자고, 편하자고 아이들을 다그칠 때 하는 말이었다. 근점이는 아기가 아니라는 것을 증명하기 위해서 집에 남았다. 말 잘 듣는 착한 아이라는 것을 보여 주려고. 전쟁통의 피난은 정신이 없었을 것이다. 전쟁이 언제 난다고 말해준 사람도 없었고, 전쟁이 나면 어떻게 해야 한다고 가르쳐준 사람도 없어서 그때 사람들은 옆집은 어떻게 하나 지켜보다가 이웃과 친척들이 피난을 가고, 집 앞 큰길이 사람들로 가득차자 부랴부랴 밥 먹던 숟가락을 내동댕이치고 피난을 떠났다.

다섯 살은 애매한 나이다. 피난을 갈 때 데리고 가기에 애매한 나이라는 뜻이다. 아기는 업으면 된다. 아기는 가벼워서 엄마가 포대기로 업고 뛸 수 있다. 큰 아이는 걸으면 된다. 자기 발로 걷고 뛰고 어쩌면 어른보다 더 잘 뛸 수도 있다. 다섯 살은… 애매하다. 걷다가 넘어지고 자다가 울기도 한다. 어른에게 짐이 된다. 또 아이가 셋이면 애매하다. 다 데리고 갈 수 없다. 엄마는 아기를 업고, 아빠는 짐을 져야 한다. 짐을 지지 않으면 포탄을 피해 나선 길에서 굶어죽거나 얼어 죽을 수도 있다. 다섯 살은 어떻게 해야 하나. 아기는 아니지만 그래서 엄마 등에 업힐 수도 없지만, 그래도 사실은 아기나 마찬가지여서 혼자서는 살아갈 수가 없는데.

- 집에서 기다리고 있으라고 했어.

기다리고 있으라고 했구나. 기다리고 있으면 돌아온다
고. 그래서 근점이는 기다리고 있었다. 여전히. 30년 동안.
몇 번이나 살던 집이 부숴지고 새 집이 지어져도 이 아이
는 이곳을 떠날 생각이 없었던 것이다.

23. 변소

갑자기 찬바람이 불던 날, 연탄이 아직 몇 줄이나 남았는데도 숙이 엄마는 연탄을 두 구루마나 사서 부엌 벽을 꽉 채웠다. 나는 콧노래가 났고 연이도 더이상 희숙이네 부엌을 들여다보지 않았다.

연이 학교에서 약봉지 같은 것을 나눠주었다. 작은 종이 봉투 안에 또 비닐봉투가 들어 있었다. 채변봉투였다. 담임 선생님이 말했다.

"여기에 자기 대변을, 대변 알지? 똥 말이야 똥. 이 안에 있는 비닐에다 자기 똥을 담아서 학교로 가지고 오는 거야. 내일까지. 안 가져오는 사람은 복도에서 똥을 싸게 할 테니까 애들 보는 앞에서 엉덩이 까고 싶은 사람은 그렇게 하고."

학교에서 채변봉투를 나눠주는 이유는 기생충 검사를 하기 위해서였다. 어린이의 건강은 학교와 나라가 돌보았다. 어린이는 나라의 기둥이니까. 예방접종도 학교에서 했다. 불주사라고 부르는 결핵주사를 맞았고, 다른 전염병 예방주사도 맞았다.

"변소에 구더기 있지? 징그럽지? 그런 게 몸속에서 기어 다닌다고 생각해봐. 기생충은 그거보다 훨씬 더 크고 길어. 뱃속에 기생충이 있으면 우리가 밥을 먹어도 그 기생충이 다 뺏어먹어 키도 안 크고 살도 안 찌고 힘도 없고 비실비실해져. 점점 그러다 나중에는 어떻게 되겠어? 밥을 먹어도 굶어 죽는 거야."

담임 선생님은 굶어 죽지는 않더라도 벌레가 머리로 기어 올라갈 수도 있고 그러면 기생충이 시키는 대로 하는 바보가 된다고 했다. 그렇게 되고 싶지 않으면 내일까지 반드시 똥을 학교에 가지고 오라고, 가지고 오지 않으면 (이러고저러고 해서) 죽는다고 몇 번이나 말했다.

연이가 학교에서 받아온 채변봉투를 정순에게 내밀자 정순은 입을 딱 벌렸다. 그러고는 한동안 뒷면에 쓰인 채변 방법을 꼼꼼히 읽었다. 그리고 연이에게 말했다.

"얘, 이건 어쨌든 네 똥을 가져가야 하는 거야."

연이는 대답 없이 정순을 바라봤다.

"어휴 참. 니가 일단 똥을 눠야지. 그래야 내가 뭘 해주
든지 하지. 지금 똥 마려워 안 마려워?"

"…."

"안 마려워도 일단 싸봐. 지금 변소 가."

밖으로 나오는 연이를 정순이 따라 나왔다. 정순은 변소
바닥에 신문지를 깔아주었다.

"구멍 안에 떨어뜨리면 안 되니까 여기다 싸는 거야. 알
았지?"

연이는 어릴 때부터 똥 누는 일이 어려웠다. 당연히 변
소 가기를 싫어하고 무서워했다. 대부분의 아이들은 변소
를 무서워했다. 엉덩이를 까고 앉으면 변소에 사는 귀신
이 음산한 목소리로 '파란 종이 줄까, 빨간 종이 줄까' 하
고 묻는다고 했다. 귀신이 색종이를 준다니 고마운 일이라
고 생각하는 아이들은 없었다. 아이들은 한 손에는 파란
종이, 다른 한 손에는 빨간 종이를 든 귀신이 나타날까 봐
훤한 대낮에도 변소 가기를 두려워했다. 그런데 내가 알기
로는 변소에 자리잡고 사는 귀신은 없었다. 어떤 사람에게

평생 좁고 불편하고 냄새나는 변소에서만 살라고 하면 살겠는가? 귀신은 사람이 죽어서 되는 것이라 사람이 싫어하는 곳은 귀신도 싫어했다. 귀신도 쉴 때는 따뜻하고 아늑한 곳 또는 졸졸 흐르는 물소리가 있는 곳을 좋아했다.

안 그래도 똥 누기 힘들어하는 연이가 마렵지도 않은 똥을 눌 리가 없었다. 게다가 변소 문은 활짝 열려 있었고, 그 앞을 소독저를 든 정순이 지키고 있었다. 나오던 똥도 들어갈 판이었다.

연이는 저녁 해가 저물 때까지 다섯 번 넘게 변소를 드나들었다. 연이가 채변봉투를 받아온 일은 '동네가 짜하게'까지는 아니어도 연이네 식구와 희숙이네 식구 모두가 알게 되었다. 희철이 역시 채변봉투를 받아왔기 때문이기도 했지만 연이가 변소를 너무 자주, 오래 차지하고 있어서 그 집 식구들까지 아주 곤란을 겪었기 때문이다.

연이는 노력했다.

"끙… 으… 으응… 끄 으 으 응 으 으 으 응 으엉… 어엉 엉엉엉~!"

연이는 변소에 쭈그리고 앉아서 엉엉 울었다. 기석이 애가 타서 변소 주변을 서성거렸다. 그러다 알궁둥이를 내놓은 채 울고 있는 연이를 그대로 번쩍 안아서 데리고 들어갔다.

"채변봉투를 오늘 나눠주고 낼 갖고 오라는 데가 어디 있어? 오늘 똥 못 눌 수도 있는데. 안 나오는 똥을 어쩔 거야? 애 똥구멍에서 꺼낼 거야?"

기석은 학교 선생님이 눈앞에 있는 것처럼 화를 냈다. 연이는 울고 기석은 화를 내고 정순은 짜증을 내고, 그놈의 똥 때문에 집 안이 온통 시끄러웠다. 다 포기하고 잠잘 채비를 할 때쯤 누가 현관문을 두들겼다.

정순이 나가보니 희철이가 비닐에 싸고 또 신문지에 싼 조그만 것을 내밀었다.

"이게 뭐야?"

정순이 풀어보려고 하자 희철이가 소리쳤다.

"보지 마세요!"

정순이 놀라 쳐다보자 희철이가 고개를 푹 숙인 채 말했다.

"연이한테 내일 학교 갖고 가라고 하세요."

희철이는 도망치듯 자기 집으로 뛰어들어갔다.

며칠 후 연이는 담임 선생님에게 불려나가 기생충 약을 받아먹어야 했다. 당연히 희철이도 마찬가지였다.

24. 오후반

늦가을인데 봄날 같은 날이 있었다. 본격적으로 추워지기 전에 한 번쯤 있는 그런 날, 공기는 서늘하지만 바람이 없고 햇볕이 풍성하게 내려 쪼이는 날이었다.

오후반인 연이는 바쁠 것도 없이 느지막히 일어나서 아침을 먹고 정순이 빨래하는 동안 찬이를 베개에 올려놓고 조금 흔들어주다가 마당으로 나가서 해바라기를 했다. 그러다 살짝 졸았는데, 정순이 졸고 있는 연이의 어깨를 흔들어 깨웠다.

"얘가 왜 여기서 자? 점심 먹고 학교 가야지."

연이는 계란 후라이를 해서 간장과 들기름을 넣고 비벼 준 점심을 눈을 다 뜨지 못하고 반쯤 감은 채 먹었다. 그러다 보니 밥알을 많이 흘렸다. 계란 냄새 묻은 아까운 밥알이라 자꾸 흘리면서도 야무지게 다 주워서 먹었다. 그리고 학교에 갔는데, 학교 가는 길에도 역시 햇살은 따스하고 눈꺼풀은 무겁고 몸은 나른했다. 연이는 터벅터벅 느릿느릿 학교에 갔다. 오후반 아이들이 등교하는 시간인데도 학교 주변은 고요했다. 너무 느릿느릿 밥을 먹었고, 너무 느릿느릿 걸었고, 가겟방 앞의 새끼 고양이를 너무 오래 쳐다봤을 것이다. 그래서 오전반 아이들은 모두 집으로 돌아갔고, 오후반 아이들은 이미 교실 안으로 들어가버린 모양이었다. 운동장도 텅 비어 있었다.

연이는 학교 교문 앞에 서서 텅 비고 조용한 운동장을 바라보더니 이내 발길을 돌렸다. 연이는 교실로 들어가지 않고 교문을 지나쳐 계속 걸었다. 학교 담장을 따라 끝까지 간 뒤 담장과 이어진 길을 내처 걸었다. 연이는 무슨 생각을 하고 있을까? 연이의 머릿속에, 저 마음속에는 무엇이 들어 있을까? 연이는 학교 뒤 야산으로 올라갔다. 학교 쓰레기장에서 피어오르는 연기가 야산으로 흘러왔다. 학교 뒷산은 나무가 듬성듬성해 해가 잘 들었다. 나무라고 할 만한 것은 얼마 되지 않았고, 관목 덤불과 군데군데 구절초가 피어 있는 곳이 있었다. 학교 뒷산은 조용했다. 연이는 햇볕으로 따뜻해진 바위 위에 앉아서 책가방을 열었다. 책가방 안에 있는 국어책을 꺼내더니 읽기 시작했다. 나는 학교는 빠지고 산에 앉아서 교과서를 읽고 있는 연이 모습에 웃음이 나왔다. 연이는 저 국어책을 아마 스무 번쯤 읽었을 것이다. 연이는 국어책에 나오는 모든 이야기를 사랑했다. 책을 펴든 지 얼마 안 되어 연이는 또 졸았다.

   - 그냥 자라 연아. 졸리면 자야지.

   나는 연이를 무릎에 눕혔다. 연이는 내 무릎을, 바위를 끌어안고 엎드려 잠이 들었다. 연이 머리카락을 쓰다듬으며 앉아 있다 나도 깜박 잠이 들었다. 참 이상하다 싶을 만큼 조용한 한낮이었다.

   그리 오래 잠들지는 않았던 것 같다. 한 줄기 바람에 연이와 나는 잠에서 퍼뜩 깨어났다. 아무리 따뜻한 날이라고 해도 밖에서 잠들기에는 추운 계절이었다. 연이는 몸을 움츠리더니 책가방을 메고 다시 산을 내려갔다. 지금 집으로 돌아가도 되려나? 이제라도 학교에 가야 하는 것은 아닌가? 학교 끝나는 시간이 되었으려나? 나는 그런 걱정을 하며 연이 뒤를 따라갔다.

산을 다 내려갔다. 그런데 학교가 보이지 않았다. 산자락을 다 내려가면 학교 담장이 보이고, 그 담장 너머에 쓰레기장이 있어야 하는데… 동네가 낯설어서 나는 당황했다. 길을 잘못 들었다. 올라온 길로 바로 내려왔어야 하는데 다른 길로 내려왔던 것이다. 산이라고 해봐야 그냥 동네 야산이었고 등산로가 따로 있는 것도 아니었다. 풀과 잡목이 군데군데 얽혀 있어 여기는 길이고 또 여기는 길이 아니라고 말하기도 어려웠고, 그래서 어느 길이 맞는지 생각하지 않고 내려오다 보니 엉뚱한 곳으로 온 것이었다.

여기가 어딜까? 처음 보는 동네였다. 고만고만한 집들이 늘어서 있는 것이 연이가 사는 동네와 비슷했으나 길은 더 반듯했고, 무엇보다 경사가 없는 평지였다. 오가는 사람이 적었고 골목에서 노는 아이들도 없었다. 아주 조용한 동네였다. 연이는 마치 어디 갈 곳이라도 있는 것처럼 걸었다. 주변을 두리번거리지도 않고 똑바로 앞만 보면서 걸어갔다. 아이를 붙들어 세워 대체 어디를 가는 것이냐고 물어보고 싶었다. 연이는 어느 집 담장 앞에서 걸음을 멈추었다. 은행나무 가지가 담장 밖으로 뻗어나와 있어 은행잎이 노랗게 떨어져 있었다. 연이는 은행잎을 보려고 여기까지 온 것처럼 한동안 그 밑에 서서 고개를 꺾어 은행나무를 올려다보았다. 그러고는 한숨을 쉬었다. 조그만 아이의 낮은 한숨. 나는 가슴이 무너지는 것 같았다. 청명한 이 가을날에, 언덕과 들판에 코스모스가 한들한들 피어 있고, 은행잎이 살랑살랑 흔들리는 이 가을날에 내 어린 딸은 왜 낯선 길에서 한숨을 쉬고 있는 것일까.

연이가 돌아섰다. 그제야 주변을 자세히 살피기 시작했다. 연이는 길을 잃었다는 것을, 이 동네가 자기가 사는 동네가 아니라는 것을 뒤늦게 알아차린 모양이었다. 학교를 지나쳐 작은 언덕을 하나 넘어 길을 따라 쭉 걸어왔다. 어느 만큼이나 걸어왔을까? 1시간쯤 되었을까? 안 되었을까? 연이는 은행나무 집에서 발길을 돌려 계속 걸어갔다. 그렇게 계속 걷다가 작은 산이 나타나면 다시 그 산을 넘어가야 하나? 길에 나서면 동서남북을 분간하지 못하는 것은 나도 누구 못지않았다. 예전에 연이 낳고 살림할 때 나는 매번 가는 시장에서도 길을 잃어버리곤 했다. 시장통을 쭉 따라가면서 두부도 사고, 계란도 사다가 저쪽 도나쓰 가게가 보여서 모퉁이를 한 번 돌아갔다 하면 다시 돌아 나오는 길을 잃어 시장을 헤매고 다녔다. 아까 지나쳤던 두부 좌판을 또 지나치고 같은 사람을 또 만나고 하다가 겨우 입구를 찾아 시장을 빠져 나오곤 했다. 나는 시장 말고는 갈 데도 없었고, 걸핏하면 앓아 누워 집 안에만 있었기 때문에 길 찾는 법을 잘 알지 못한다. 집 안에서 아장아장 걷다가 꼬맹이들이랑 동네 골목에서 놀다가 그 뒤에 시골로 보내졌던 연이도 길 찾는 법은 모를 것이다. 시골에 살 때는 길이라고 해봐야 어딜 가나 외길이었고, 길을 잃었다 하더라도 그냥 주변을 휘휘 둘러보면 낯익은 등구나무가 저 멀리 보이거나 커다란 농협 창고 지붕이 보이곤 했다.

나는 혼비백산했다. 이제 곧 해가 질 텐데. 아아! 어떻게 집을 찾아야 할까? 학교를 찾아야 해. 학교까지만 가면 연이도 집으로 가는 길을 알 것이다. 이 동네 아이들은 연이와 같은 학교에 다닐까? 아직 학교에서 놀고 있는 아이들이 있을까? 누구라도 아이들을 따라가다 보면 학교를 찾을 수 있지 않을까? 연이는 이제 닥치는 대로 걸었다. 급한 걸음으로 골목 끝까지 걸어갔다가 다시 돌아 나오고, 이쪽 길로 갔다가 뒤돌아 다른 쪽 길로 걸었다. 이 동네는 길은 반듯한데 왜 이리 샛길이 많은지, 또 왜 이리 비슷한 집들이 많은지, 망할 은행나무는 왜 이 집 저 집 다 있는지 아이보다 내가 먼저 울음이 터졌다. 나는 왜, 어째서, 이다지도 쓸모없는 어미일까? 대체 무슨 낯짝으로 아이 곁에 붙

어 있단 말인가. 아무 소용도 쓸모도 없는 것이, 살았을 때
나 죽었을 때나 아이를 먹이지도 돌보지도 돕지도 못하
는 이런 게 어미라니. 나는 가슴이 찢어지는 것 같았다. 울
며불며 길을 헤맸다. 이 길은 아까 그 길인가? 저 길은 새
로 난 길인가? 그런데 연이는 울지 않았다. 얼굴이 빨개졌
지만 울지는 않았다. 연이의 새엄마는 길을 잃으면 어떻게
하라고 연이에게 일러주지 않았나? 누구라도 어른에게 도
와달라고 말하면 연이를 도와줄 텐데 이런 아무짝에도 쓸
모없는 어미가 아니라 다른 살아 있는 누구라도 우리 딸을
도와주었으면.

　연이는 문방구 앞에 멈춰 섰다. 문방구가 있었다. 문방
구가 있는 것을 보면 근처에 학교가 있다는 것이었다. 나
는 문방구를 지나쳐 미친 듯이 달려가보았다. 과연 문방구
를 끼고 모퉁이를 도니 학교 담장이 보였다. 그러나 연이
가 다니는 학교가 아니었다. 다른 국민학교가 있는 다른
동네로 와버린 것이었다. 나는 절망해서 다시 연이가 있는
문방구로 달려왔다. 연이는 그 앞에서 움직이지 않고 계속
서 있었다. 문방구 매대에는 종이인형과 딱지, 동전을 넣
고 뽑아먹을 수 있게 되어 있는 커다란 초코볼 통이 있었
다. 총채를 들고 있는 문방구 여자가 연이를 쳐다봤다. 볼

따구니와 아래턱이 투실투실한 여자였다. 문방구 여자는
연이에게 곱지 않은 눈빛을 보냈다. 세상의 문방구 여자들
은 왜 다들 저런 눈으로 아이들을 보는 것일까? 아이들 덕
분에 먹고 살면서 왜 자신을 먹여 살려주는 아이들에게 고
운 눈길을 주지 않는 것일까?

"애, 너 뭐 살 거야?"

너무 많이 걸어서 지친 연이는 숨을 몰아쉬고 있었다.
연이는 종이인형도 좋아하고 사탕도 좋아했지만 연이가
지금 보고 있는 것은 그런 것이 아니었다. 연이는 문방구
옆 벽에 있는 주황색 공중전화를 보고 있었다. 나무 선반
을 매달아서 그 위에 올려놓은 공중전화. 동전을 넣으면
걸 수 있는 공중전화.

─그래! 그렇지! 똑똑한 내 딸! 나보다는 백배 나은 내
딸!

연이는 지금 전화를 걸 생각인 듯했다. 연이는 전화 거
는 법을 알고 있었다. 급한 일이 생기면 교감댁네로 전화
하면 되었다. 정순은 연이에게 아주 급한 일이 생기면 전
화를 하라고 일러두었다. 어린아이가 무슨 그리 급한 일이

있을까 싶어서 나조차 심상히 넘겼던 일을 연이는 기억하고 있었다. 그 전화번호를 기억하고 있었다.

그런데 연이는 망설이고 있었다. 전화를 하려면 돈이 있어야 했다. 십 원짜리 동전이 없으면 전화를 할 수 없었다. 연이의 입이 달싹달싹했다. 그럴수록 문방구 여자의 눈빛이 더 사나워졌다. 여자는 총채를 탁탁 쳐서 연이에게 먼지를 뒤집어씌웠다.

"뭐 안 살 거면 저리 가라. 남의 가게 앞 가로막지 말고."

여자는 연이를 밀어내듯 쫓아냈다. 볼따구니가 투실투실한 여자. 나는 볼따구니를 확 할퀴어 찢어놓고 싶은 마음이 치밀어서 여자에게 다가섰다. 연이가 입을 열었다.

"십 원만 빌려주세요."

여자가 어이없다는 듯이 연이를 쳐다봤다.

"전화하게요. 십 원만 빌려주세요."

문방구 여자가 코웃음을 쳤다.

"내가 너를 언제 봤다고 돈을 빌려주냐? 어서 저리 비켜라."

여자가 연이를 슬쩍 밀쳤다. 연이는 휘청 밀려났다. 너무 많이 걸어서 얼굴이 빨개진 아이, 너무 많이 걸어서 땀

투성이인 아이, 너무 헤매고 다녀서 지치고 먼지투성이인
아이.

　– 전화하게 해줘! 애가 전화하게 해달라잖아. 해줘! 이
　나쁜 년아, 전화하게 돈 줘!

　나는 문방구 여편네에게 달려들었다. 손톱을 세우고 소
리를 지르며 달려들었다. 문방구 여자가 휘청했다. 나는
문방구 여자를 정말로 죽이고 싶었다. 정말로, 정말로, 정
말 마음 깊숙이…. 여자가 두 손으로 자기 목을 감쌌다. 문
방구 여자는 숨이 막히는 듯 '윽윽' 소리를 냈다. 내가 손
으로 목을 조르자 여자는 정말로 목이 졸리는지 얼굴이 시
뻘게졌다. 동전을 넣고 초코볼을 뽑아먹으려던 꼬마가 놀
라 문방구 여자를 쳐다봤다. 아이들이 슬금슬금 뒷걸음질
쳤다. 연이도 그런 여자를 보고 놀라 뒤돌아서 걸음을 옮
겼다. 나는 정신이 번쩍 들었다. 오히려 연이를 쫓아낸 꼴
이 되었다. 나는 여자의 목을 졸랐던 손을 얼른 풀었다. 문
방구 여자가 캑캑거렸다.
　내 손을 들여다봤다. 아아, 이럴 수가! 만질 수 있다니.
만져졌다. 마음이 절실해지니 할 수 있었다. 그러나 연이

는 나 때문에 오히려 더 놀라서 가버렸다. 나는 급히 연이 뒤를 따라갔다. 따라가면서도 내 손을 들여다봤다. 어떻게 된 것인지 알 수가 없었다. 연이의 걸음이 빨라졌다. 어디로 가야 할지도 모르면서 뛰다시피 했다. 나는 그저 연이를 따라 뛸 뿐이었다. 국기 하강식을 알리는 애국가가 울려 퍼졌다. 오가는 모든 사람이 멈춰 섰지만 연이는 내처 뛰었다.

동네 한구석에 우물이 있었다. 양옥집들이 즐비한 동네에 어울리지 않는 우물이었다. 양철로 지붕까지 씌워놓은 우물이었지만 이제는 쓰지 않는 것 같았다. 연이가 우물가로 다가갔다. 지치고 목도 말랐지만 우물에는 물이 없었다. 나는 말라버린 우물 턱에 어떤 노파가 걸터앉아 있는 것을 보았다. 하얀 소복을 입은 노파는 회색으로 센 긴 머리를 빗어 내리고 있었다. 머리카락이 몇 올 남지 않았는데 길이는 허리를 넘을 만큼 길어서 보기에 흉측했다. 이도 몇 개 남지 않았고 손톱은 길고 더러웠다. 오래된 귀신이었다. 나는 노파에게 달려갔다. 머리를 빗던 노파는 달려드는 나를 보고 움찔했다. 나는 기력이 달리는 노파를 끌어내렸다. 그리고 치맛자락에 매달렸다. 도와달라고, 길을 잃었다고, 저 아이가 내 딸이라고 아우성을 쳤다.

노파는 안타까운 표정을 지었다.

─ 여그는 새 동네가 돼서. 싹 다 변했으니 어디가 어딘지 당최 나도 알 수가 있나. 나도 아는 데라고는 여그 우물 뿐이여. 우리집도 못 찾아서 내가 여그 이러고 있는당 께. 그나저나 딴 동네 애기들이 왜 자꾸 여그를 와서 싸돌아댕김서 집을 잃어불고 그래쌓는다냐. 아이고 내가 못 사네.

노파는 그러면서도 앞장서 길을 안내했다. 새끼 오리를 몰 듯 연이 옆으로 슬쩍슬쩍 다가서며 연이가 다른 길로 새지 않게 했다.

─ 으짜든지 차 다니는 큰길로 나가야제. 골목서만 빙빙 돌믄 영영이여.

연이는 달음박질치고 노파는 느릿느릿 움직이는데도 이상하게 노파는 뒤처지지 않고 연이를 이끌었다. 차 다니 는 큰길이 보이자 노파는 내게 눈짓만 하고는 스르르 사라졌다.

큰 길로 나왔을 때는 해가 지고 있었다. 세상은 이미 주황색으로 물들어 있었다. 이제 곧 보라색이 될 테고 그러면 삽시간에 사방이 캄캄해져올 것이었다. 오가는 차들이 불을 켰고, 상점에도 하나둘 불이 들어오기 시작했다. 연이도 나도 지쳤다. 건너기 힘든 강물처럼 보이는 큰 도로를 쳐다보고 있노라니 더 막막했다. 그때 기적 같은 소리가 들렸다.

"야! 홍연!"

나는 놀라 나동그라질 뻔했다. 희철이가 뛰어왔다. 희철이다, 희철이! 분명히 희철이였다. 아아, 희철아! 연이랑 같은 집에 사는, 연이네 마루문 뒤에 숨어서 테레비를 훔쳐보는, 지난번 채변 검사 때에는 자기 똥도 나눠준 희철이. 얼굴이 시뻘게진 희철이가 뛰어왔다. 희철이도 먼지투성이였다. 희철이는 냅다 소리를 질렀다.

"야, 이 지지배! 쪼끄만 게 여태껏 어디를 싸돌아다니는 거야? 내가 너 땜에 이씨! 넌 진짜 한 번만 더 그러면 죽을 줄 알아!"

연이는 기적처럼 나타난 옆집 오빠가 믿어지지 않는지 눈을 깜빡깜빡했다. 그러다 옆집 오빠가 야단을 쳐대자 연이는 으앙 울음을 터뜨렸다. 온종일 걷느라 기력이 다 빠진 연이는 마지막 남은 힘으로 어깨를 들썩거리고 배가 크게 부풀려졌다 쑥 들어갔다 할 정도로 온 힘을 다해 울었다. 그러자 희철이도 울음을 터뜨렸다. 고학년 남자아이들은 별로 우는 일이 없는데 희철이는 팔뚝으로 눈을 가리고 엉엉 울었다. 둘 다 울고 있으니 서로 어떻게 달래줄 수도 없었다. 아이들은 각자 따로 서서 울었다. 원래 울보인 나는 그 옆에서 따라 울었다. 너무 다행스러워서 울었다.

우렁차게 울던 연이의 울음이 조금 잦아들었다. 여전히 흑흑 울음 끝이 매달려 있는 연이에게 희철이는 눈물을 쓱쓱 닦고 말했다.

"가자."

희철이는 연이 엉덩이까지 내려와 매달려 있던 책가방을 벗겨 자기 어깨에 휙 걸쳐 멨다. 그리고 앞장서 걸었다. 연이는 터벅터벅 그 뒤를 따라갔다. 희철이는 몇 걸음 가다가 멈칫하고 또 몇 걸음 가다가 멈칫하며 속도를 맞춰주었다. 한참 동안이나 주저하던 희철이는 연이의 손을 잡았다. 연이는 희철이가 살짝 잡은 손을 힘주어 꽉 잡았다.

─ 그래, 손잡고 가라. 놓지 말고 가라. 희철아, 우리 연이 손잡고 집에까지 가라.

학교가 보였다. 학교다! 연이가 다니는 학교. 학교 앞을 지날 때 누군가 헐레벌떡 뛰어오는 것이 보였다. 희숙이 아버지였다. 단추를 채우지 않은 웃옷 자락이 펄럭였다. 희숙이 아버지는 아이들 앞까지 뛰어와서 우뚝 섰다. 희철이가 변명을 하듯 말했다.

"저쪽 큰길에서 만났어요."

희숙이 아버지는 말없이 연이를 바라봤다. 집에 들어오는지 마는지 알 수 없던 이 남자도 여태 연이를 찾아다니고 있었던 것일까? 한 번씩 속이 뒤집어지면 배를 빌려 타고 먼 섬들까지 뒤지는 남자. 우리나라는 섬이 너무 많아서 지랄이라고 투덜거리며 또 집을 나서는 남자.

희숙이 아버지는 연이에게 등을 돌렸다.

"업혀라."

아직도 눈가에 눈물이 매달려 있던 연이는 두말 없이 희숙이 아버지 등에 업혔다. 연이를 업은 희숙이 아버지가 힘차게 걸었다. 어른 걸음으로 성큼성큼 걸으니 집까지 금방이었다.

대문은 활짝 열려 있었고 마당에는 정순이 찬이를 업고 서성대고 있었다. 숙이 엄마도 종일 이고 다녔을 보따리도 방에 들여놓지 못한 채 마당에 그냥 두고 서 있었다.

대문으로 성큼 들어서는 희숙이 아버지와 등에 업힌 연이를 보고 두 여자가 소리쳤다.

"연아!"

"아이고 관세음보살!"

연이는 다시 울음을 터뜨렸다.

"엄마아~!"

정순이 달려와 희숙이 아버지 등에서 연이를 내려 안았다. 연이는 '엄마, 엄마' 하며 울었다. 연이의 '엄마, 엄마' 소리가 정순을 부르는 소리인지, 나를 부르는 소리인지, 그냥 울음소리인지 알 수 없었다.

대문을 박차고 기석이 뛰어들어왔다. 회사에서 연락을 받고 한달음에 뛰어왔는지 넥타이는 풀어 헤쳐지고, 머리카락은 땀에 절어 꼴이 말이 아니었다. 찬이를 업은 정순이 우는 연이를 감싸안고, 그런 정순을 또 기석이 감싸안았다. 희철이와 그 아이의 엄마, 아버지는 집으로 들어가지 못하고 마당에 서서 그 모습을 지켜보고 있었다. 어둠이 까맣게 내렸다.

정순은 연이에게 늦은 저녁을 먹였다. 연이는 울면서 밥을 먹으며 어떻게 된 일인지 말까지 하느라 밥이 입으로 들어가는지 코로 들어가는지 제대로 먹지 못했다.

작은 술상을 봐서 기석이 희숙이 아버지를 대접했다. 그러나 기석은 희숙이 아버지에게 할 수 있는 말이 없어서 더듬거렸다. 너무너무 다행스럽고, 너무너무 고마웠지만 내 딸을 찾아줘서, 잃어버리고 3년이나 지나지 않게 해줘서, 딸을 찾는다고 아무 희망도 없이 헤매 다니지 않게 해줘서 너무너무 고맙다고 차마 말을 할 수가 없었다.

"이거 참… 죄송해서…. 참, 뭐라고…."

기석은 희숙이 아버지 잔에 막걸리만 연신 따라주었다.

"아닙니다. 다행이지요. 참, 다행입니다. 얼마나 다행입니까."

희숙이 아버지는 얼굴이 불콰해져서 말했다.

"찾기는 우리 희철이가 찾았지요. 아랫동네를 다 뒤졌다고 합디다. 어린애라 아무렇지 않게 보여도 개도 맺힌 게 있겠지요…. 나도 내 생각만 할 게 아니라 이제 희철이 보고 살랍니다. 우리 희철이가 그게 속이 있는 앱니다."

"네, 희철이한테 참…. 이걸 어떻게 갚아야 할지…."

기석은 잔에 또 막걸리를 따랐다.

25. 연이 엄마들

그날 밤 연이는 안방에서 잠들었다. 아이가 놀랐을 텐데 데리고 자야겠다고 정순이 말했다. 젖먹이 찬이를 제일 안쪽에 눕히고 정순이 눕고 연이가 눕고 그 옆에 기석이 누웠다. 방이 꽉 찼다.

나는 비어 있는 연이 방에 오도카니 앉아 있었다. 앉아서 손을 들여다봤다. 손에 아직도 감촉이 남아 있었다. 문방구 여자의 목을 조르던 내 손. 목이 졸려 캑캑거리던 여자의 얼굴이 떠올랐다. 마음을 다하는, 마음을 움직이는….

나는 희숙이네 부엌으로 갔다.

근점이는 부뚜막 위에 동그마니 쪼그리고 앉아 있었다. 왜 저 아이는 항상 저 모양으로 앉아 있을까? 다리 펴고 벽에 등을 기대고 좀 편안히 앉아 있으면 좋으련만.

나는 숙이 엄마네 부엌에 쌓인 연탄을 바라봤다. 그 뒤에 감춰져 있는 인형을 생각했다. 마음으로 떠올리니 연탄 뒤에서 정말로 인형이 떠올랐다. 세라인지 샐리인지 예쁘던 인형은 먼지와 연탄 검댕으로 엉망이 되어 있었다. 어떻게 할까 생각하다가 학교 소각장에 버리기로 했다. 다른 쓰레기와 함께 타버리거나 운 좋은 아이가 주워갈지도 몰랐다. 돈도 같이 떠올랐다. 그때 없어진 곗돈은 정순이 채워 넣었으므로 떠오른 지폐를 정순의 부엌 접시들 사이에 넣어두었다. 원래 있던 곳이 세 번째와 네 번째 접시 사이인지, 그보다 더 밑인지 알 수 없었지만 정순도 모르기는 마찬가지였을 것이다. 연이가 써버렸기 때문에 오만 원에서 돈이 좀 비었지만 그건 어쩔 수 없는 일이었다. 돈을 가져다두는 것도 얼른 되지 않아 오래 집중해서 마음을 써야 했다. 근점이는 재미있는 구경을 하는 표정으로 내가 하는 모습을 지켜보고 있었다. 왜 그러느냐고 묻지도 않았다. 처음부터 근점이에게 부탁하면 될 일이었을까? 하지만 나는 그렇게 하고 싶지 않았다. 근점이가 아무리 솜씨 좋은 귀신이라고 해도 우리 아이가 이러저러한 일을 했다고 알리고 싶지는 않았다.

나는 마음을 너무 많이 써서 좀 피로해졌다. 근점이 옆에 털썩 주저앉자 근점이 빙그레 웃었다.

－이제 잘하네.
－응.

잠시 뜸을 들였다가 내가 물었다.

－여기 사는 남자애 말이야, 희철이.
－응.
－우리 연이를 찾아줬어. 한참 찾으러 다녔나봐. 찾고 나서는 막 울더라.
－… 그날 생각이 났겠지.

나는 근점이 쪽으로 돌아앉았다.

－그날? 희숙이 잃어버린 날?
－응. 그날 희철이가 걔를 봤거든.
－어디서?
－저 아랫동네 가게 앞에서. 내려가면 학교 뒤로 조그만

산이 있잖아? 그 산 넘어에 있는 동네야.

연이가 길을 잃었던 그 동네였다.

- 여기서 먼 데야. 희철이가 그날 희숙이를 거기서 봤어.
그런데 아는 척을 안 하고 도망쳤지.
- 왜?
- 희철이가 그때 가겟집에서 쫀드기를 훔쳐서 먹고 있
었거든. 걔가 좀 그랬어. 이 동네 가게에서는 몇 번 들켜
희철이가 들어왔다 하면 주인들이 아주 눈에 불을 켰거
든. 그래서 일부러 먼 데까지 간 거야. 근데 거기서 동생
을 딱 만났네? 동생이 엄마한테 오빠가 또 뭐 훔쳐먹었
다고 고자질하면 맞아 죽을 게 뻔하니까 도망친 거야.
- 희숙이는 거기를 왜….
- 글쎄 말이야. 그 동네를 왜 갔을까? 아무튼 그때 희숙
이가 모르는 동네에서 헤매고 다니는 걸 희철이는 보고
도 그냥 도망갔거든. 근데 그날 희숙이가 영영 없어진
거야. 희철이가 그때 쫀드기도 나눠주고 동생 손 붙잡고
집에 데리고 왔으면 아무 일 없었을 텐데.
- … 어른들은 몰라?

— 아무도 모르지. 나만 알아. 내가 그때 한참 희철이를
따라다녔거든. 내가 다 봤어.

— 희철이를 왜 따라다녔어?

— 희철이가 우리 오빠랑 나이가….

근점이는 말을 끊었다.

— 그냥 심심해서 그랬지. 훔치는 거 구경하는 것도 재미
있고. 나까지 막 두근두근하니까. 내가 도와준 적도 많
아. 근데 희철이는 이제 도둑질은 안 해. 쫀드기는 누가
줘도 안 먹고.

* * *

다음 날 연이를 학교에 보내놓고 정순은 찬이를 포대기
로 둘러업었다. 포대기 끈을 찬이의 엉덩이 밑으로 한 번
두른 다음 자신의 왼쪽 어깨로 넘겨 한 바퀴 돌려서 대각
선으로 단단히 묶었다. 이렇게 묶으면 아이를 업고도 두
손을 다 쓸 수 있었다. 숙이 엄마는 장사를 나가지 않았다.
두 여자의 표정은 엄숙했다.

숙이 엄마는 '물이 없는 우물' 이야기만 듣고도 단박에 거기가 어딘지 안다고 했다.

"저 너머 동네 거기구만."

두 여자가 집을 나섰다. 숙이 엄마는 거침없이 나아가고, 정순도 씩씩하게 따라갔다.

나도 두 여자를 따라갔다. 물이 없는 우물에 다다랐다. 우물 턱에는 여전히 그 노파가 앉아서 머리를 빗고 있었다. 나를 본 노파가 또 무슨 일인가 싶어 빗질을 멈추었다. 나는 얼른 다가가 어제는 고마웠다는 인사를 했다. 그리고 예전에, 3년 전에도 여기서 길을 잃은 아이가 있지 않았느냐고, 그 아이가 어찌 되었는지 아느냐고 물었다.

– 그게 3년 전인지는 잘 모르겠고. 고만한 애가 하나 또 그런 적은 있었네.

– 어떻게 됐는지는 모르세요?

– 거야 나도 모르제. 마음은 짠해도 나도 길을 모릉께. 이이. 그러고 봉께 어떤 사람이 아가 왜 그냐 하고 데불고 간 것도 같고. 모르겠네. 오래 되아서.

나는 마음이 바빠서 고개를 꾸벅 숙여 인사하고 종종걸

음을 쳐 숙이 엄마와 정순을 따라갔다. 숙이 엄마와 정순은 우물을 지나쳐 단박에 그 문방구를 찾아냈다.

문방구 여자는 여전히 총채를 들고 있었다. 그 총채는 애들이 없을 때는 먼지떨이로 쓰였지만, 아이들이 버글거릴 때는 아이들을 쿡 찔러 밀어내거나 아이들이 손으로 물건을 만지지 못하게 하는 용도로 쓰이는 모양이었다. 조무래기들이 문방구 앞에 몰려들어 저희들끼리 떠들며 이것저것 만지고 있었고, 문방구 여자는 총채를 들고 눈을 번뜩이며 입으로는 쉴새 없이 잔소리를 해대고 있었다.

정순과 숙이 엄마가 서로 눈빛을 주고받았다.

숙이 엄마가 먼저 앞으로 나섰다.

"어제 여기 요만한 애 하나 왔었죠?"

"에?"

문방구 여자가 숙이 엄마를 아래위로 훑어보았다. 숙이 엄마는 칼라에 꽃자수가 있는 낡은 쉐타에다 몸뻬를 입고 있었고, 머리는 틀어 올렸다. 딱 보기에 어떻다 싶을 것 없는 평범한 여자였지만 숙이 엄마에게 지금의 명성을 가져다준 것은 그 카랑카랑한 목소리였다. 무조건 따지고 드는 말투는 누구라도 경계심을 갖게 했다.

"문방구 앞에 애들이 한둘 오나? 누구 얘기하는 거유?"

긴장한 표정의 정순이 나섰다.

"여자애요. 집에 전화한다고 돈 빌려달라고 했던 애. 있었죠?"

문방구 여자의 표정에 '아아' 하는 수긍의 빛이 스쳐 지나갔다. 아, 그 애. 분명 기억난 표정이었다. 문방구 여자는 시치미를 뗐지만 그곳에 있던 누구도 그 표정을 놓치지 않았다.

"글쎄, 뭐 기억 안 나는데. 왔으면 뭐요?"

숙이 엄마가 한 발 더 앞으로 나가자 문방구 여자는 주춤하며 한 발 뒤로 물러섰다.

"똑바로 얘기해요. 돈 십 원만 빌려달라고 했는데 안 빌려줬지?"

문방구 여자는 벌컥 화를 냈다.

"이 여편네들이 뭔데 남 장사하는 데 와서 행패야? 내가 돈을 빌려주든 말든 뭔 상관이야?"

입술을 바들바들 떨며 정순이 소리쳤다

"걔가 내 딸이에요. 어린애가 집에 전화한다면 하게 해줘야지요! 하마터면 집을 잃어버릴 뻔했다고요!"

숙이 엄마가 문방구 여자에게 달려들었다.

"애가 돈 십 원 빌려달라는데 그걸 안 빌려줘? 걔가 집

347

잃어버린 거 알았어, 몰랐어? 걔가 영영 집을 못 찾았으면 어떡할 뻔했어? 이 여편네야!"

머리채를 잡힌 문방구 여자는 깜짝 놀란 나머지 처음에는 당하고만 있었지만 금방 정신을 차리고 손에 든 총채를 휘두르기 시작했다. 이것저것 만지고 떠들던 조무래기들이 한순간 조용해졌다가 곧 세 배쯤 시끄러워졌다. 우와! 싸운다!

숙이 엄마는 체구가 자그마했지만 힘이 장사였다. 원피스 한 장은 가벼웠지만 여러 장을 착착 개켜 보따리로 싸면 그 무게가 만만치 않았다. 숙이 엄마는 보따리를 번쩍 들어 머리에 이던 그 팔 힘으로 문방구 여자의 머리채를 쥐어 잡고 밑으로 눌렀다. 포대기를 두른 정순은 문방구 여자의 손에서 총채를 빼앗아 멀리 던져버렸다. 정순은 자기가 때리는 입장이면서도 울음을 터뜨렸다. 여자들이 엉켜 붙어 이리 밀고 저리 밀리는 통에 매대 위에 늘어놓은 가벼운 싸구려 물건들이 우르르 쏟아지고 부서지고 날아갔다. 숙이 엄마는 통곡인지 비명인지 모를 소리로 울부짖었다.

"어린애가 길을 잃어버리면 찾아줘야지! 에미 찾아줘야지! 희숙이도 그랬지? 내 딸도 여기 왔었지? 니가 모른 체

했지? 니가 쫓아버렸지!"

숙이 엄마는 울며 가슴을 쳤다. 아이들이 눈을 동그랗게
뜨고 한쪽으로 물러나 구경하고 있는 사이 머리통이 큰 아
이 몇몇은 만지작거리던 고무 말을 슬쩍했다. 아폴로 같은
군것질거리를 들고 튀는 아이도 있었다. 문방구 여자가 악
을 썼다.

"이 미친년들 다 뭐야? 경찰 불러!"

"불러! 경찰 불러! 다 불러!"

세 여자는 악다구니를 쓰고 물건을 던지며 엉켜 붙어 싸
웠다. 세 여자가 아니었다. 한 명 더 있었다. 나도 동참했
다. 나도 내 힘으로 물건을 쓰러뜨리고 문방구 여자를 밀
었다. 저기 날아가는 물건은 내가 던진 물건인지 숙이 엄
마가 던진 물건인지 정순이 던진 물건인지 알 수 없었다.
문방구 여자의 헝클어진 머리채를 잡은 손이 내 손인지 다
른 사람 손인지도 알 수 없었다. 나는 미운 마음, 서러운
마음, 억울하고 분한 마음으로 문방구 여자를 거세게 떠다
밀었다. 그보다 더 강한 다행스런 마음, 든든한 마음, 고마
운 마음도 있었다. 나는 진심으로 고마웠다. 진심으로 울
고 진심으로 화내는 이 엄마들에게 고마웠다. 희숙이 엄
마, 찬이 엄마가 그냥 나처럼 느껴졌다. 숙이 엄마는 '희숙

아~ 희숙아~'를 부르며 울었다. 희숙이는 그날 이 문방구에 왔었을까? 정말로 여기 와서 이 여자에게 길을 물었을까? 희숙이는 어디로 갔을까? 숙이 엄마는 '내 딸'을 부르며 울었고, 정순도 '내 딸이에요, 내 딸이라고요' 하며 울었다. 나도 '내 딸 어쩔 뻔했어, 내 딸' 하며 따라 울었다. 희숙이를 생각해도 눈물이 났고, 연이를 떠올려도 눈물이 났다.

* * *

그날 밤 연이는 진짜로 혼자서 잠을 잤다. 혼자 잔다고 별일이 있을 것 같지는 않았다. 옆방에서 부모와 동생이 자고 있었다. 마루 건너에는 희숙이네 식구가 또 셋이나 자고 있었다. 별일이야 있으려고. 혹시 별일이 있어도 이렇게 많은 사람이 있는데. 나는 마음이 편안했다.

나는 연이 방에서 나와 강가로 갔다. 그곳이 내 무덤이었다. 내 육신이 타서 재가 되어 바람 속으로 흩어진 곳. 나는 내 무덤이 없다는 것도 몰랐었다. 죽을 때 나는 혼자였었고, 그 후의 일도 잘 알지 못했다. 육신 안에 내가 없었으니 그 육신이 타서 재가 되는지, 묻혀 흙이 되는지 돌아보지도 않았다. 나를 화장해서 뿌렸다는 사실을 알게 된 것은 내 제삿날 기석이 이곳을 찾아왔었기 때문이다. 내가 죽은 지 1년 되던 날, 기석은 강가에 혼자 찾아와 술을 부었다.

나는 컴컴한 강가에 앉아서 흐르는 물 소리를 들었다. 비로소 제대로 귀신이 된 느낌이었다. 스르르 사라져 다른 곳에서 또 스윽 나타나는 그런 귀신 말이다. 이렇게 쉬운 것을 그동안 왜 그렇게 바보같이 굴었나 싶었다. 그냥 마음만 먹으면 되는 것을. 나는 이제 죽고 없다는 것을 진정 마음으로 인정하면 될 일이었는데.

이제 나는 어떻게 할까 생각했다. 나는 지금에야 확실히 내가 죽었다는 것을 알게 되었다. 내 마음에서 버리지 못해 끌고 다니던 육신을 이제야 버려서 마음대로 움직일 수 있게 되었다. 그래서 나는 무엇을 할까 생각했다. 무엇이든 할 수 있다고 생각하니 막상 무엇을 해야 할지 알 수 없었다. 이대로 연이 곁에 머무를 수도 있었다. 그런데 꼭 그래야만 한다는 생각이 들지 않았다. 나는 어디든 갈 수 있으니 어쩌면 희숙이를 찾으러 다닐 수도 있지 않을까? 산골 구석구석, 그 많다는 섬들까지 다 뒤지며 말이다. 나는 어떻게든 되지 않을까? 어쩌면 연이 곁을 떠날 수도 있지 않을까? 내가 가야 할 곳. 어딘지 모르는 그곳으로도 갈 수 있지 않을까?

— 내게도 어쩌면 앞날이라는 것이 있을지도 몰라. 이곳이 아닌 다른 곳에서 살게 될지도. 아니, 다른 곳에서 마음 놓고 죽어있게 될지도 몰라.

나는 그렇게 생각했다.
그런 마음을 먹었다.
그 마음이 진심이었다.
그러자 나는
사라졌다.
이곳이 아닌 다른 곳으로.
그
어딘가로.

스르륵….

살갑지 못한 딸이라 자라면서 아빠와 길게 이야기한 기억이 별로 없다. 친구들도 다들 그렇다고 해서 자연스러운 일인 줄 알았다.

이 소설을 쓰는 동안 아빠와 가장 길게, 자주 이야기를 나누었다. 1970년대가 배경이라 아빠의 기억과 역사가 긴요했다. 양복을 '우라까이'해서 입었던 이야기, 계엄령이 발효 중이었음에도 시낭송회를 열었던 이야기, 쌀 한가마니로 하숙비를 치렀던 이야기를 들었다. 이제 아빠가 안 계시니 그런 이야기를 듣던 날들이 얼마나 소중한지를 알겠다.

아빠는 그날, 마음 놓고 떠났을까? 엄마는 어땠을까?

이제 고아가 되고 보니 사는 일이 또 다르게 보인다. 괜찮다고, 다 괜찮다고, 괜찮지 않으면 또 어쩔 것이냐고 나를 가만가만 쓰다듬는다. 이 소설이 누구에게라도 그런 위로가 되기를 바란다.

나는 마음 놓고 죽었다

첫판 1쇄 펴낸날 2019년 5월 17일

지은이 | 임선경
펴낸이 | 박남희

종이 | 화인페이퍼
인쇄·제본 | 한영문화사

펴낸곳 | (주)뮤진트리
출판등록 | 2007년 11월 28일 제2015-000059호
주소 | 서울시 마포구 토정로 135 (상수동) M빌딩
전화 | (02)2676-7117 팩스 | (02)2676-5261
전자우편 | geist6@hanmail.net
홈페이지 | www.mujintree.com

ISBN 979-11-6111-038-7 03810

* 책값은 뒤표지에 있습니다.